Ouvrages déjà parus de l'auteur :

- La série *Thennan*, aux éditions Alexandra de Saint-Prix :
  - Tome 1 *: Le collier d'orichalque*, 2016.
  - Tome 2 *: Les graines de la folie*, 2018.
  - Tome 3 *: Les trésors draconiques*, 2020.
  - Tome 4 : *La ville basse*, 2021.
  - Tome 5 : *Les hautes sphères*, 2022.
- *Les adieux de Ptipère le dragon doré*, illustré par Laura Ournac, éditions Alexandra de Saint-Prix, 2020.
- *Lumi loup et Shao lune*, illustré par Laura Ournac, éditions Alexandra de Saint-Prix, 2022.

Malaria colorès 1

Version classique

Dépôt légal octobre 2024

Cordes de lune Éditions – Collection Aventures
https://www.2passions1dream.com/

ISBN : 978-2-487852-12-9
Impression à la demande

Couverture : Bakashi Art

Ce roman est une œuvre de pure fiction. Par conséquent, toute ressemblance avec des situations réelles ou avec des personnes existantes ou ayant existé ne saurait être que fortuite.

Écrit par Drake Manakete

Malaria colorès 1

Version classique

Cordes de lune Éditions

Prologue

Te souviens-tu de ce jour ? Tu m'avais emmené au Musée du Louvre, car tu voulais que je sois un enfant cultivé. Mais du haut de mes sept ans, je ne comprenais pas grand-chose. À vrai dire, je m'intéressais plus à la glace que tu m'avais promise, une fois sortis, plutôt qu'aux grandes inventions d'Eiffel ou de Vinci. Bien que je sois encore petit, j'étais assez malin pour comprendre qu'il fallait que je reste sage pour recevoir ma douce récompense.

Tu trouvais, d'ailleurs, cela étrange, car j'étais en général plutôt turbulent. Peut-être pensais-tu que j'avais trouvé ma vocation. Désolé, maman, ce n'était pas le cas. Heureusement, le contact de ma main avec la tienne suffisait à te combler. Je chérissais ce jour tout comme toi. Ce monde sans pollution grâce au nouveau procédé thermique. Les costumes et les hautes formes, à la mode pour les hommes. Alors que les femmes s'habillaient de magnifiques corsets en cuir souple, accompagnés de pantalons ou de robes. Bien entendu, tout cela demeurait, encore pour moi, un enfant, des notions inconnues. À présent, je peux dire, avec sérieux, que nous vivions dans un monde prospère.

Que s'est-il passé ? À quel moment tout a-t-il basculé ? Pourquoi ce si beau jour est-il devenu le cauchemar de l'humanité et le mien, par la même occasion ?

Toutes ces questions, je me les posais le soir venu après un retour à la maison. Maman m'avait mis ma cassette vidéo préférée, le temps qu'elle prépare à manger. Assis sur le divan en cuir, je regardais une énième fois l'histoire du Roi Lion. La connaissant par cœur, il m'arrivait de laisser mon regard glisser de part et d'autre de la pièce. Nous n'étions pas riches, mais nos conditions de vie restaient parfaitement décentes. Nous avions un appartement de sept pièces, avec un grand salon ouvrant sur une belle cuisine, une salle de bain munie de toilettes en marbre, deux chambres et un magnifique balcon donnant sur un grand parc.

Ma mère adorait les plantes et, de ce fait, elle en avait placé un peu partout dans des pots de toutes tailles, situés sur différentes étagères. Elle détenait même des spécimens rares que nous ne pouvions trouver que sur certaines parties de la planète. Elle en prenait soin comme de ses propres enfants, et ces plantes le lui rendaient par de magnifiques fleurs aux multiples couleurs. Hormis cela, une grande horloge dans le couloir menait aux chambres et sonnait d'un grand « dong » toutes les heures. Nous ne marchions pas sur du carrelage, mais sur du parquet et les murs couleur bois donnaient l'impression d'arpenter une cabane en plein air. Pour agrémenter le tout, une lumière tamisée renforçait cette ambiance que ma mère qualifiait de « zen ».

Il était bientôt l'heure de dîner et maman m'appela pour mettre la table, alors qu'elle déposait une énorme marmite sur celle-ci. Une douce odeur s'en dégageait et me mettait l'eau à la bouche. Je mis en pause mon film et vins m'enquérir du travail demandé. Une fois que tout fut installé, je m'assis en face de celle qui me dévisageait d'un air intrigué.

– Pourquoi tu as mis des couverts en trop ? demanda-t-elle. Ton père ne revient que demain.

— Je sais, répondis-je. Mais si je les mets maintenant, c'est comme s'il était déjà là, non ?

Cette réponse la fit pouffer de rire.

— D'accord, on va faire comme s'il était déjà là.

Je souris à mon tour. J'avais une maman merveilleuse.

Et elle me manque. Elle me manque tellement. Mais nous n'y sommes pas encore.

Après ce si bon repas, il advint l'heure de se coucher. Le lendemain, je devais aller à l'école et je n'avais pas encore fait mon cartable. J'entrepris de débarrasser la table avant de courir dans ma chambre préparer le nécessaire, sans oublier les petits extras, comme ma collection de cartes que mon meilleur ami voulait voir depuis un certain temps. Je l'avais rangée dans une poche spéciale pour ne pas que la maîtresse tombe dessus. Si ma mère en entendait parler, j'étais sûr d'être grondé. Mais le jeu en valait la chandelle. Une fois mon sac prêt, je mis mon pyjama et attendis tranquillement le rituel du soir.

Maman venait tout le temps me border et m'embrasser sur la joue avant d'aller dormir. J'affectionnais particulièrement ce moment, mais il fallait être patient, le temps qu'elle finisse la vaisselle et qu'elle vérifie une dernière fois l'état de ses plantes. Doucement, je levai mes yeux au plafond de couleur bleu marine, accompagné de petits autocollants en forme d'étoiles qui brillaient dans le noir.

J'étais un passionné de l'espace. Il suffisait de tourner la tête pour le constater. À gauche, collée au mur, une longue fresque détaillait l'ensemble des planètes du système solaire. À ma droite, non loin d'une lucarne, si je levais un peu plus le regard, se trouvait un petit bureau supportant, tel un piédestal, un joli globe terrestre. Je me souviens encore de ce globe que je m'amusais à tourner le plus vite possible avant de poser mon doigt sur un pays au hasard.

« Ce sera le prochain que je visiterai ! » disais-je et je recommençais de plus belle. Tant de souvenirs…

Avec un grand sourire, je me blottis contre mon lion en peluche et attendis patiemment. Une heure entière passa, ce qui me parut étrange. Maman prenait bien trop de temps. D'une voix interrogative, je tentai de l'appeler, mais ne reçus aucune réponse. Intrigué, je me levai enfin. L'appartement était devenu calme.

— Maman ? Maman !

Toujours aucune réponse. Définitivement inquiet, je m'avançai dans le couloir allumé, comme toutes les autres pièces. D'un seul coup, une démangeaison m'assaillit au niveau de ma main. En guise de réponse, je me mis à me gratter avant de l'observer. Je découvris une petite tache bleue qui grossissait à vue d'œil. Cela n'était pas normal. Ma peur grandit au rythme de la tache qui commençait déjà à recouvrir toute ma paume.

— Maman ! m'écriai-je en courant cette fois dans le salon. Maman !

Le salon était vide. Il ne restait donc plus que la cuisine. Je tournai la tête vers celle-ci et la vis, debout devant l'évier. Elle ne bougeait pas, une assiette dans sa main et l'éponge dans l'autre. Le plus choquant restait sa couleur de peau qui avait entièrement viré au bleu foncé. D'un seul coup, je fus pris d'une peur glaçante. J'avançai pourtant encore, l'appelant sans cesse, mais n'obtenant jamais de réponse. Une fois arrivé à son niveau, je levai les yeux vers elle et de mon bras, devenu entièrement bleu, je la touchai avec douceur.

— Maman, maman, MAMAN !

Je la poussai un peu plus fort, rien n'y faisait. Elle gardait les yeux écarquillés, et de sa bouche sortit du liquide rouge qui, en principe, ne paraissait que lorsque nous nous blessions. Elle tomba lourdement sur le sol, tel un vieux meuble. Je ne pus en supporter davantage. Les larmes me montèrent aux yeux et le cri de tout mon désespoir retentit à travers ma gorge.

– MAMAAAAAAAAAN !

Chapitre 1

Nicolaï se réveilla en sursaut, angoissé et trempé de sueur. Avec finesse, il contrôla sa respiration, le temps de reprendre un rythme cardiaque convenable. Bien que connaissant cette scène par cœur, il ne pouvait s'empêcher de la ressasser encore et toujours. Ce qu'il pensait être l'un de ses pires cauchemars n'était que le reflet de l'ensemble de ses nuits. Il leva les yeux vers le plafond à moitié détruit, dévoilant la faible lueur du jour. Non loin, les colombes chahutaient gentiment. Il entendait aussi l'énorme grésillement des voitures à vapeur passant près de la grande bâtisse.

Courbaturé, le jeune homme se releva et s'étira. Puis, d'un air dépité, il fixa ses mains bleu foncé. De ce qu'il se souvenait, il s'était écroulé, mort de fatigue. Il devait cet état d'épuisement aux longues courses-poursuites à travers la France, qui avaient abouti aux frontières de la Suisse, non loin d'un charmant village du nom de Saint-Julien-en-Genevois. Heureusement, au cours de cette escapade, il avait pu trouver un coin tranquille dans la mezzanine d'une vieille maison à proximité d'une splendide église. Le parquet, aussi vieux qu'humide, et les grandes toiles d'araignée sur les poutres et les plafonds, ne donnaient guère envie de s'y installer. De plus, les cloches paroissiales sonnaient à chaque heure précise, et plusieurs rats, aux poils orange, avaient élu domicile en ce lieu bien avant lui. Pour autant, ce qui se présentait ne dérangeait en rien Nicolaï.

Au contraire, il chérissait ce moment et cet endroit, calmes par rapport à son quotidien. Il serait d'ailleurs resté plus longtemps sur cette mezzanine si la faim ne lui tiraillait pas son pauvre estomac. Mais sortir maintenant serait peut-être encore trop risqué. Celui qui le poursuivait n'était pas n'importe qui. Le jeune homme serra les poings. La discrétion et l'infiltration restaient ses plus gros points forts et pourtant, il n'arrivait jamais à semer longtemps son agresseur. Ce jeu du chat et de la souris durait déjà depuis plusieurs jours, entamant ainsi son endurance. Le fait qu'il se trouve en plus sur un territoire ennemi n'arrangeait guère les choses, car il ne pouvait avoir confiance en personne. Et dire que quelques années auparavant, c'était son pays d'origine.

Il souffla avant de secouer énergiquement la tête. Hors de question de ressasser son passé. Cela n'arrangerait pas son humeur, surtout alors qu'il parvenait presque au but fixé. Il devait rester lucide quant à ce qu'il devait faire maintenant. Tout d'abord, vérifier les alentours, puis si possible, manger afin de reprendre un peu de force. Décidé, il fit craquer son cou avant de fléchir les genoux. Bien que fatigué, tout son corps fonctionnait encore. Il effectua un bond spectaculaire et agrippa les bords du plafond avant de se hisser sans difficulté sur le toit.

En cette saison, le temps était aussi clément qu'agréable. Le ciel sans nuage et le vent caressant son visage marquaient ses rares moments de quiétude. Il en profita pour vérifier tout son attirail. Son long manteau noir en cuir souple, couvrant ses épaules jusqu'à ses genoux, cachait une multitude de poches intérieures remplies de petites armes utiles selon la situation. Il possédait de grandes bottes noires en cuir renforcé et une ceinture fermée au bas de sa taille, où était accroché un dispositif en forme de montre à gousset. Tout semblait à sa place, ce qui le rassura. Il était maintenant temps de vérifier les alentours de ce village.

Contrairement à Paris, qui pouvait se vanter de ses prouesses technologiques, il notait, ici, cette mode si représentative de la vieille France victorienne. La plupart des bâtisses se composaient de bois, de briques et de tuiles avec des toits en pente finissant en pointe, avec de longues cheminées à leurs sommets. Les routes dallées de carreaux gris sillonnaient l'ensemble de l'espace. Il distingua des carrioles à vapeur, roulant d'un point à un autre. Ce type de véhicule à ciel ouvert demeurait très courant dans ces environnements. La première raison : son prix beaucoup moins élevé que celui d'une voiture sophistiquée. La seconde restait ce côté pittoresque si apprécié par les touristes. Le style vestimentaire des passants différait aussi de celui de la capitale. L'influence de la Suisse, à quelques lieues d'ici, devait y être pour quelque chose.

Pour les hommes, hormis les bottes, le cuir faisait place au tissu. Alors que les femmes se déplaçaient dans des robes chics froufroutantes, accompagnées d'un corset invisible. La couleur de peau prédominante était le vert pâle et l'orange léger. Avec tous ces éléments, Nicolaï comprit vite qu'il ne passerait pas inaperçu. Au mieux, ils pourraient le prendre pour un voyageur. Le jeune homme sauta du toit et rejoignit le sol. Au diable la prudence. Il avait bien trop faim. De plus, il n'apercevait aucun signe de la présence de son poursuivant, connu pour être particulièrement bruyant. Avec un peu de chance, il avait peut-être abandonné. Si c'était le cas, la suite du voyage serait beaucoup plus aisée.

Gardant tout de même une certaine prudence, le jeune homme avança et sillonna silencieusement les rues. Beaucoup de passants croisèrent son regard sans pour autant s'y attarder. Cela le rassura un peu. Mais vite, il constata le problème de ce pays annexé. Partout où il tournait la tête, il apercevait des affiches à l'effigie de l'Impératrice, plus connue sous le nom de Reine des Sucreries, une femme à la couleur de peau rose, au visage fin et au regard pétillant, habillée d'une robe rose très clair et coiffée d'une jolie couronne dorée. D'un certain point de vue, elle était comparable à une princesse sortie d'un conte de fées. Pour Nicolaï, elle restait la représentation du diable en personne. Tant de choses avaient changé depuis que la France était sous son contrôle.

À commencer par les boulangeries. L'une d'elles attira son attention par son odeur délicieuse. Comme il s'y attendait, en penchant son nez vers la vitrine, il ne vit que des pâtisseries et aucune viennoiserie, celles-ci étant interdites depuis des années. Il soupira. Et dire qu'il adorait les croissants. Il entra tout de même, d'un pas détaché. Puis, il sourit à la jeune femme potelée et à la couleur de peau orangée. Cette dernière ne put s'empêcher de lever un regard surpris et, sans aucune discrétion, dévisagea son potentiel client de haut en bas. Après ce rapide examen, elle afficha un beau sourire et l'invita à choisir.

— C'est assez rare de voir des personnes de votre couleur, par ici, dit-elle d'un ton trop joyeux pour que ce soit naturel. En principe, nous avons plutôt de la couleur verte ou orange. Vous venez faire du tourisme ?

— En quelque sorte, répondit Nicolaï d'une voix fatiguée tout en grimaçant quant au choix proposé.

L'ensemble des pâtisseries était fait à base de crème et le jeune homme n'en avait jamais été friand. De son œil incisif, il vit, un peu dissimulée, entre deux gros fraisiers, une petite tarte aux fruits. Surpris, il leva les yeux vers son interlocutrice, qui perdit instantanément son sourire, laissant place à une énorme crainte.

— Oh… Je… Non… Vous êtes un… je peux tout vous expliquer !

— Allons, du calme, s'empressa-t-il de déclarer. Je ne suis ni un inspecteur ni un chargé de loi. Et je vous avoue que cette petite tarte me donne bien envie. Elle est bien à vendre, n'est-ce pas ?

Un certain soulagement emplit la salle.

— Oui… oui, bien sûr, dit-elle d'un ton plus calme. Ce sera deux engrenages de cuivre.

Nicolaï sortit de sa poche un bout de métal gris de la largeur de son doigt et le posa sur le comptoir. La femme l'échangea contre des engrenages plus petits de couleur bronze et cuivre. Puis, elle prit délicatement la tarte aux fruits et la déposa dans une petite boite rose accompagnée d'un joli ruban.

— Que le rose illumine votre journée, s'exclama-t-elle en reprenant un faux sourire que Nicolaï ne connaissait que très bien.

— Et que votre journée soit illuminée de rose, lâcha-t-il à contrecœur, avant de prendre son paquet.

Quelle mauvaise surprise de constater que l'Impératrice faisait régner sa loi, même aux frontières de la Suisse ! Cela l'exaspérait au plus haut point. Allez, encore un peu et il pourrait s'échapper de cet enfer. Ainsi, après un bref salut, il fit volte-face. Un énorme son de cloche retentit. Un son qui résonnait aussi bien à l'extérieur que dans la boulangerie. Si la boulangère leva la tête intriguée, Nicolaï ferma les yeux tout en émettant un profond soupir. C'était une trop belle journée pour que cela continue.

— Oyez, oyez, s'écria une voix grave. Mon nom est Archléone le doré. Je demande la coopération de tous les habitants. Je recherche un homme de couleur bleu sombre du nom de Nicolaï Baskerville. C'est un fugitif très dangereux. Si vous l'apercevez, veuillez me prévenir, ou prévenir l'autorité la plus proche. Oyez, oyez.

Instinctivement, Nicolaï sentit le regard de la boulangère se poser un peu trop sur sa personne. Puis, arriva une grimace, qu'il ne connaissait que trop bien ces jours-ci. Sans perdre une minute, il sortit de la boulangerie, et sachant pertinemment qu'il n'était plus utile de se cacher, se rendit au beau milieu de la route, la tarte à la main, prêt à en croquer un bout.

— Est-ce que j'ai au moins le temps de manger ma tarte ? hurla-t-il, agacé.

Un grand nombre de passants tournèrent la tête dans sa direction. Comprenant qu'il était bien l'homme recherché, beaucoup reculèrent de peur. Un silence pesant s'installa.

Un mastodonte de deux mètres cinquante se présenta face à Nicolaï. De couleur jaune or, comme l'énorme cloche qu'il tenait de sa main tendue vers sa proie enfin retrouvée. Il avait le visage long, creusé par son âge avancé. Ses cheveux blonds et son regard hautain étaient dignes de sa fonction de représentant inquisiteur, ainsi que son armure rutilante. Il dégageait une aura qui imposait aussi bien la crainte que le respect. Nicolaï ne le connaissait que peu et c'était bien mieux ainsi. De toute son existence, il n'avait jamais rencontré quelqu'un d'aussi tenace. Il éprouvait de fortes craintes quant à sa carrure effrayante.

— Tu peux toujours courir, Nicolaï, vociféra fortement l'inquisiteur. Mais tu ne peux te cacher.

En guise de réponse, le jeune homme croqua dans sa tarte, tout en observant aux alentours le moindre geste suspect.

— Justement, reprit-il en avalant sa bouchée. Tu me poursuis depuis Marne-la-Vallée. Tu n'es pas un peu fatigué ? Ton armure ne te gratte pas trop ?

Un fort tintement de cloche se fit entendre, faisant vibrer les maisons aux alentours. Les personnes qui eurent assez de courage pour lorgner ce spectacle durent couvrir leurs oreilles. Nicolaï, quant à lui, grinça des dents, très incommodé. Le pire fut qu'un morceau de sa tarte ne supporta pas le choc et tomba par terre.

— Je n'ai que faire du venin que tu craches, vil félon, gronda Archléone. Dois-je te rappeler tes crimes ?

— Cela ne sera que la énième fois, grimaça tristement Nicolaï tout en observant sa tarte sur le sol.

— Espion pour le compte de Guélamor, principal opposant de notre resplendissante Impératrice. Voleur d'artefact légendaire au sein même de l'Église des Couleurs et destructeur de ville et de population.

Tiens, la dernière fois, il n'y avait pas destructeur de ville et de population, pensa-t-il. *Attends une minute !*

— Eh oh ! Ne me refile pas tes casseroles, s'exclama Nicolaï choqué. C'est toi qui détruis tout avec ta cloche !

— Car tu ne te laisses pas attraper, rétorqua l'inquisiteur. Combien vont encore succomber à cause de ton obstination ? Alors que nous savons tous les deux que je t'attraperai tôt ou tard. Inutile de rallonger tes crimes, Nicolaï.

Mais c'est qu'il veut me faire culpabiliser en plus, ce gougnafier, songea-t-il en mangeant la dernière partie du repas qu'il avait pu sauver. Décidément, il ne pourrait jamais supporter la logique de cet Empire.

Chapitre 2

En moins d'un demi-siècle, la malaria colorès avait changé profondément le patrimoine génétique de la plupart des êtres vivants. Bien que meurtrière, elle se retrouvait considérée comme une bénédiction. En effet, quel que soit le spectre de couleurs, un fort ralentissement du vieillissement des cellules, une résistance aux autres maladies et une capacité à survivre plus longtemps sans boire et manger furent constatés.

Un bruit gargantuesque s'enchaînait, encore et toujours, derrière le pauvre Nicolaï. Celui-ci restait assez agile pour ne pas se laisser rattraper par son opposant, sans pour autant pouvoir le semer. Il se demandait, d'ailleurs, comment un être d'une taille aussi significative pouvait se montrer à ce point rapide. À noter, en plus, l'ensemble de son attirail et surtout l'énorme cloche qu'il utilisait comme une arme. En effet, à chaque tintement, un infrason résonnait, détruisant sur plusieurs mètres toute infrastructure un peu fragile. Les rares personnes trop téméraires qui osaient croiser d'un peu trop près le chemin de l'inquisiteur, se voyaient prises de spasmes, les faisant au mieux régurgiter leurs repas du matin, ou au pire, cracher du sang.

Nicolaï se trouvait trop loin pour en être affecté. Mais cela lui arrivait de ressentir parfois des engourdissements dans tout le corps. Heureusement, son adrénaline et sa concentration demeuraient assez élevées pour ne rien laisser transparaître. Le problème adviendrait le soir quand toute la fatigue cumulée le submergerait d'un seul coup. Mais il n'y était pas encore. L'objectif restait d'atteindre la Suisse. S'il y arrivait, il serait enfin en sécurité. Basant ainsi sa survie sur ce coup de poker, il grimpa avec dextérité sur l'une des bâtisses et continua son chemin en sautant, d'un pas léger, de toit en toit.

Archléone le suivit d'un seul saut, fracassant les tuiles par son formidable poids et courut sans prendre en compte l'ampleur des dégâts. Cette course-poursuite continua jusqu'aux extrémités du village. Nicolaï déplorait le chaos occasionné par son poursuivant, mais entre cela et sa vie, le choix était vite fait.

Il estimait fort dommage que son adversaire lui impute tous ces dégâts. Cela ne l'aiderait guère s'il devait un jour retourner dans son pays natal. Perturbé par cette vérité amère, le jeune homme choisit de prendre la route des champs, espérant ainsi ralentir son opposant. Une tentative bien vaine, ce géant ne montrant aucun signe de fatigue ou le moindre doute. Avec l'aisance d'une moissonneuse, il ravagea toute culture ou être ayant le malheur de se trouver trop près de lui.

Nicolaï se sentait déjà épuisé, alors qu'il n'était que midi. Courir depuis plusieurs jours et nuits, sans s'alimenter correctement, avait grandement entamé ses forces. Il ne tenait encore que par la force de sa volonté. Une volonté qui s'amenuisait elle aussi. Partout où il regardait, il ne voyait que de longs champs de blé et de citrouilles. Au loin, il pouvait apercevoir une montagne : la première frontière helvétique. Mais elle semblait encore inaccessible. Il émit un son plaintif exprimant son découragement ; si seulement il pouvait reprendre son souffle ne serait-ce qu'un instant.

Pour cela, il avait plusieurs solutions. Essayer d'embobiner son adversaire en discutant, mais l'ayant déjà fait quelques jours auparavant, il doutait que cela fonctionne une nouvelle fois. Se battre était aussi une option à rejeter. La différence de force entre les deux s'avérait bien trop grande pour s'y risquer. En effet, la couleur jaune or de son opposant avait toujours créé des aptitudes aussi étranges que puissantes. Que lui restait-il donc ? Peut-être utiliser son don de métamorphose. Non ! Hors de question. Il perdrait ses vêtements, la majorité de son équipement, et si la transformation durait trop longtemps, une partie de sa raison.

Il ne lui restait donc que l'espoir d'apercevoir un véhicule. Mais là aussi, il pressentait un problème. Son opposant, à son grand désarroi, possédait la capacité de concentrer et d'envoyer ses ondes sonores sur un point précis. Et s'il était facile de les éviter avec un peu d'agilité, ce ne serait pas du tout le cas pour une voiture. Il ne voyait aucune autre solution. Il devait tenter le coup.

Décidé, Nicolaï s'éloigna des champs et s'approcha de la grande route goudronnée. Bien qu'il ne puisse pas courir aussi vite qu'un véhicule lancé à grande vitesse, il garda une allure qui aurait pu impressionner le plus grand des sprinters. Malheureusement, ce genre de passage était le plus souvent désert à cause de la coupure nette des frontières. Seuls des travailleurs des champs ou quelques curieux et aventureux se permettaient encore de l'emprunter. Il fallait donc de la patience et un soupçon de chance. Dans tous ses malheurs, Nicolaï avait toujours été un drôle de chanceux. Une personne superstitieuse ou croyant aux interventions divines aurait pu penser qu'une présence supérieure s'amusait à le mettre très souvent dans des circonstances lui faisant hausser un sourcil. Cela se vérifia une nouvelle fois après cinq petites minutes, lorsqu'il vit arriver un grand camion à vapeur aux couleurs de bronze, doté d'un toit aussi métallique que magnifique, l'invitant presque à s'y allonger. Seulement, un petit détail ruinait l'ensemble de ce projet : le véhicule roulait dans le mauvais sens. *Quelle… chance !* ironisa-t-il, terriblement fatigué.

Au moins, il savait quoi faire pour gagner un peu de temps. D'abord, il jeta un dernier coup d'œil à son poursuivant toujours visible au loin, puis avec un sourire triomphant, fit un énorme bond de plusieurs mètres et s'accrocha avec précision sur la façade de son taxi improvisé avant de rejoindre le toit. D'un seul coup, la pression ressentie au niveau de ses jambes diminua. Il put enfin souffler tout en profitant de cette vue et de ce vent qui fouettait son visage. Archléone n'étant pas connu pour ses réflexes, resta à fixer le camion pendant quelques secondes.

Il ne s'attendait pas à une décision aussi illogique de la part de sa proie. Néanmoins, cela l'arrangeait que celui-ci s'éloigne de son objectif. Il prit alors de l'élan et, avec une force surhumaine, repartit dans l'autre sens. Sa cloche sonna à ce changement de direction ; jusqu'à une dizaine de mètres, les champs volèrent en éclats à cause des puissantes ondes sonores. *Il fallait s'y attendre,* songea Nicolaï, qui ressentit de nouveau les courbatures l'assaillir. Ce monstre ne lui laisserait guère de répit. Au moins, il avait gagné assez de temps pour souffler un peu. Mais retourner au village ne serait pas non plus une solution, car les habitants étaient maintenant au courant de son statut de fugitif. En revanche, si dame chance restait avec lui, il avait encore un moyen de renverser la mise. Et heureusement, comme pour souligner sa pensée, un autre camion à vapeur apparut au loin, roulant cette fois dans la direction qu'il souhaitait. Maintenant, il ne devait pas se louper.

Le jeune homme plissa les yeux avant de se relever à contrecœur et, d'un bond spectaculaire, atterrit sur l'autre toit. Le vent semblait enfin tourner.

Archléone avait vu la scène, il se mit au beau milieu de la route le bras droit devant, comme pour signifier au chauffeur de s'arrêter.

— Bien évidemment ! gronda Nicolaï, les bras vers le ciel. Eh bien… tant pis !

Il allait devoir se montrer plus direct. À ces mots, il fit craquer ses poings, puis se faufila d'une manière aussi brusque qu'agile par la fenêtre ouverte du siège passager. Le conducteur, un homme d'un certain âge de couleur verte et à la barbe brune bien fournie, le dévisagea. Mais sa réaction changea brusquement lorsqu'il sentit un couteau se glisser sous sa gorge.

— Mais… mais… que…

— Allons, on se calme, susurra Nicolaï. Vous m'écoutez et je vous promets que nous sortirons tous deux vivants de cette situation et en bonne santé. Tout ce que vous avez à faire, c'est d'appuyer sur le champignon. Allez hop !

— Mais… Il y a quelqu'un sur la route !

— Oui, effectivement et espérons qu'il y reste. Allez, appuyez franchement !

Ressentant la pression de la lame sur sa jugulaire, le pauvre n'eut d'autre choix que d'obéir. Le camion prit de la vitesse. Archléone ne bougea pas pour autant, persuadé de son autorité et de ses convictions. Malheureusement, il eut tort cette fois-ci et fut emporté par la puissance du véhicule. Son immense cloche s'envola et retomba dans un champ plus loin. Après quelques secondes, les mains du pauvre conducteur se mirent à trembler alors que son visage blêmissait.

— Je… je suis un meurtrier, lâcha-t-il sous le choc.

— Mais non, le rassura Nicolaï d'un ton très calme tout en relâchant un peu sa poigne. Je peux vous assurer que cette chose ne mourra pas pour si peu.

— Quoi ? Mais qu'est-ce que c'est ? Et vous êtes qui, vous ? Qu'est-ce que vous me voulez ? Je tiens à vous dire, je ne suis qu'un simple agriculteur qui part au travail. Je… Je…

— Allons, je ne souhaite pas votre mort. Au contraire, je vous dois une fière chandelle. Disons que vous étiez là au bon moment.

Le jeune homme sourit, cherchant à détendre l'atmosphère, mais dans la situation actuelle, il savait cet effort impossible. Le pauvre homme était terrorisé.

— Bon, il semble que je n'ai pas vraiment fait une bonne première impression. Je tâcherai de me rattraper. Pouvez-vous m'assurer que vous ne ferez rien d'incongru si j'enlève ma lame ?

Un grand silence s'installa, l'homme fixa son interlocuteur avec un mélange de surprise et d'incompréhension. Il finit par accepter. Nicolaï agrandit alors son sourire et avec une certaine dextérité, fit disparaître son couteau sous sa manche. Puis, il s'installa comme n'importe quel passager en quête de bonne compagnie. De nouveau, le silence reprit ses droits. Le pauvre homme ne sachant quoi dire gardait ses mains crispées sur le volant, roulant toujours à grande vitesse et jetant de temps en temps des coups d'œil vers son mystérieux compagnon de voyage. Au bout d'une minute, n'en pouvant plus de cette situation, il délia sa langue.

— Vous ne seriez pas un membre de la résistance ou un truc de ce genre ?

Nicolaï haussa longuement les sourcils. La résistance française avait été démantelée voilà bien longtemps, mais il semblait que quelques personnes soient encore persuadées de son existence.

— J'y étais à une certaine époque, répondit franchement le jeune homme avec un sourire amer. Mais maintenant, je travaille seul.

À cette réponse, le conducteur émit un léger grognement comme pour signifier son embarras. Puis, il marqua encore un temps, avant de poser une nouvelle question.

— Et celui que j'ai percuté, qui était-ce ?

Nicolaï haussa les épaules.

— Une unité d'élite de rang or de l'Impératrice des Sucreries. Il est connu pour avoir commis de nombreux assassinats en l'honneur de sa propre justice.

— Oh, rien que ça ! balbutia le vieil homme.

Le pauvre sentit des gouttes de sueur froide perler sur son front.

— Si cela peut vous rassurer, vous ne risquez pas grand-chose. Ce monstre est bien trop occupé à me poursuivre, pour s'intéresser à un individu tel que vous.

Une remarque qui semblait avoir piqué à vif son interlocuteur qui ne put s'empêcher d'arborer une certaine grimace.

— Je vous envie un peu, dit-il alors. Vous avez eu le courage de vous soulever contre l'Impératrice. La plupart d'entre nous ont préféré abandonner.

Cela fit pouffer de rire Nicolaï, il ne pensait pas tomber sur quelqu'un qui l'accepte après une rencontre aussi chaotique. Seulement, il fallait remettre les choses dans leurs contextes. Se faire opprimer depuis plus d'une quinzaine d'années par l'Impératrice donnait irrémédiablement à certaines personnes un esprit de rébellion.

— Eh bien… dit Nicolaï. Ce que je pourrais vous répondre, Monsieur…

— Beltok, répondit-il. Beltok Meldive.

— Enchanté, Monsieur Beltok. Je disais donc que, quelque part, vous êtes en ce moment même en train de faire un acte rebelle.

À ces mots, le dénommé Beltok fronça les sourcils. Puis, comme s'il avait eu une illumination, lâcha un léger sourire, cette fois complètement détendu. Nicolaï sourit à son tour avant de prendre ses aises.

— Et donc, où est-ce que je vous dépose ? demanda-t-il.

Nicolaï pointa la montagne au loin.

— Au plus proche de celle-ci.

— Vous allez en Suisse ? Il est normalement impossible d'entrer avec leurs dômes. Il paraît qu'ils sont capables d'utiliser une certaine forme de… magie.

— Je sais déjà tout ça. Et ne vous inquiétez pas, assura le jeune homme en agrandissant son sourire. Ce genre de problème n'en est pas un pour moi.

Chapitre 3

Suisse : Le seul état occidental encore indépendant. Connu pour son extrême neutralité, il est impossible de l'envahir. La raison principale serait une découverte aussi bien puissante que jalousement gardée : la magie.

— Entendre le chant des loups m'a toujours fait pleurer, se confia Nicolaï avec un sourire amer.

Voilà une révélation qui fit froncer les sourcils de ce bon vieux Beltok. Alors qu'il commençait enfin à obtenir des informations sur son passager de fortune, ce dernier lui avouait quelque chose de bien étrange.

— Oh ! vous avez rencontré beaucoup de loups dans votre vie ?

À cette question, Nicolaï tourna la tête vers lui.

— Oui, mais c'était lorsque j'étais très jeune, en plein soulèvement de la résistance française.

— Oh… répondit Beltok sans savoir vraiment quoi dire d'autre. En tous les cas, votre vie semble bien compliquée.

— Et encore, vous n'avez que la partie émergée de l'iceberg. Mais, vous aussi, avez dû avoir vos lots de galères à cause de cette répression.

— Oui, il est vrai, j'imagine que je suis déjà bien assez chanceux de faire partie des adultes qui ont survécu. Mais que ce soit ma vie, ma famille, ou ma situation actuelle…

Beltok soupira, comme très fatigué à l'idée de révéler son quotidien. Nicolaï n'en était pas étonné. Le monde avait changé de tant de façons depuis les ravages de la guerre. Lui avait eu la chance de contracter la couleur bleue. Celle-ci lui avait permis de survivre alors qu'il n'avait que sept ans. Beaucoup d'années avaient passé depuis, menant autant d'aventures que de déboires. Il prit un certain plaisir à les lui raconter tout le long du trajet. En fin d'après-midi, Beltok le déposa au pied de la montagne en certifiant avec regret qu'il ne pouvait pas aller plus loin. Nicolaï en était conscient et ce fut avec un sourire plein de reconnaissance qu'il quitta le siège passager.

— Vous êtes sûr que vous ne voulez pas venir avec moi ? tenta-t-il.

Le vieux Beltok sourit à son tour, mais d'un air désolé.

— Il y aurait quelques années de cela, j'aurais certainement accepté. Mais je me suis habitué à cette vie. Si je viens avec vous, je ne ferai que vous ralentir. Mais sachez que si un jour nos chemins se recroisent, vous aurez toujours mon soutien.

Une réponse très attendrissante que le jeune homme appréhenda d'une mine déçue. Selon lui, il n'y avait pas d'âge pour réaliser ce que l'on souhaitait. Mais il pouvait comprendre cette résignation, cette peur de perdre le peu qui lui restait. La plupart des personnes ne souhaitaient qu'une vie sans encombre et il était hors de question de leur enlever cette toute dernière liberté. Nicolaï garda donc son argumentaire pour lui et se promit de se souvenir de ce vieil homme assez fou pour avoir accepté d'amener un énergumène tel que lui aussi loin.

— Que la chance vous accompagne, dit-il en s'inclinant très respectueusement.

— Et vous, ne vous faites pas attraper, répondit joyeusement Beltok, tout en rallumant le moteur de son énorme véhicule.

Nicolaï resta immobile tout en l'observant partir. Puis, il se tourna vers la montagne et sa route si peu entretenue. Il avait encore du chemin à parcourir, néanmoins il estima que cela devrait se passer plus tranquillement à partir de maintenant. Avec un léger soupir, il reprit alors la marche, se souvenant qu'il ne se trouvait pas au mieux de sa forme. Ses muscles lui faisaient mal, il avait encore faim et aussi besoin de se reposer mentalement.

Son pas fut donc plus lent et sa méfiance des alentours diminua. Il continua ainsi, alors que le soleil amorçait sa descente. Les espaces verts avaient repris leurs droits. Il n'était pas rare de tomber sur des racines qui avaient réussi à s'installer au beau milieu du chemin goudronné. De chaque côté, des arbres apportaient une certaine humidité. Le chant des oiseaux se montrait très présent et il était possible d'entendre de petits glapissements résonnant de temps à autre. Cela rappela à Nicolaï de très vieux souvenirs. Ce genre d'environnement... Une bonne partie de sa vie... Il avait vécu ainsi entre la pénombre des feuilles filtrant la plupart des rayons de soleil. Aujourd'hui, il voyageait seul, loin de ce passé aussi larmoyant que mouvementé.

Une fois arrivé au sommet, il put enfin contempler la première ville frontalière de la Suisse. Comme décrite dans toutes les informations qu'il avait pu recueillir. Les bâtiments visibles avaient perdu tout ce côté steampunk français pour laisser place à la grande architecture victorienne. Que ce soient les tours de briques rouges, ornées de grands cadrans très semblables aux monuments de Londres, les maisons aux tuiles de la même couleur, accompagnées de leurs cheminées noires au bout de chacune d'elles, et enfin les rues pavées de carreaux gris encastrés de manière ordonnée.

Nicolaï voyait tout cela de loin, souriant : sa destination se trouvait seulement à une vingtaine de minutes. Il s'avança, convaincu d'être complètement hors de danger, lorsqu'il entendit, derrière lui, le son de cette cloche familière. Son sourire s'effaça. Avec une grimace, il se retourna.

— Mais c'est qu'il est increvable, en plus ! s'écria-t-il, avant de reprendre la route.

Ses muscles n'apprécièrent guère ce nouvel effort, mais il n'avait plus vraiment le choix. Le bruit se faisait de plus en plus audible, lui signalant qu'il perdait un peu de cette avance accumulée. Lorsqu'il fut à une centaine de mètres de son but, quelque chose l'arrêta tel un mur invisible. Comme une force qui le repoussa, et ce, à chacune de ses tentatives. Il venait de buter sur ce qui protégeait la frontière. Une sorte de champ de force.

Alimenté par la magie. Cette défense, connue pour être impénétrable, avait réussi à dissuader l'ensemble des autres pays. Seulement, il en fallait plus pour décourager Nicolaï, car s'il venait ici, c'était bien parce qu'il avait une solution. Et c'était d'ailleurs aussi la raison pour laquelle il était si ardemment poursuivi. De l'une de ses nombreuses poches, il sortit une pierre de couleur blanche. Cet objet faisait la taille de la paume de sa main et selon l'inclinaison du soleil, changeait aléatoirement de couleur. Selon les dires, cet artefact était imprégné de magie et permettrait d'entrer sans sourciller en ces lieux. La question était maintenant de savoir comment cet objet fonctionnait. Au début, il avait pensé que l'avoir en sa possession suffirait, mais cela ne marchait pas. *Peut-être en touchant le champ de force avec ou en récitant une certaine formule ?*

— Malédiction, grogna-t-il. J'aurais dû me renseigner avant de commettre ce vol.

Il se trouvait bien bête devant un problème qu'il avait cru résoudre facilement.

— Allez, marche ! Par pitié ! s'écria-t-il.

Il tenta tout ce qui pouvait lui passer par la tête, comme la bouger, la secouer, la frapper ou la faire glisser de différentes manières. Rien n'y faisait. Perdant finalement patience, il jura avant de la jeter violemment au sol. Elle s'illumina, à sa grande surprise. Une dizaine de secondes plus tard, un passage lumineux s'ouvrit devant ses yeux. D'abord sceptique, le jeune homme avança, puis finit par sourire lorsqu'il ne sentit plus de résistance. Il pouvait maintenant entrer à sa guise. L'angoisse accumulée s'évacua ainsi tout naturellement. Il avait réussi ! Enfin, il n'aurait plus à courir pour sa survie. Un monde plus calme et juste s'offrait à lui. Victorieux, il se tourna vers son poursuivant qui continuait sa démarche si destructrice. Cela le fit pouffer de rire. Tant d'effort de sa part, alors qu'il ne rentrerait que bredouille.

— C'est trop tard, Archléone. J'ai gagné ! J'ai ga...

Il se tut alors qu'un énorme doute venait de lui agripper les tripes. Pourquoi le passage restait-il encore ouvert ? Il ne devrait pas se refermer ? Son sourire s'effaça tandis qu'un mélange d'effroi et de lassitude prenait doucement place. Il comprit qu'il était encore loin d'avoir fini de courir. Archléone était maintenant assez proche pour que ses ondes sonores fassent de nouveau effet. Le jeune homme put le ressentir au niveau de ses pauvres mollets, alors qu'il commençait à sinuer les premières ruelles de la ville. Beaucoup de personnes à la peau couleur beige le remarquèrent passer à toute vitesse, puis s'effondrèrent au son de la cloche meurtrière. Afin d'éviter d'éventuelles autres victimes, il reprit rapidement le chemin des toits.

De ce nouveau point de vue, il put observer de plus près ces merveilles d'architecture. Les grandes tours aux cadrans s'avéraient bien plus impressionnantes maintenant qu'elles n'étaient plus qu'à quelques mètres, et les rues ainsi que les enseignes, brillaient d'une propreté exemplaire. Il pouvait également apercevoir plusieurs statues au milieu de fontaines dans lesquelles l'eau coulait d'une certaine lueur argentée. Cette ville en elle-même était un spectacle, surtout au crépuscule. Mais une douleur fulgurante au niveau des jambes lui fit comprendre qu'il aurait dû fuir au lieu de s'extasier. Son corps était au bord de sa limite et son opposant bien plus près qu'il ne l'aurait cru. Avec difficulté, il tenta de se redresser. L'étau de ses possibilités se resserra brusquement, alors que de son œil fatigué, il vit atterrir dans un fracas assourdissant ce monstre immortel.

Difficile de soutenir ce regard si incisif, cette colère dissimulée derrière ce visage impassible et marqué de part et d'autre par du sang séché. Ses cheveux blonds salis et son armure dorée un peu cabossée étaient emplis de traces noires. Visiblement, il n'avait pas apprécié le coup du camion. Cela se confirma lorsqu'il avança d'un pas, écrasant au passage les magnifiques tuiles du toit. Il avait toujours en main son énorme cloche qu'il brandissait d'une manière menaçante devant le pauvre Nicolaï.

— Attends ! tenta désespérément le jeune homme. Tu n'as pas à faire ça. Regarde autour de toi ! Nous avons réussi à atteindre le seul pays occidental dont nous ignorons tout ! Faire du grabuge ici ne serait pas sage. On pourrait…

— N'essaye pas encore de me duper, coupa sèchement Archléone tout en avançant d'un nouveau pas. J'en ai plus qu'assez de tes manigances. Que ce soit en territoire ennemi ou au plus profond de l'Antarctique, je te traquerai jusqu'à ce que mort s'ensuive. En tant que juge de notre reine. Je te ferai payer tous tes crimes !

Un frisson mortel chatouilla la nuque de Nicolaï qui leva les yeux vers la cloche prête à sonner le glas de sa mort. Il n'avait plus le choix, il devait utiliser sa toute dernière carte. Tout se passa en une fraction de seconde. En rassemblant ses ultimes forces, il fit un bond en arrière esquivant ainsi l'attaque de son opposant. Un énorme trou au niveau du toit se forma entre lui et Archléone. Celui-ci s'apprêtait à enchaîner, mais il s'arrêta lorsqu'il vit sa proie se métamorphoser. Il n'était plus un homme, mais un loup de grande taille de couleur bleu marine et au regard argenté. Il grognait, les poils hérissés, au milieu de ses vêtements désormais plus contraignants qu'autre chose.

— Tu montres enfin ton vrai visage. Fichu loup de Baskerville. Tu penses pouvoir mieux te battre sous cette forme ?

Se battre, non, pensa le grand loup qui ne pouvait désormais plus utiliser l'art du langage. *Mais en revanche, fuir, oui.* Et c'est ce qu'il fit sans demander son reste. Sous cette apparence, il devenait plus rapide et endurant. S'il avait utilisé cette forme plus tôt, il aurait pu semer son opposant depuis bien longtemps, mais il n'aurait jamais pu ouvrir un passage dans ce dôme magique. De plus, il était hors de question de se débarrasser de tout son équipement. Il l'avait déjà fait à plusieurs reprises, et c'était toujours très dur d'en reconstruire un digne de ce nom.

Il n'avait pas eu le choix. Quitte à vivre l'état sauvage en tant que loup et espérer un futur plus serein, il le ferait. Sa décision prise, il prit la poudre d'escampette. Sous cette forme, il avait l'avantage de mieux répartir sa fatigue à travers son corps. Il pouvait donc pratiquer une allure rapide pendant encore quelques heures.

Il sillonna ainsi toits, rues et places à grande vitesse. Beaucoup de passants émirent des plaintes de stupeur. Cela ne devait pas être courant de voir courir un énorme loup bleu à travers la ville. Mais cela devait être encore moins le cas de se faire attaquer par un géant fou, armé d'une cloche et hurlant des paroles inquisitrices. Ce remue-ménage mena irrémédiablement une alarme à vibrer à travers la ville. Un bruit aussi assourdissant que désagréable résonna dans les oreilles du pauvre Nicolaï. Tout se passa ensuite très vite. Comme étant préparés à contrer une certaine menace, les habitants s'enfermèrent à l'intérieur de maisons ou d'abris prévus à cet effet. Puis, plusieurs champs de force s'activèrent autour de la plupart des bâtisses.

Nicolaï, dans sa course, observa ce phénomène, de moins en moins rassuré. Le dôme de protection n'était donc pas leur seul moyen de protection. Trois silhouettes encapuchonnées et habillées de longues tuniques noires firent leur apparition sur les toits des plus hautes maisons. Ils étaient tous assez loin, néanmoins ils restaient visibles ; il distingua des gestes très précis au niveau de leurs bras. Puis, une énergie de différentes couleurs se concentra au creux de leurs mains. *Oh, ça ne sent pas bon !* pensa-t-il tout en osant tourner sa tête derrière lui. Son intuition fut la bonne. Il n'entendait plus le vacarme que provoquait Archléone qui semblait manipulé par une force invisible, qui le soulevait dans le ciel. Au contraire, tout était devenu calme. Trop calme. Ce qu'il vit par la suite le paralysa de stupeur. De la main de l'une des étranges silhouettes sortirent à toute vitesse de gigantesques chaînes dorées qui fondirent sur le colosse, lui attachant solidement bras et jambes. Celui-ci tentait tant bien que mal de s'en défaire, mais d'autres s'enroulèrent au niveau de sa taille et de son cou. Une fois son adversaire haut dans les airs, les silhouettes se rapprochèrent en sautant aisément de toit en toit.

Nicolaï trembla. Ils avaient appréhendé Archléone. L'une des unités d'élite de l'Impératrice. Mais ce qui suivit lui glaça le sang. Ils ne cherchaient pas à le maîtriser, mais à l'exécuter. Le loup bleu le comprit lorsqu'ils furent assez près et se mirent à scander un sermon tout en reprenant leurs étranges signes de main. Une énergie de couleur jaune se concentra au niveau de la paume de l'un d'eux et d'un seul coup, la foudre s'abattit sur Archléone. De toutes parts, s'entendit un cri déchirant pouvant horrifier le plus hardi des soldats. Ce que venait de voir Nicolaï resterait à jamais gravé dans sa mémoire. *Voilà donc la puissance de la magie ? Mais c'est de la triche !*

Il fallait qu'il se cache. Surtout ne pas se faire voir. Si jamais ils le trouvaient, il n'aurait aucune chance. D'un pas beaucoup moins assuré, il choisit de prendre des ruelles plus sombres. Avec la nuit et sa couleur de fourrure, il pouvait se glisser dans un coin et attendre que tout se calme. Une petite cachette entre deux caisses fit rapidement l'affaire et sans un bruit, il se roula en boule au milieu. Ses sens restèrent en alerte pour pouvoir réagir au moindre bruit suspect. Il fallait maintenant attendre… Juste attendre… Juste être patient… Ne surtout pas s'endormir… Ne surtout pas… Ne…

Chapitre 4

En France, la couleur la plus répandue est le vert. Mais il est possible de rencontrer du jaune, de l'orange et du bleu ciel. En Suisse, la couleur beige prédomine. Il semblerait que celle-ci soit la plus apte à pouvoir développer la magie.

Petit à petit, la vie reprenait un cours normal. Le bruit de pas des passants s'accompagnait de belles conversations ainsi que des cris enjoués d'enfants jouant bruyamment dans les rues. À noter aussi le passage de carrioles et de charrettes. Tout cela engendrait une cacophonie qui sonnait pourtant de manière bien ordonnée dans les oreilles de Nicolaï, qui tentait tant bien que mal d'ouvrir les yeux. Le pauvre avait mal à des muscles dont il ignorait l'existence et avait une forte envie d'exterminer les fous qui osaient déranger son sommeil. De très mauvaise humeur, il finit par bâiller tout en finissant par un léger couinement digne de sa condition de loup. Puis, les yeux semi-ouverts, il tenta d'observer les alentours, cherchant à rassembler aussi bien des informations que ses souvenirs. Qu'est-ce qu'il faisait là, déjà ? D'ailleurs où se trouvait-il exactement ? Cette réflexion resta éphémère, car telle une gifle reçue en plein visage, tout lui revint d'un coup. Il ouvrit alors grand les yeux et se releva tout en s'ébrouant.

En Suisse, il était en Suisse ! Il avait réussi à se débarrasser d'Archléone et… Il s'était endormi. *Diantre*. Il pouvait clairement remercier sa chance de ne pas avoir été découvert dans une telle position de faiblesse, mais ne la connaissant que trop bien, il savait que cela n'allait pas durer. Il avait beau être resté dans une ruelle relativement sombre et derrière plusieurs caisses, il doutait que cela suffise pour le reste de la journée. Le mieux serait donc de rejoindre les toits au plus vite. Avec précaution, il sortit le museau et renifla les alentours avant de se décider à sortir prudemment la tête. Il observa d'abord à droite, puis à gauche. Si la voie paraissait libre de prime abord, ce ne fut plus le cas lorsqu'il entendit un léger son de stupeur, venant du lieu observé précédemment. Pris par l'angoisse d'être repéré, le loup se mit en boule, les oreilles couchées, le plus silencieusement possible. *Oh punaise, pourvu que personne ne m'ait vu, pourvu que personne ne m'ait…*

— Édouard, viens vite, dit une voix enfantine. J'ai vu un truc bizarre bouger !

Fichtre, gronda intérieurement Nicolaï. *Voilà maintenant la poisse qui arrive.*

— Encore un de tes monstres imaginaires, s'exclama une autre voix d'enfant, mais cette fois dans un ton plus masculin.

— Non, cette fois, c'est vrai ! Ça ressemblait à un énorme chien ! Je suis sûr que tu n'es pas cap d'aller voir.

Oh non, pas le jeu du cap ou pas cap, pensa Nicolaï, les yeux rivés au ciel. *Ce sont des enfants !*

Il savait pertinemment ce que l'autre allait répondre.

— Hein ? Bien sûr que je suis cap ! vociféra-t-il. Tu vas voir, je vais te prouver qu'il n'y a rien.

Ben voyons ! soupira le loup exaspéré. S'il y avait bien une chose qu'il pouvait marquer dans sa liste de nuisibles, c'étaient bien les gosses. *Ça passe leur temps à brailler et se donner autant de défis inutiles que dangereux.* Conscient qu'il ne pourrait plus se cacher bien longtemps, le loup se releva et se concentra sur les légers bruits de pas allant à sa rencontre. Il attendit que le petit homme soit tout près pour lâcher un grognement grave et lugubre. L'effet attendu fut un succès. Les bruits de pas s'arrêtèrent et une voix beaucoup moins assurée s'éleva.

— Il… Il y a quelqu'un ?

En guise de réponse, Nicolaï relâcha un aboiement très agressif. Il ne le voyait pas, mais il pouvait sentir les poils du garçon se hérisser. Celui-ci, dans un cri de frayeur, prit la poudre d'escampette. En temps normal, Nicolaï aurait ri. Mais sachant qu'il avait peu de temps, il profita de ce moment de répit pour bondir et sortir de sa cachette. La voie était libre, mais pas pour longtemps. Avec la dextérité que seul un animal pouvait avoir, il prit appui sur les murs et grimpa sur les toits. Un soleil éclatant vint alors l'éblouir. Il aperçut un ciel bleu sans le moindre nuage où le vent aussi doux que le climat lui caressait gentiment les poils. La Suisse avait bel et bien une connotation paradisiaque. Il distinguait les passants insouciants avec une couleur de peau beige et arborant des habits et des coiffures à la mode victorienne. Ce charme ne laissait pas Nicolaï indifférent. La prestance de ces robes, l'élégance de ces costumes et surtout l'extravagance de ces chapeaux. Que du chic dans le pays le moins connu de l'Europe. Mais quelque chose d'autre attira vite son attention.

Il reconnut les deux enfants courageux, mais non téméraires, revenir avec deux adultes suspicieux. L'un d'eux s'aventura avec précaution, matérialisant dans sa main une boule de feu. Étant une seconde fois témoin de la magie, le jeune loup déglutit. Si tous les habitants étaient capables de faire cela, il ne donnait pas cher de ses poils. Bien heureusement, il se trouvait sur un toit à l'abri des regards avec, en prime, une vue magnifique sur une partie de la ville. Il était peut-être temps de se trouver quelque chose à se mettre sous la dent. Décidé, son parcours commença sur les différents toits. De temps à autre, son regard se perdait au travers des multitudes de rues, surprenant des habitants qui étalaient naturellement leurs pouvoirs.

Ainsi, dans un coin, de l'eau créée de nulle part coulait dans la main de certains. D'autres faisaient pousser à une vitesse hors du commun des légumes dans un potager aménagé entre deux maisons. La magie semblait donc très polyvalente. Si cela pouvait être partagé, il serait ainsi possible d'endiguer la faim dans le monde. Pour cela, il aurait fallu que ce pays s'ouvre, mais hors de question pour ses dirigeants et pour de bonnes raisons. Si elle pouvait en effet résoudre beaucoup de choses, la magie pouvait être aussi utilisée comme une arme dangereuse. Le loup en avait eu une démonstration hier soir. Se débarrasser d'une unité d'élite et célèbre aussi facilement prouvait qu'il valait mieux qu'elle reste enfouie au sein de ce minuscule pays.

Nicolaï avait noté un autre phénomène. Il constatait, ici, un retard assez conséquent dans le domaine de la technologie. En effet, hormis quelques modèles de voitures à vapeur, il apercevait surtout des calèches tirées par des chevaux de couleur blanche. Aucun zeppelin ne se montrait à l'horizon et aucune habitation ne semblait équipée de ferrailles aux systèmes complexes. D'ailleurs, pas un seul habitant ne s'encombrait de quelconque invention. Il semblait que la magie avait pris fortement le pas sur la technologie. *C'est si différent,* pensa-t-il, avant d'entendre son ventre grogner de déplaisir. La faim devenait vraiment une sensation désagréable, surtout lorsque différentes odeurs de pain et de fromage venaient chatouiller ses narines.

Il en salivait d'envie, mais ne pouvait s'immiscer dans le quotidien de ces personnes. La couleur de peau bleue, déjà rare sur cette partie du continent, semblait complètement inexistante dans cette contrée. Comment pouvait-il faire ? Rien que l'idée de chaparder quelque chose paraissait extrêmement risquée. *Le mieux serait peut-être de retourner à l'état sauvage.* Mais cela ne lui plaisait guère. Voilà longtemps, il avait failli oublier son humanité. Avec un profond soupir, davantage un gros couinement, il s'allongea, le regard plissé et les oreilles couchées sur le côté. Il trouverait certainement de meilleures possibilités, une fois la nuit tombée. Mais attendre ainsi le ventre vide… quelle plaie. Le pauvre couina de nouveau, ruminant toutes ses plaintes intérieures.

Quand, soudain, il ressentit un léger frisson au niveau de sa nuque, une sensation comparable à un sixième sens. Il se savait observé par une entité qui ne lui voulait pas forcément du bien. Pourvu que cela ne soit pas l'un des mages encapuchonnés de la veille. Avec une certaine appréhension, il se releva, cherchant du regard et avec son flair un quelconque danger. Dans sa démarche, sa vision s'arrêta au loin, sur la très grande tour en pierres aux abords de la ville. Quelqu'un le surveillait-il de là-bas ? Le plus avisé restait de fuir la ville et de se réfugier dans les milieux boisés visibles au-delà des habitations. Son choix ainsi fait, il prit de la distance tout en surveillant de temps à autre aussi bien le niveau de la tour que le contrebas.

D'un pas agile et à l'aide de ses sens aiguisés, il guetta les meilleurs moments pour sauter, courir ou se réfugier dans un coin d'ombre ; tout cela sans un bruit. Ce n'était pas une ville de la taille d'une capitale, si bien qu'en à peine une vingtaine de minutes, il fut aux portes de celle-ci. En ces lieux, plusieurs détails attisèrent sa curiosité, mais aussi son incompréhension. Tout d'abord, les routes étaient tout en pierres lisses et s'étendaient autour d'une immense vallée. Celle-ci était en partie cachée par de grands arbres. Intrigué, Nicolaï s'approcha de la vallée et en resta bouche bée. Elle abritait en son sein un lac de couleur turquoise. D'un calme olympien, il reflétait une quiétude parfaite. Il était très difficile pour le jeune loup bleu d'en détacher son regard.

Une tour était érigée en plein milieu. Celle-ci, faite en grande partie de bois, avait cette étrange particularité de se dresser de manière désordonnée, telle une pile de dominos finissant sur son point culminant en forme de cône à la pointe arrondie. Comment une telle bâtisse pouvait-elle tenir ? Une très bonne question. Pourtant, au travers des yeux de Nicolaï, elle représentait l'un des plus beaux monuments qu'il avait pu voir. Surtout s'il s'attardait sur les détails. Tout le long de chaque façade, il pouvait admirer des fenêtres et des vitraux éparpillés aléatoirement. Sur l'un des côtés visibles était accroché un immense cadran arrondi, faisant penser à celui de la tour de Londres, mais en beaucoup plus… bancal ? Oui, ce mot semblait approprié. Enfin, au pied de la tour, se dessinait un petit quai en bois, où de nombreuses barques stationnaient.

Mais qui habiterait ce genre d'endroit ?

Un objet de curiosité qui le convainquit de rester dans les environs et plus précisément en haut des falaises et non loin de la forêt, afin de satisfaire sa soif d'apprendre, mais aussi pour se faire oublier un certain temps. Décidé, il se concentra sur ce qui le tiraillait : se trouver à manger.

***

La nuit était tombée et Nicolaï avait trouvé refuge dans une tanière abandonnée sous un arbre. Il était repu et satisfait. La vie ici ne semblait pas si mal. Aucun gros prédateur en vue et des petites proies faciles à débusquer. En tant que loup bleu, Nicolaï pouvait s'en contenter, mais ses souvenirs d'humain lui rappelaient que la nourriture restait nettement meilleure quand elle était cuisinée. Il s'en soucierait lorsqu'il aurait retrouvé toutes ses forces. Maintenant couché en boule, il observait le ciel de ses yeux somnolents. Celui-ci était magnifique. La pleine lune brillait de mille feux. Le pauvre se sentait très fatigué, mais tout de même heureux de pouvoir passer sa première nuit dans un environnement où il n'avait plus à être sur ses gardes. Il avait enfin réussi à atteindre le seul lieu où il ne serait pas recherché. Fini les poursuites et tout autre danger.

Adieu, Impératrice des Sucreries, au revoir, Guélamor dit le Rouge. Maintenant, Nicolaï Baskerville ne devait plus rien à personne. Il pouvait enfin être en paix. Du moins, il l'espérait vivement, car il lui restait à trouver un moyen de se faire accepter par la communauté suisse. Ce qui ne serait certainement pas le plus facile. Mais bon, autant y réfléchir après avoir dormi. Il le méritait tellement…

Son sixième sens s'affola d'un seul coup sans prévenir. Ce fut très similaire à sa sensation sur les toits. Ce fut même pire. Quelqu'un se trouvait tout proche. Avec prudence, le loup se releva, tout en humant l'air. Le bosquet paraissait pourtant calme. Peut-être même un peu trop. Le bruit de la nuit se tassait de plus en plus, comme fuyant une présence invisible. Un danger que Nicolaï ne pouvait ni sentir ni entendre. Ce fut ainsi un coup de chance qui le fit lever la tête vers la lune ; il put distinguer ce point sombre qui se rapprochait. Le loup bleu reconnut l'une de ces étranges silhouettes toutes vêtues de noir et entièrement encapuchonnées. La même qui avait tué Archléone la nuit dernière.

Oh ! La poisse ! pensa-t-il, tout en cherchant du mieux qu'il pouvait la meilleure solution pour rester en vie. Fuir ? Cela semblait impossible, pourtant il ne voyait pas ce qu'il pouvait faire de mieux. Peut-être venait-elle discuter ? La pression atmosphérique changea d'un seul coup. Certains animaux étaient sensibles à cela et prédisaient un danger imminent. Sans réfléchir plus longtemps, Nicolaï sortit de son antre alors qu'un éclair tombait à quelques mètres de lui, réduisant en miettes l'arbre planté juste au-dessus de sa tanière. Voilà bien longtemps qu'il n'avait pas ressenti une peur aussi profonde. Poils hérissés et oreilles couchées, il prit alors la poudre d'escampette.

De nouveau, un éclair frappa. Il lâcha un énorme couinement, avant de changer de direction. À la suite, une série d'éclairs se mit à pleuvoir manquant très souvent de le toucher. Le bruit fracassant de ces attaques meurtrières changeait le paysage aux alentours, tandis que le ciel s'illuminait de flashs éblouissants. Plusieurs arbres à moitié brûlés tombèrent derrière le loup qui puisait dans toutes ses dernières ressources afin de courir le plus vite possible. Ses réflexes surhumains lui permettaient tout juste de rester en vie, mais il ne pourrait pas continuer ainsi indéfiniment. Surtout que la difficulté allait monter d'un cran. En effet, son opposant se lassa de la foudre et se concentra cette fois sur d'énormes boules de feu rasant le sol et brûlant tout sur leur passage.

Nicolaï s'en sortit en changeant encore de direction, mais cette fois avec quelques poils brûlés au niveau de sa queue. Une douleur supportable néanmoins très désagréable lui donna un avant-goût d'une mort emplie de souffrance si une de ces attaques devait le toucher de plein fouet. Comme il le pensait, la fuite n'était pas forcément la bonne solution. Son opposant avait l'avantage. Grâce à la voie des airs. De plus, ses attaques étaient si dévastatrices qu'Archléone se comparait à une simple distraction à côté. Courir jusqu'à ce que mort s'ensuive… Non, Nicolaï ne pouvait s'y résoudre. Il avait tout sacrifié pour arriver jusqu'ici. Mais comment pouvait-il se défendre efficacement contre la magie ? Au fil de sa course, il tourna la tête vers la falaise où se trouvait le lac. Il s'en approchait irrémédiablement. *Peut-être que…* pensa-t-il sans avoir le temps de terminer sa réflexion, car une boule de feu le frôla de près. Le pauvre ressentit ainsi la chaleur écrasante de ce petit astre au niveau de sa joue. Ses yeux s'écarquillèrent devant cette attaque qui le dépassa, avant d'exploser non loin.

Surpris par ce souffle brûlant, il se fit littéralement emporter sur plusieurs mètres avant de s'écraser contre un arbre. Pendant une demi-seconde, il perdit connaissance ; la douleur le ramena vite à la bien désagréable réalité. Son dos le faisait souffrir le martyre. Il devait sûrement avoir quelques côtes cassées. En tentant de se relever, il ressentit une forte douleur au niveau de sa patte. Rester debout devint un véritable calvaire. *C'est fini,* songea-t-il tout en tentant vainement de marcher. Il lui était maintenant impossible d'esquiver la prochaine attaque. Le mage s'en était rendu compte, car il prit un peu plus son temps pour préparer son offensive. Nicolaï relâcha ses muscles, signe d'abandon. D'un regard fatigué, il fixa la boule de feu qui grossissait lentement dans les mains de son bourreau, puis le carnage que celui-ci avait fait dans la lisière précédemment. Enfin, le bord de la vallée, visible à une dizaine de mètres. *Peut-être…* pensa-t-il de nouveau. La boule de feu avait pris maintenant la taille idéale, assez pour l'engloutir complètement. *Oui, peut-être…* se répéta-t-il une dernière fois.

Avant que le mage lance sa dernière attaque, il tendit tous ses muscles et tenta le tout pour le tout. D'un saut, il bondit en direction de la vallée et arriva non sans mal sur son versant. N'ayant que peu de force pour se rattraper, il laissa la gravité faire son office. Il roula ainsi plusieurs dizaines de secondes, puis tomba dans le lac, telle une pierre. La douleur l'empêcha de garder les idées claires. D'un regard semi-conscient, il observa l'étrange reflet de la lune brillant de manière de plus en plus lointaine. Le loup n'avait plus du tout de forces, si bien que dans sa chute, il ignora s'il avait pu toucher le fond du lac, car il perdit connaissance bien avant.

Chapitre 5

La couleur beige serait donc liée à toutes les magies. Mais n'y aurait-il pas un autre secret ?

Tous ces tics, tous ces tacs. Tous ces tic-tacs incessants passant au rythme des secondes et qui martelaient la tête de cet homme ne cherchant encore qu'à profiter de son sommeil. Son lit était confortable, les odeurs environnantes plutôt agréables. Tout aurait pu être parfait sans ce bruit agaçant. Cela eut tout de même l'effet bénéfique de le ramener à la réalité. Qui était-il ? La réponse fut : Nicolaï Baskerville. D'où venait-il ? De France, non loin de la banlieue parisienne. Où se trouvait-il ?

Ses derniers souvenirs se reportaient sur la Suisse, au fond d'un lac... Cette remémoration lui donna un frisson, qui remonta le long de son dos. Avec une certaine stupeur, il ouvrit les yeux et prit une profonde inspiration, comme pour se rappeler qu'il avait encore la capacité de respirer. Maintenant bien éveillé, il put constater qu'il se trouvait dans un lit, dans une chambre très coquette, à la grande horloge postée juste en face. C'était donc elle la responsable de ce bruit. *Bon sang... quelle idée de mettre cette chose dans une pièce prévue pour y dormir !* Tout en soupirant, il s'attarda sur les murs tapissés de tissus rose clair aux motifs en forme de fleur, s'éparpillant de manière ordonnée du sol au plafond. Tout ceci accompagné de plusieurs tableaux montrant des paysages parfois maritimes, parfois montagneux.

La chambre était éclairée naturellement par une grande fenêtre en bois fermée par deux rideaux blancs presque transparents. Une certaine quiétude s'en dégageait, poussant le jeune homme à se sentir en sécurité. Il s'apprêtait à se lever quand il s'aperçut avec surprise qu'il était entièrement nu. Il resta finalement couché tout en cherchant d'un rapide regard de quoi s'habiller. Sa recherche fut infructueuse, à son grand malheur, et cela toucha grandement son humeur. Son bienfaiteur aurait pu penser à mettre à disposition des vêtements. Enfin, il n'allait pas non plus se plaindre d'être en vie. D'ailleurs, où pouvait-il bien être ?

Sa curiosité prenant le pas sur sa pudeur, il se leva cette fois pour de bon, se contenta de sa couverture pour unique parure et s'en alla écarter les rideaux de la fenêtre. Un vent fort et frais vint fouetter son visage et un soleil magnifique l'éblouit. Sa première réaction fut sa stupeur de se retrouver autant en hauteur, avec la vision du lac s'étendant sur une longue distance. En observant plus bas, il admira le petit port amarré de la gigantesque tour en bois au beau milieu de l'eau. Cela signifierait-il qu'il s'y trouvait quelque part à l'intérieur ?

— Parbleu ! s'écria-t-il bouche bée tout en observant cette fois-ci vers le ciel.

Effectivement, il repéra facilement l'immense cadran qui ne se trouvait qu'à quelques mètres au-dessus de sa tête. Le pauvre Nicolaï resta ainsi les yeux ronds, tout en se posant une multitude de questions. Qui ? Quand ? Et surtout, comment se faisait-il qu'il soit ici ? D'ailleurs, qu'est-ce que c'était, ici ?

— J'espère que la vue est à votre convenance, dit une voix féminine non loin derrière lui, ce qui le fit sursauter.

Il n'avait pas senti sa présence. Il se retourna, faisant en sorte de bien garder sa couverture près de son corps. Il fit ainsi face à une femme de couleur beige orangé, aux cheveux courts et au visage carré. Ses lèvres plutôt fines se marquaient d'un joli rouge et ses yeux noirs soulignaient une certaine suffisance, plus séduisante que vraiment dérangeante. Enfin, sa tenue tout en noir donnait cette curieuse impression de bureaucrate bien en avance sur son temps et qui pouvait, d'une simple assurance, menacer ceux qui oseraient la contredire. Nicolaï déglutit, surtout lorsque celle-ci se mit à le dévisager de haut en bas.

— J'espère que votre vue l'est aussi, rétorqua-t-il avec sarcasme. Je vous avoue que me présenter ainsi me dérange un tant soit peu.

Cette remarque fit pouffer de rire cette étrange femme qui se rapprocha lentement d'une démarche sensuelle et assurée.

— Vous m'en voyez désolée. Cela n'a pas été fait sciemment, rassurez-vous. Mais c'est sous une autre forme que nous vous avons retrouvé. Et donc, nous ne savions pas quelle apparence vous auriez. En ce qui me concerne, je vous avoue ne pas être déçue.

Elle lui accorda un magnifique sourire aguicheur. Nicolaï grimaça, gêné.

— Le compliment me va droit au cœur. Mais sachez, Madame, qu'en ma qualité de gentleman, j'ai plus l'habitude de déguster un bon repas avec ma promise et de lui choisir des fleurs, avant toute autre chose. C'est moi qui offre, bien entendu.

— Oh ? Et pourquoi ne serait-ce pas moi qui les offrirais, répondit-elle, maintenant assez près pour mettre le jeune homme dans un état oscillant entre le malaise et la curiosité.

Celle-ci se permit, avec son doigt, de lui toucher le bout du nez avant de faire volte-face et de repartir d'un pas plus rapide.

— Ne vous inquiétez pas. Maintenant que je sais à quoi vous ressemblez, il sera bien plus aisé de vous trouver les vêtements adéquats. Une fois que vous serez habillé, nous pourrons discuter de ce dîner. J'imagine que vous devez avoir faim.

À ces mots, elle s'en alla, laissant ce pauvre Nicolaï aussi confus qu'embarrassé. *Nom de dieu, mais que vient-il de se passer ?* pensa-t-il tout en s'asseyant sur le lit, le temps de reprendre ses esprits et surtout, de calmer ce cœur si dynamique, faisant descendre son taux d'hémoglobine dans un lieu qu'il préférait taire.

***

Comme promis, l'attente fut courte, et ses « attentes » tout autant. Tout d'abord, se faire livrer des habits par un automate animé avait déjà de quoi surprendre. Dans d'autres pays et notamment à Paris, il avait déjà vu des mécanismes aux rouages apparents, mais cette fois-ci, ce fut différent. Il découvrit une énorme poupée en bois, articulée sans aucun système visible. Fonctionnait-elle par magie ? Ne pouvant avoir de réponse pour l'instant, il accepta ce que lui tendait le pantin.

— Sérieusement ? lâcha-t-il en grimaçant. Une salopette ?

En effet, une salopette bleue en tissu rugueux et renforcé pour les travaux manuels. Non pas que ce soit le vêtement en lui-même qui le gêne, mais bien l'intention qu'il ressentait derrière. Son hôtesse, cette femme si… extravagante semblait prendre un malin plaisir à le tourmenter.

— J'imagine que c'est toujours mieux que d'être nu, hein ? s'adressa-t-il à l'automate sans vraiment avoir l'espoir d'obtenir une réponse.

Au moins, ils avaient aussi pensé au sous-vêtement. Il prit ainsi le tout et commença à se vêtir. L'automate, ayant rempli sa mission, s'en alla, laissant le jeune homme à son intimité. Il avait beaucoup de questions à poser sur ce dont la Suisse était capable. Il en avait conscience et il devina qu'il était loin d'avoir fini avec tous ces lots de surprises. Maintenant correctement habillé et appréciant le confort de la tenue, il se permit de sortir à son tour.

Un grand couloir, avec plusieurs portes situées des deux côtés, s'offrit à son regard. *Serait-ce un genre de dortoir ?* Une vérification devait s'imposer, mais un autre automate changea ses plans en l'invitant gentiment à le suivre. Encore hésitant et méfiant, Nicolaï finit par accepter sachant pertinemment qu'il n'avait que peu d'alternatives. Cela ne l'empêcha pas de prendre un maximum d'informations : tout ce qui pouvait passer au travers de son regard. Rapidement, ils arrivèrent dans une salle circulaire comportant plusieurs portes et un escalier en colimaçon. *Un vrai labyrinthe*, songea-t-il.

Après quelques secondes, l'automate sortit de la salle et descendit d'un niveau un peu plus loin, grâce à d'imposants escaliers. Le sol, toujours composé de ce bois solide, était tapissé de moquette couleur bordeaux dévoilant des armoiries cousues au fil d'or, représentant un magnifique hibou grand-duc. Il aperçut également des pots de fleurs posés de part et d'autre qui égayaient les marches. Les paliers étaient éclairés par le soleil grâce à différentes petites fenêtres rondes installées de manière stratégique pour capter le maximum d'éclairage naturel. Étrangement, il ne se souvenait pas de les avoir distinguées lorsqu'il admirait la tour de l'extérieur.

— En voilà un mystère ingénieux, dit-il tout en se dépêchant de rattraper le pantin en bois qui avait déjà descendu deux autres étages.

Un nouveau couloir s'offrit à son regard. Du carrelage noir et blanc s'étendait aussi bien sur le plancher, le mur et le plafond. Intrigué, le jeune homme perdit une partie de ses repères en entrant dans une pièce au décor similaire. Le fait d'avancer donnait l'illusion de voir l'espace se tordre dans un sens. Seule la porte tout au bout offrait un point fixe à la couleur unie, qu'il contempla pour ne pas s'égarer. L'automate, d'un geste ample, lui indiqua d'approcher, et bien qu'encore méfiant, Nicolaï s'exécuta.

— Bienvenue, cher ami, je suis heureuse de vous revoir aussi bien portant.

Il découvrit, sans réelle surprise, son hôtesse, cette femme exubérante à la couleur beige orangé qui ne le laissait guère indifférent. Elle était assise derrière un bureau, les coudes sur la table, la tête sur ses mains jointes, le tout accompagné d'un sourire aguicheur.

— J'imagine que vous ne devez pas trop être dans votre élément, ici, reprit-elle tout en l'invitant à s'approcher encore. Il est vrai que même pour les habitants de ce pays, ce lieu reste… comment dire ? Haut en couleur. Je trouve que c'est une bonne manière de décrire cette école.

Une école ? Un lieu aussi étrange, une école ? Son air ahuri n'échappa pas au regard de son interlocutrice qui ne se priva pas pour pouffer de rire.

— Une petite démonstration s'impose, dit-elle en claquant des doigts.

La chaise non loin de Nicolaï s'anima alors et vint se coller à ses genoux, l'invitant à se poser tranquillement sur elle. Des surprises de plus en plus extravagantes. Le jeune homme resta la bouche semi-ouverte le temps de bien organiser ses pensées, puis abandonnant tout son esprit logique, il finit par s'asseoir. Il savait que toutes les questions qu'il se posait trouveraient une réponse auprès de cette gente dame. *Mais par où commencer ?* pensa-t-il alors que son ventre ne se gêna pas à lui faire comprendre qu'il était vide. C'est à ce moment précis qu'un automate entra, portant une assiette emplie de victuailles. Il posa ainsi, devant Nicolaï, un magnifique poulet jaune accompagné de patates rouges. Salivant à cause de cette odeur si agréable, le jeune homme oublia toute méfiance et se laissa emporter par ce torrent de saveurs et de soulagements, tandis que l'étrange femme commençait ses explications.

— Permettez-moi de me présenter, mon nom est Lemy Queen, sixième grande directrice de l'école de magie de Génévia. Membre du Conseil des sept hauts mages et la plus grande spécialiste d'animation d'objets.

Nicolaï faillit s'étouffer devant toutes ces informations aussi surprenantes qu'inquiétantes. Oubliant le peu de manières qu'il lui restait, il n'hésita pas à tousser avant de s'essuyer machinalement la bouche d'un revers de main.

— D… directrice ? s'écria-t-il d'une voix rauque. École de magie ? Haut mage ?

— C'est exact, mon cher. D'ailleurs, prenez votre temps. Personne ne viendra voler votre repas. Et je vous promets qu'aucun mal ne vous sera fait. Enfin… tant que vous acceptez de coopérer.

L'appétit du jeune homme s'effaça subitement. Pire que cela, une certaine angoisse se développa en son être.

— Dois-je comprendre que je suis prisonnier ? demanda-t-il tout en poussant légèrement son assiette.

— Je n'aime pas ce mot, répliqua-t-elle. Voyez-moi plutôt comme votre hôtesse pour une durée indéterminée.

Elle prit, à ces mots, un sourire malicieux et Nicolaï ne put que répondre par une grimace effarée.

– Allons, ce n'est pas si terrible, continua-t-elle. C'était cette solution ou une exécution en bonne et due forme. Vous devriez plutôt me remercier de vous avoir défendu.

– Défendu, répéta-t-il tout en posant ses deux mains sur sa tête comme pour essayer de calmer un début de migraine. Mais bon sang, qu'est-ce que vous me voulez ?

Une interrogation qu'attendait très certainement la directrice, car elle agrandit son sourire.

– Là est toute la question. Que vais-je bien faire d'un jeune homme de couleur bleue tel que vous ? Il faut dire que votre liste de hauts faits est admirable. Réussir à entrer dans un domaine protégé par un dôme énergétique et échapper à la vigilance des hauts mages grâce à des capacités étonnantes que je vous avoue n'avoir jamais eu le plaisir de voir en vrai. Vous êtes autant un mystère pour moi, que moi je le suis pour vous, très cher.

Elle repoussa gentiment l'assiette vers lui. Nicolaï prit la dernière cuisse de poulet.

– Si je comprends bien, je suis une sorte de sujet d'étude ?

– Hum… En quelque sorte. Voyez-vous, la Suisse est très renfermée sur elle-même. Par conséquent, nos informations au-delà des frontières sont limitées. Je trouve personnellement que c'est un défaut dangereux. La preuve : vous avez réussi à entrer jusqu'ici, alors que nous pensions cela impossible.

– Je vois, déclara-t-il, pensant avoir compris la situation actuelle. Cela ne me dérange pas de divulguer les informations que j'ai en ma possession. Si cela peut me garantir une vie tranquille ici. Après tout, c'est ce que je cherche.

Il finit sa phrase et posa l'os de poulet rondement bien rongé dans l'assiette. Puis croisa les bras tout en s'adossant confortablement dans son siège.

– Parlez-moi un peu de vous, alors, renchérit la directrice. Je me rends compte que je ne connais même pas votre prénom.

– Nicolaï. Nicolaï Baskerville. Mon dernier pays d'adoption était la France. Je l'ai connue avant qu'elle soit annexée par l'Empire des Sucreries. J'imagine que vous connaissez son Impératrice ?

– Bien entendu. Nous avons eu déjà affaire à ses invitations, mais aussi à ses attaques. Malheureusement et à son grand désarroi, aucune de ses tentatives n'a fonctionné. Mais nous savons quelle menace elle représente.

– Vous savez donc que notre monde est dans une guerre froide constante, à cause du conflit entre cet Empire et les nations rouges à l'Est.

Lemy Queen pouffa de rire.

– Mon cher Nicolaï, j'ai dit que nous ignorions certaines choses. Mais pas les fondamentaux, tout de même.

– C'est juste pour que vous compreniez mieux où je veux en venir. Pour faire simple, j'ai travaillé pour les deux factions sous différentes couvertures. Les deux pensant que j'étais l'agent double de l'autre. Seulement, j'ai fait récemment un peu trop de zèle en volant un objet qu'il ne fallait pas. Depuis, je suis vite devenu le traître à abattre. Après cet acte de trahison, je n'avais plus nulle part où aller, hormis…

– Hormis le seul pays encore neutre, coupa-t-elle, captivée. Et ce pays, c'est le nôtre. Mais comment avez-vous fait pour y entrer ?

Ce fut au tour de Nicolaï de sourire.

– L'un des plus grands secrets de cette chère impératrice. Un artefact capable d'inhiber l'énergie un certain temps. Il était unique, mais elle cherchait justement à le répliquer artificiellement. Seulement, l'objet n'est plus entre ses mains. Ni des miennes d'ailleurs. Dans ma fuite sur vos terres, j'ai dû m'en séparer.

Une révélation qui poussa la directrice à se redresser, l'air pensif. Un objet pouvant inhiber l'énergie... Voilà quelque chose qui pouvait apporter de l'inquiétude.

— Je précise bien le fait qu'il est unique, insista-t-il. Sur toutes les informations que j'ai pu récolter, ce serait une pierre inconnue et introuvable sur Terre. La chance de recréer une telle chose est quasiment...

Il s'interrompit devant le teint de Lemy Queen, devenue blême.

— Quelque chose ne va pas ? demanda-t-il alors.

— Oh ! Euh rien, rien de grave. Je vais vous faire confiance sur ces affirmations. Mais je viens de me rendre compte du peu de temps qu'il nous reste pour discuter. Nous pourrons reprendre dans les jours qui suivent. En attendant, vous aurez un guide qui vous montrera vos quartiers et votre futur travail.

Nicolaï cligna plusieurs fois les yeux.

— Mon... mon futur travail ?

— Bien sûr, sourit-elle de nouveau. Vous ne pensiez tout de même pas rester ici, nourri et blanchi gratuitement. Sachant d'autant plus que je dois garder un œil sur vous, très cher ami. C'est votre seule condition de survie. Mais ne vous en faites pas, je suis certaine que vous allez vous y plaire. La Suisse a tant de merveilles à faire découvrir.

Chapitre 6

Sept maîtres de la magie. Chacun d'eux ayant une spécialité bien définie tout en ayant un poste important au sein de la patrie neutre, plus connue sous le nom de la Suisse. Leurs pouvoirs sont aussi craints que convoités.

Une journée qui s'annonçait bien agaçante pour le grand maître Edmund Light, déjà bien en colère de sa dernière entrevue avec le Conseil. Assis à son bureau, il grommelait bruyamment tout en signant un grand nombre de documents. En tant que haut juge, il se devait toujours d'être méticuleux dans les différentes affaires qui lui étaient présentées, et il lui revenait également de décider des sentences adéquates. Seulement, si quelqu'un se penchait plus en profondeur sur son travail, il n'aurait pu constater qu'un ramassis de problèmes pouvant être relégués à de petits détails ennuyeux. La Suisse, un pays où la criminalité restait quasi inexistante, et c'était bien ce qui le dérangeait. À quoi cela servait-il d'avoir autant de pouvoir pour finalement vivre dans cette monotonie permanente ? Ce problème faisait partie des broutilles habituelles. Ce qui avait vraiment comblé sa frustration se trouvaient être les événements de ces derniers jours et plus précisément un élément perturbateur qui avait réussi à troubler sa quiétude, aussi insipide qu'un plat sans épices.

Enfin un travail intéressant et il était aux premières loges. Mais alors qu'il était prêt à mettre son exécution en marche, voilà que le Conseil voulait se montrer clément envers cet étranger qui avait osé souiller le sol du pays de la magie. Pire, celui-ci se retrouvait sous la protection de cette insupportable Lemy Queen. Cette pensée le fit jeter de manière sèche son stylo plume qui roula par terre, tachant au passage son magnifique tapis. Et dire qu'il avait réussi à filer entre ses doigts. Ce monstre-lupin de couleur bleue... Sa frustration intense fut interrompue par de lourds bruits de pas. Les portes de la pièce s'ouvrirent. Edmund reconnut son majordome, un homme d'un certain âge à la pilosité faciale impeccable, de couleur poivre et sel, se mariant parfaitement avec sa peau beige très clair. Il portait un costume noir et blanc digne du rang qu'il représentait et s'accompagnait d'un monocle mettant en valeur ses pupilles argentées.

— Monsieur Edmund, dit-il tout en prenant une posture droite et fière. Monsieur Grey Alister souhaiterait avoir une entrevue.

— Grey ? répéta-t-il surpris. Pourquoi Grey Alister voudrait...

Il finit son questionnement dans ses pensées. Son homologue haut mage n'était pas vraiment une personne qu'il affectionnait. Pour autant, c'était le seul du Conseil à l'avoir soutenu concernant le choix d'exécuter l'étranger.

— Fais-le venir, lâcha-t-il finalement.

Le majordome s'inclina humblement et s'en alla, laissant à Edmund le temps de vérifier qu'il était présentable. Ainsi, il inspecta chaque recoin de son costume doré allant de pair avec ses cheveux plaqués en arrière, aussi brillants qu'un champ de blé en plein été.

Ses dents étaient droites et blanches, ses yeux bleu très clair et sa peau d'un beige magnifique. Sur son pantalon d'un noir profond étaient cousues plusieurs fleurs aux fils dorés. Ces fleurs représentaient l'edelweiss, le symbole de la Suisse. Et tout cela se terminait par des chaussures en cuir impeccablement cirées. Satisfait, le haut juge se redressa de toute sa prestance et ne put s'empêcher de flatter son égo. Il était fier de sa beauté.

Les portes s'ouvrirent de nouveau, laissant entrer un autre homme d'une prestance très différente. En effet, si Edmund incarnait un éclat des plus brillants, son invité dégageait une aura d'une froideur intimidante. Il n'arborait pourtant pas une immense carrure, mais peut-être cela venait-il de son regard neutre d'un gris profond, de sa tenue plus sombre s'accompagnant d'une canne noire. De son visage fermé couleur beige et de ses cheveux très courts grisâtres pointant vers l'argenté. De ses habits aux teintes d'un vert kaki sobre, de bonne facture. Le tout lui donnait l'allure d'un être peu avenant. Au rythme de ses pas, il frappait d'un coup sec de sa canne en cadence. Une fois proche de son interlocuteur, il s'arrêta et commença :

— Bonjour, Edmund. Pardonnez-moi cette visite improvisée. Mais la situation l'exige et je suis certain que vous le comprenez.

Le haut juge, qui n'avait pu détacher les yeux de la canne de son interlocuteur, les releva.

— Effectivement, l'heure est grave. Si nous parlons bel et bien de la même chose.

— Oh oui, ne vous en faites pas. Ce sujet vous hante tout autant que moi. Je me suis permis de faire quelques recherches sur les deux petits rats qui se sont faufilés dans notre merveilleuse contrée. Et ce que j'ai pu récupérer n'est guère rassurant.

Les yeux d'Edmund se remplirent de curiosité. Grey Alister s'occupait de la sécurité de ce pays et était reconnu pour ses investigations approfondies.

— Je vous écoute.

Son interlocuteur pouffa alors de rire.

— Si cela ne vous dérange pas, j'aimerais en discuter assis et avec une bonne tasse de thé.

Ne s'attendant pas à ce genre de demande, Edmund resta figé quelques secondes, mais se reprit vite.

— Bien entendu. Prenez place, dit-il avant de claquer une fois dans ses mains.

Un serviteur vint et repartit aussitôt après les indications du haut juge. Son invité en profita pour s'asseoir, gardant toujours sa canne droite de ses deux mains en appui. Il observa Edmund de haut en bas avant de renifler longuement tout en laissant aller son regard autour de la pièce.

— Toujours dans l'exubérance, à ce que je vois, lâcha-t-il. Entre ces bibliothèques, ces tableaux de vous et cette tapisserie digne des empereurs de Chine.

— Je ne crois pas que nous soyons là pour parler de mes goûts en matière d'esthétisme, rétorqua le haut juge, pris d'une soudaine mauvaise humeur.

— Il est vrai. Venons-en au cœur du sujet.

Son sourire peu engageant se changea en un air bien plus sombre.

— Tout d'abord, parlons de celui que nous avons exécuté sur la place publique. Le grand gaillard en armure de couleur jaune. Il fut facile de récolter des informations sur lui. Ce n'est rien d'autre que l'un des chasseurs préférés de l'Impératrice des Sucreries. Dans son classement, il était de rang or. Et il avait la faculté de propager des ondes de basse fréquence assez fortes pour faire des dégâts importants, en plus d'être doté d'une endurance hors du commun.

Dans un haussement de sourcils, Edmund esquissa un sourire.

— Je m'attendais à mieux de la part des forces de l'Impératrice.

— Certes, nous l'avons bien intercepté. Mais il a occasionné tout de même des dégâts matériels considérables. La reconstruction est toujours en cours. Et cela n'explique toujours pas comment ils ont fait pour passer le champ de force. Une chose est sûre, c'est que cette nouvelle se répandra en Amérique et dans le monde occidental.

Cela ne semblait pas inquiéter Edmund le moins du monde. En tant que grand-maître de la foudre, il n'avait pas encore trouvé un adversaire à sa hauteur. La seule chose qui l'inquiétait véritablement demeurait ce problème de champ de force. Il est vrai que si leurs ennemis avaient un moyen de le franchir, une guerre totale pouvait être à prévoir.

— Et qu'est-ce que nous avons sur cet étrange loup bleu ?

À cette question, Grey se pencha un peu plus vers le haut juge.

— Difficile à dire. J'ai bien eu des informations très différentes et certaines se contredisent. Ma seule certitude est que sa couleur aussi rare soit-elle est nommée en occident le Baskerville. Ce loup est bel et bien un homme comme vous et moi.

Une information évidente pour Edmund, qui le releva, mais Grey, imperturbable, continua son argumentaire.

— Bien que vous l'ayez déjà compris, nous avons dans ce cas précis un spécimen unique en Suisse. Détenant le don de la métamorphose ; je vous avoue qu'il m'intéresse grandement. De plus, tout porte à croire que c'est lui qui détient l'énigme du passage de notre barrière. Dans tous les cas, le tuer maintenant ne serait pas productif. Le Conseil a décidé, de toute façon. En revanche, le détenir entre nos mains ne pourrait que nous apporter des bénéfices.

Le silence s'installa, le temps qu'Edmund réfléchisse.

— De toute façon, il est entre les mains de Lemy Queen, lâcha-t-il sur un ton d'abandon. Et nous ne pourrions rien y faire tant que l'étranger se trouve au sein de son école. Connaissant son laxisme, je suis certain qu'elle lui laissera une trop grande liberté.

— Voilà pourquoi nous agirons dès qu'elle présentera un moment de faiblesse, rétorqua Grey. Nous devons juste garder l'œil ouvert pour que notre cher spécimen tombe entre nos mains.

Un sourire dément se dessina sur le visage de cet homme déjà si peu commode. Edmund ne put s'empêcher de détourner le regard.

— Non, dit-il. Le Conseil a déjà pris sa décision, tenter quelque chose irait à l'encontre de nos lois.

Grey émit son plus beau rire rauque.

— Edmund, Edmund, Edmund. La loi… C'est nous.

Les portes s'ouvrirent à cet instant, un serviteur portant un plateau accompagné de l'attirail du service à thé déposa le tout entre les deux hommes. Grey garda un grand sourire tandis qu'Edmund restait pantois.

— Merci bien, dit Grey en se servant lui-même. Vous voyez où je veux en venir, mon cher.

Le haut juge ne savait que répondre à cette affirmation. Ce que venait de dire Grey était punissable, pire, il avait déjà jugé des personnes pour bien moins que cela. Pourtant, ses paroles sonnaient délicieusement à ses oreilles. La loi, c'était le Conseil… Non, la loi, c'était lui.

***

Concierge ? Elle est vraiment sérieuse ? Le grand Nicolaï, espion et voleur-gentleman relégué au statut de... concierge ? Bon, de la seule école de magie du monde occidental. Mais tout de même... concierge !

Le pauvre n'arrivait pas à envisager cette possibilité dans son vocabulaire. Pour un rôle, oui, pourquoi pas. Mais être obligé de vraiment nettoyer pour sa propre survie ? En voilà une punition absurde. Il souffla, attendant impatiemment dans le couloir le guide que sa nouvelle patronne lui avait assigné. Elle avait parlé d'une élève, se rappelant ainsi qu'une école était en grande partie fréquentée par de sales gosses. Et Nicolaï n'aimait pas les sales gosses. Encore un point négatif qui le rapprochait de plus en plus de sa vision dystopique de l'enfer.

Il fallait qu'il trouve un moyen de s'enfuir, mais la précipitation serait très mal venue.

— Euh... Excusez-moi. Monsieur...

La Suisse était véritablement un pays dangereux, et sa couleur bleue ne l'aidait pas vraiment à se fondre dans la masse.

— Euh... Monsieur ? Il y a quelqu'un ? Eh oh !

Et la vie à l'état sauvage n'était pas non plus une option. Rien que de penser aux éclairs qui avaient failli le tuer... Non, il fallait trouver une autre solution.

— Eh oh ! Monsieur le concierge bleu !

— Hein ?

Nicolaï, baissant la tête, aperçut devant lui une jeune fille beige rosé aux cheveux bouclés d'un rosâtre très clair. Elle portait un uniforme magnifique de couleur blanche. Elle adoptait une mine bien désappointée tout en fixant le pauvre homme.

— Enfin une réaction ! Je n'ai pas que ça à faire, vous savez !

— Oh ! Pardonnez-moi, j'étais perdu dans mes pensées, répondit-il. J'attends mon guide, serait-ce vous ?

— C'est exact, lâcha-t-elle après un léger soupir. Mon nom est Priscilla Delacroix, présidente du conseil des élèves et major de promotion des quatrièmes années.

Elle s'inclina alors comme toute fille ayant suivi une éducation noble. Nicolaï se garda bien de dire ce qu'il pensait et s'inclina à son tour.

— Nicolaï Baskerville. Concierge, dit-il sur un ton marqué d'une pointe de sarcasme.

Son interlocutrice ne releva pas cette petite provocation et l'invita d'un geste de main gracieux à la suivre.

— Notre directrice, madame Lemy Queen, m'a expressément demandé de vous présenter notre école. J'espère sincèrement que vous resterez plus longtemps que notre ancien concierge.

Le sourire de Nicolaï s'effaça.

C... comment ça ?

La jeune fille se mit à sourire, tout en prenant la porte qui mettait fin au couloir et les ramenait aux salles circulaires de la tour. Encore un élément qui le dérangeait, d'ailleurs. L'intérieur ne ressemblait absolument pas à ce qu'il avait pu imaginer depuis l'extérieur.

— Eh bien, il faut dire qu'être le concierge de l'école de Génévia n'est pas de tout repos. Le dernier a tenu à peine un mois. D'ailleurs, pardonnez-moi ma curiosité, mais c'est la première fois que je vois en vrai une personne de couleur bleue. Vous ne venez pas d'ici, n'est-ce pas ? D'ailleurs, vous savez utiliser la magie ?

En voilà une multitude de questions donnant déjà la migraine au jeune homme. Celui-ci tourna instinctivement sa tête vers les escaliers avec l'idée de s'enfuir en courant. Mais la réalité le rattrapa bien vite.

— Oh, nous n'allons pas prendre les escaliers, dit-elle d'un ton enjoué. Nous prendrons l'ascenseur.

Cette affirmation prit une énième fois le jeune homme au dépourvu.

— L'a… L'ascenseur ?

— Oui, l'ascenseur, vous savez, la chose qui permet de monter ou descendre plus rapidement à l'aide de boutons.

— Je sais très bien ce que c'est, un ascenseur, rétorqua-t-il sèchement. J'ignorais juste qu'il y en avait un ici.

— Oh ! C'est vrai, pardonnez-moi. Je suis tellement habituée à vivre ici, que tout est naturel pour moi.

Elle ouvrit alors une nouvelle porte menant aux nombreux couloirs que Nicolaï commençait à connaître. Puis, elle prit le premier accès : il découvrit une pièce métallique dorée, ressemblant aux grands ascenseurs que le jeune homme avait vus dans les pays qu'il avait déjà visités. Ces belles parois ainsi que ces rouages apparents… enfin quelque chose qui semblait plus mécanique que magique. Il appréciait les ascenseurs, les comparant à un symbole du progrès humain en rapport avec la vapeur. Priscilla entra et appuya sur le bouton du sous-sol. Cela n'échappa pas à Nicolaï qui s'apprêta à lancer une remarque. Mais la jeune étudiante fut plus rapide.

— J'attends toujours vos réponses. Alors, d'où venez-vous ?

Quelle insolence ! pensa Nicolaï qui la dévisagea de haut en bas. *Pfff…* Voilà pourquoi il n'aimait pas les enfants. Ils s'avéraient beaucoup trop curieux et ne connaissaient jamais le moment où il fallait se taire. De plus, on leur pardonnait trop de choses. Mais un vrai gentleman devait se montrer clément devant des enfants. Il inspira ainsi profondément et afficha un masque hypocrite souriant.

— C'est un secret, jeune demoiselle. Contentez-vous de me guider. Plus vite, ce sera fait, plus vite, vous pourrez retourner à vos occupations.

À cette réponse, la jeune Priscilla haussa les épaules.

— Comme vous voulez. Je le saurai tôt ou tard, de toute façon. Vous savez, plus vous garderez vos secrets longtemps, plus vous rencontrerez de personnes qui voudront les élucider. Et en tant que présidente et major, rien ne m'échappe.

Nicolaï perdit son sourire tandis que la jeune fille agrandissait le sien. Il n'avait pas l'habitude de perdre aussi facilement une joute verbale. Il oublia ses ressentiments lorsque l'ascenseur s'arrêta et s'ouvrit ; il garda la bouche ouverte. Un spectacle inimaginable s'offrait à lui.

— On est sous le lac ? s'exclama-t-il les yeux écarquillés.

— Exactement. Ce dôme de trois cent dix hectares est le fruit de la collaboration entre la magie et la mécanique. Nous avons créé un environnement prospère au plus profond du lac et accessoirement la meilleure école qui puisse s'admirer. N'êtes-vous pas d'accord ?

Il est vrai qu'il était difficile de la contredire sur ce point. Absolument tout ce qui traversait son regard pouvait être décrit comme extraordinaire. À commencer par le dôme en lui-même, très semblable à celui qui entourait la Suisse entière. Il avait en plus la particularité d'être maintenu par une gigantesque structure métallique qui s'étendait d'une extrémité à l'autre, telle une arche. À son sommet brillait une gigantesque boule de lumière entourée de plusieurs anneaux apportant chaleur et clarté sur l'ensemble du biome, tel un soleil artificiel. Le dôme, d'ailleurs transparent, laissait ainsi le loisir d'admirer la beauté des profondeurs du lac. Nicolaï sursauta lorsqu'il vit passer un immense serpent de mer d'une trentaine de mètres de hauteur, ondulant de tout son long.

— Je vous présente Nigg, le gardien de ce lac. On a de la chance de le voir d'aussi près, aujourd'hui.

— Gé… Génial, répondit le jeune homme impressionné avant de se forcer à s'intéresser à autre chose.

Heureusement, se trouvait dans la pièce ce qu'il fallait pour détourner le regard. L'édifice, fabriqué en briques rouges et soigneusement supporté par des pylônes en bois vernis, était digne de l'école : grandes ouvertures arrondies, immense jardin empli d'allées de buissons taillés sur des parcelles parfaitement parallèles, pour les entraînements à la magie, et parcours pour la course à pied où plusieurs élèves couraient avec peu de conviction.

— Deux cent trente-cinq personnes vivent ici. Cela prend en compte les élèves ainsi que les professeurs et tout autre personnel. Nous avons un verger, et même un élevage pour garder une certaine autonomie. La magie aide beaucoup, notamment pour la croissance rapide des plantes. Nous avons aussi une bibliothèque, un laboratoire, une salle des machines et un dortoir. Cela vous en fera, du travail. Et il faudra aussi que vous trouviez votre place pour vous faire respecter comme il se doit.

Nicolaï tiqua sur cet avertissement. *Un concierge est juste censé nettoyer, non ? Pourquoi ai-je l'impression, qu'ici, ce n'est pas le cas ?*

Chapitre 7

Si la Suisse se base avant tout sur la magie, l'école de Génévia cache en son sein ce que nous pourrions qualifier de merveille du monde : un assemblage de magie et de technologie.

Dans les jardins, Nicolaï fut témoin de lévitation d'objets, de boules enflammées apparaissant de nulle part ou de plantes poussant à une vitesse dépassant l'entendement. Des exploits réalisés par des personnes jeunes et à la couleur d'un beige prédominant. Ainsi, donc, telle était la teinte qui caractérisait les mages. Mais il avait également croisé des peaux vertes et orange aux accoutrements et à l'âge plus avancé. *C'étaient très certainement des employés, pensa-t-il.* D'ailleurs, lui-même ne passa pas inaperçu. Sa couleur bleu nuit, couplée à sa magnifique salopette assortie, attirait les regards de toutes parts. Des chuchotements et interrogations s'élevèrent. Cela le mit mal à l'aise d'être comparé à une bête de foire. Il accéléra ainsi le pas, obligeant sa guide à faire de même. Sa curiosité reprit le dessus.

— Doucement, s'écria-t-elle lorsque celui-ci prit le chemin des salles de classe. Il vaut mieux éviter que nous ne nous perdions de vue. C'est plutôt grand ici, vous savez.

Ne l'écoutant que d'une oreille distraite, le jeune homme ne put s'empêcher de jeter un coup d'œil aux différentes portes, curieux de connaître les matières que ce lieu enseignait. Les premières ouvertures laissèrent apparaître de beaux amphithéâtres. L'un d'eux était rempli d'élèves qui écoutaient avec attention une professeure expliquant avec un fort accent espagnol le principe des causalités élémentaires. *En voilà un sujet aussi méconnu qu'intéressant*, se dit Nicolaï tout en se rapprochant. Mais Priscilla intervint :

— À moins que vous souhaitiez vous présenter à tout l'amphithéâtre, je vous conseille de plutôt me suivre. Madame Sélène déteste être dérangée pendant ses cours.

Elle tira son bras et le jeune homme se laissa faire, adoptant une démarche nonchalante. *Il y aura d'autres salles à examiner, de toute façon*, se dit-il dans l'espoir de se consoler. En ce début de journée, il put ainsi étancher cette si grande soif de connaissances en tournant simplement la tête de tous les côtés. Il reconnut des salles de biologie, de chimie, d'histoire, de technomancie et même d'astronomie. Il aperçut aussi des pièces complètement vides, au sol non plus de bois, mais d'une matière semblable à de la pierre, d'une couleur verte, rainée de nombreuses lignes blanches.

— Vous vous entraînez aussi ici à la magie ? demanda-t-il.

— Belle déduction ! répondit Priscilla. Hormis certains endroits en extérieur, nous avons aussi des salles conçues pour éviter tout dégât matériel. Il ne faut pas oublier que la magie est un outil dangereux. Moi, par exemple, ma spécialité est le contrôle des éléments du feu, du vent et de la glace. Et je ne vous cache pas que je suis la plus talentueuse, estimez-vous heureux que ce soit moi qui vous guide.

— J'en saute de joie… lâcha-t-il sur un ton sarcastique.

— Et vous n'êtes pas au bout de vos surprises, continua-t-elle avec son plus beau sourire. Nous allons voir la cafétéria, la salle des professeurs ainsi que la salle des machines.

Ce détail interpella Nicolaï.

— La salle des machines ?

— Eh oui, pour que ce paradis fonctionne, il faut bien une source d'énergie magique aussi bien que mécanique. C'est l'un des rôles du concierge que de veiller sur ce lieu. Vos appartements sont d'ailleurs à côté.

Elle continua, laissant le pauvre Nicolaï sans plus de détails. Heureusement pour lui, elle semblait l'avoir compris et ne voulant pas jouer la tortionnaire plus longtemps, se dirigea en silence vers le centre de l'école où un escalier descendait. Une aura inquiétante en émanait.

— La salle des machines est tout en bas, dit alors Priscilla. Je n'y suis allée qu'une poignée de fois. Mais vous n'avez aucune raison d'angoisser. Dans mes souvenirs, c'est un lieu plus pittoresque qu'effrayant. L'important, c'est juste de souffler un bon coup et d'accepter que ce soit maintenant chez vous.

Nicolaï gronda, guère rassuré et quelque part, résigné. Les murs en verre ou en briques qui ornaient cette magnifique école se changèrent en une matière plus métallique et de couleur bleue. Arrivés en bas, ils se retrouvèrent devant un sas. Ayant déjà traîné dans des salles des machines, le jeune homme ne fut pas surpris. Seulement, il se ravisa lorsque celui-ci s'ouvrit pour laisser apparaître un complexe si grand qu'il aurait dû englober l'école entière. Le jeune homme ouvrit la bouche tandis que sa respiration s'accélérait en continu. *Une chose pareille…* Même le plus grand complexe de la Reine des Sucreries ne possédait pas une salle des machines aussi étendue.

Il admira tous ces rouages, ces émanations, ces tuyaux et cette structure ordonnée faisant passer la vapeur et permettant d'actionner l'ensemble des mécanismes. Les murs en étaient remplis, reflétant la couleur du bronze, du cuivre et du doré, le tout sublimé par la lumière artificielle du plafond. Au beau milieu, plusieurs bonbonnes géantes fumaient parfois comme une cocotte-minute. Chacune d'elles était reliée à un gigantesque tableau de bord, agrémenté de boutons et de manivelles.

— C'est ça que je dois garder ? finit-il par articuler.

— C'est exact. Une surveillance est de mise au moins deux fois par jour. Vous y connaissez-vous un peu en gestion mécanique ?

— Eh bien, j'ai des bases. Mais je serais incapable de réparer de tels engins s'il y avait un problème.

— Oh, ce n'est pas ce que l'on vous demande, ne vous inquiétez pas. Tout ce qui est réparation et nettoyage peut être réglé par magie. Tout ce qu'on exige, c'est vraiment de garder les lieux.

C'est tout ? Serait-ce si simple ? Non, il ne faut pas tomber dans le piège. Si le précédent concierge a démissionné, c'est certainement pour une raison.

Priscilla lui accorda son plus beau sourire comme pour répondre à son questionnement inaudible.

— Bien entendu, le plus dur reste les élèves. Hors des cours, vous faites partie de l'autorité qui doit assurer leur sécurité et la discipline.

La voilà, l'entourloupe ! Cela fit frissonner l'homme jusqu'aux oreilles. Ce que la directrice lui demandait n'était clairement pas le rôle d'un concierge, selon sa propre définition du moins.

— Si je résume bien, le mot « concierge » serait pour vous un curieux mélange entre gardien et surveillant, lâcha-t-il avec le ton le plus calme qu'il pouvait avoir.

— Bah oui, un concierge, quoi, répondit-elle en haussant les épaules.

Nicolaï agrandit son sourire empli de sarcasme.

— Clairement pas, non. Un concierge, c'est censé nettoyer un lieu dont il a la charge et ce que vous me demandez… Par preuve du contraire… Ce n'est pas le cas.

Priscilla prit un air désappointé tout en croisant les bras, l'air de réfléchir.

— Nous ne devons pas avoir la même définition. En tout cas, chez nous, c'est ce que je vous ai exposé. Mais j'imagine, qu'ailleurs, cela doit être différent. Et cela prouve que vous ne venez pas d'ici. Je vous avoue que ma curiosité est de nouveau titillée.

Devant le regard assassin de Nicolaï, elle changea rapidement de sujet et désigna une porte judicieusement placée tout au fond, non loin d'un immense tableau de bord. Sa couleur marron clair s'accordait bien avec les murs de bronze, au point que le jeune homme ne l'avait pas aperçue à son premier tour de regard.

— Bienvenue chez vous ! s'exclama-t-elle tout en s'approchant dans le but de l'ouvrir.

La petite pièce qui se découvrit ne laissait place qu'à un grand lit et un bureau encastré. Il nota, sur les murs du même bleu métallique que l'entrée de la salle des machines, un planisphère judicieusement collé ainsi qu'une bouche d'aération mise en hauteur de manière à ne pas être facilement atteinte. Ce serait donc ici qu'il allait vivre, dans cette salle semblable à une prison où son travail principal serait de surveiller ce lieu et une bande de morveux capable d'utiliser la magie. L'idée de se coucher dans le lit en position latérale de sécurité lui traversa l'esprit.

— Je crois que nous avons fait le tour, conclut joyeusement Priscilla. Je vous laisse vous installer à votre aise. Vous êtes attendu demain à huit heures dans la cafétéria. La directrice Lemy Queen vous fera en personne la présentation du personnel. Sur ce, je vous dis à bientôt, Monsieur le concierge.

Nicolaï l'observa partir sans rien dire. Que pouvait-il faire d'autre, hormis accuser le coup ? Il n'était pas heureux, ni en colère, pas même triste ou frustré. Il se sentait perdu, juste perdu. Quel futur lui était donc réservé ? Devait-il s'enfuir ? Courber l'échine ? Rien de moins sûr. *Attendons demain… Le sommeil a toujours été porteur de bon conseil.*

***

La sonnerie si spécifique de l'arrêt des cours résonna dans toute l'école. C'était un magnifique son de cloche grave et puissant. La professeure Sélène Bolares posa alors gentiment sa craie et se tourna le temps de poser un regard bienveillant sur sa classe.

– *Señoras, Señores.* Je vous demanderai de bien relire les actes quatre et cinq de *Carmen*. N'oubliez pas que vous pourrez être interrogés oralement pour quelques points supplémentaires.

Des points en plus, l'élève Sallie Velvet ne disait jamais non. Fière des notes qu'elle avait prises, elle referma son cahier, prête pour les révisions de la soirée. En tant qu'élève de la prestigieuse école de Génévia, elle devait se montrer parfaite et avenante, malheureusement ce n'était pas une chose aisée. Bien qu'étant excellente dans toutes les matières générales, elle avait encore du mal pour les cas pratiques de l'exercice de la magie. Néanmoins, son visage potelé et sa couleur vert pomme clair, accompagnés de son sourire aimable, de ses grosses lunettes rondes et de ses cheveux noirs en couette, lui donnaient ce petit air accueillant et adorable que les professeurs appréciaient grandement.

Bien entendu, cela attirait beaucoup de jalousie. Son frère Douglas Velvet n'arrangeait guère les choses quant à sa réputation. Il était certainement l'élève qui avait causé le plus de problèmes dans ce grand sanctuaire dédié à l'étude. Il représentait tout le contraire de la jeune demoiselle. Cancre dans toutes les matières sauf en éducation sportive et en magie pratique, il était connu pour son nombre incalculable d'avertissements pour comportement irrespectueux, voire dangereux. Mais c'était d'autant plus quelqu'un de très malin connaissant exactement les limites à ne pas franchir tout en jouant insidieusement avec.

— Eh oh ! Petite pousse !

En parlant du loup, pensa la jeune fille qui perdit instantanément son sourire tout en prenant soin de ne pas croiser son regard. Ce garçon de couleur vert foncé, aux muscles apparents et au sourire ravageur, se démarquait par ses cheveux noirs tombant de côté, par son nez légèrement aplati et par son regard noisette. Habillé d'une tenue de sport, il vint s'asseoir aux côtés de sa sœur.

— Tu as entendu les rumeurs ? dit le jeune homme l'entourant de son bras robuste. Il paraît qu'ils ont trouvé un nouveau concierge.

Celle-ci soupira. Vrai ou pas, c'était en grande partie de la faute de cet énergumène qui lui servait de frère que le dernier concierge avait donné sa démission.

— Tu le laisseras tranquille celui-là, hein ? déclara-t-elle d'un ton qui se voulait autoritaire.

— Tu rigoles ? Il faut fêter comme il se doit sa bienvenue ! Je voulais juste savoir si tu avais quelques infos sur lui. La seule chose que je sais, c'est que sa couleur de peau est bleue.

Une information qui attisa la curiosité de Sallie, qui tourna la tête de surprise.

— Bleue ? s'exclama-t-elle.

— Oui, bleue… Mais il semblerait que tu ne saches pas grand-chose non plus. Tant pis… Sinon, ton cours s'est bien passé ? D'ailleurs, j'ai un devoir à rendre en histoire demain. Tu peux me le faire ?

— Bah, euh…

— Merci, sœurette, je savais que je pouvais compter sur toi.

Il finit sa phrase en lui frottant énergiquement les cheveux. Puis, il partit tout en mimant avec ses doigts des pistolets, lui assurant que c'était elle la meilleure. Arrivé devant l'entrée, il salua la professeure de son plus beau « Señorita » et s'en alla. La jeune fille observa la scène tout en adoptant une grimace. Elle avait honte de ce frère qui salissait le peu de renommée qu'elle essayait tant bien que mal de sauver. Certainement le plus gros inconvénient de cette fraternité. Abandonnant ainsi ce combat qu'elle ne pouvait gagner, elle rangea ses affaires et s'en alla, accordant un visage désolé à la professeure. Heureusement, celle-ci était assez compréhensive pour interpréter sa détresse et lui rendre un regard empli de compassion.

Une fois dehors, elle prit la direction de son dortoir tout en laissant ses automatismes gérer son orientation. Cela lui permettait de plonger dans ses réflexions et de mettre en ordre ses pensées. Un nouveau concierge de couleur bleue, en voilà une nouvelle plutôt surprenante. Quelles seraient donc ses capacités innées ? Et surtout, que serait sa magie cachée ? Un sujet d'étude très intéressant. Si l'occasion se présentait, elle lui poserait certainement plusieurs questions. Mais supporterait-il ce métier si ingrat ? Elle aimerait lui faciliter la tâche, elle pourrait par exemple lui offrir le même cadeau qu'elle avait fait à tous les professeurs. Après tout, tout le monde aimait les fleurs. Décidée de la marche à suivre, elle se dirigea vers les jardins intérieurs.

En tant que jeune fille à la peau verte, sa magie se focalisait dans la régénération et dans le développement des plantes. Et bien que son niveau actuel reste très passable, elle savait créer de magnifiques bouquets. D'ailleurs, elle passait le plus clair de son temps libre dans le club d'horticulture. Tout ce qu'il lui fallait, c'était un pot, un peu de terre et un brin de magie. Une fois le matériel récupéré, elle choisit un coin tranquille pour s'y installer. Devant son pot de fleurs, elle se concentra. Ses mains se mirent à luire tandis que de petites pousses commençaient à sortir de la terre. Cet effort dura plusieurs minutes et elle termina complètement essoufflée. Des tulipes jaunes et des pétunias avaient poussé dans un magnifique assortiment.

Il a intérêt à avoir la main verte, pensa-t-elle, riant presque de sa blague, mais restant très satisfaite de son travail. Il ne lui restait plus qu'à le lui apporter. Seulement, exerçait-il déjà ses fonctions ? Si c'était le cas, il devait être dans la salle des machines. Un lieu interdit aux élèves… Mais cela devrait aller, non ? Pour un cadeau… En plus, elle ne resterait pas longtemps. De toute façon, que risquait-elle, mis à part une remontrance ?

– C'est pour la bonne cause, s'écria-t-elle en y allant d'un pas décidé.

Chapitre 8

Te souviens-tu de ce moment ? Toi, petit loup qui cherches encore et toujours à fuir cette réalité. Ne te demandes-tu pas ce qui s'est passé avant cette terrible heure fatidique ? Ces souvenirs horribles que tu as enfouis en toi pour te préserver, déclenchant ce pouvoir de métamorphose et te persuadant de ta vie en tant que chiot. Vivre avec les animaux fut le quotidien qui t'a permis de survivre dans le chaos qui allait suivre. Les années passèrent, sans que tu saches qui tu es vraiment. Et je constate que ta nouvelle identité n'est que la façade de ta nouvelle vie. Je me demande si, parfois, tu tentes de te souvenir de ce passé si merveilleux qui se changea en une seule nuit en cauchemar. J'imagine que non. Pourtant, tu rêves encore et toujours de ce moment. Maman... Maman... MAMAN !

— Maman ! hurla Nicolaï en se redressant, le visage en sueur.

Son cœur battait la chamade, il prit un peu de temps pour calmer sa respiration saccadée. Ce rêve si étrange devenait fréquent. Et les seules bribes qu'il tentait de se rappeler le débectaient. Autant faire comme d'habitude. Oublier le passé et aller de l'avant. Prenant en compte son environnement, il rassembla soigneusement ses souvenirs et organisa ses pensées. *Je suis Nicolaï Bas-*

kerville, ancien espion de l'une des escouades d'élite de l'impératrice Almira Scarlet ainsi qu'agent double de l'Empire russe. J'ai fui les deux conflits et j'ai fait l'exploit d'atteindre la Suisse. Je suis maintenant affublé de la corvée de concierge de la seule école de magie connue. Mon rôle est de surveiller la salle des machines et l'intégrité des étudiants.

— Et je n'ai clairement pas envie de m'infliger cette corvée, maugréa-t-il en tirant de mauvaise humeur sur sa salopette.

Pourtant, il devait se montrer patient s'il voulait avoir une chance de s'échapper. Ayant ainsi les prémisses de son plan d'évasion en tête, il tourna directement la tête vers la porte de la chambre. Quelqu'un venait de frapper.

— Oui ? questionna-t-il. Qui est-ce ?

Aucune réponse… Peut-être l'un de ces automates magiques qui l'avaient escorté dans la tour le premier jour. Incertain de sa théorie, il ouvrit la porte avec beaucoup de précautions. Ce qui attira tout d'abord son attention fut un pot de fleurs mis en évidence avec, en son sein, une enveloppe. Touché par cette délicate attention, il faillit rater une étrange balle blanche qui chuta à quelques centimètres de son visage. Heureusement, en termes de vigilance et de réflexe, Nicolaï n'était pas en reste et l'attrapa avant que celle-ci ne tombe, puis l'observa méticuleusement. De la taille et du poids d'une balle de tennis ; sa texture faisait penser à du cuir. Dernier détail, une étrange fumée verte commençait à en sortir. L'odeur nauséabonde ne tarda pas à se faire remarquer, si bien que Nicolaï la jeta au loin. Une fois au contact du sol, la balle se ratatina et relâcha une grande quantité de cette horrible fumée. Prenant ceci comme une attaque qui lui était destinée, il ne réfléchit pas plus longtemps et prit rapidement le chemin de la sortie.

Le couloir qui menait à l'air libre devint salvateur, mais cela n'arrangea pas son humeur. Si c'étaient cela les cadeaux de bienvenue, il s'en passerait ! Pourvu que cette odeur ne reste pas dans la salle des machines. De toute façon, il avait deux mots à dire à cette directrice. Déjà pour ce qui était arrivé ce matin, mais aussi pour commander de nouveaux vêtements et enfin bien comprendre ce qu'elle attendait de lui. Plongé dans ses pensées, il sortit de son antre avec méfiance. Le soleil artificiel était incliné de manière à faire penser à l'aube et une douce brise vint caresser le dessus de son crâne. L'illusion de l'extérieur aurait pu être parfaite si l'eau du lac qui englobait le dôme ne signalait pas sa présence à tout bout de champ. Sans parler de cet énorme serpent de mer qui rôdait non loin. Tout de même, il ne pouvait ignorer la beauté et l'ingéniosité de ce lieu. En d'autres circonstances, il aurait très certainement été ravi d'être ici.

En observant les alentours, il put constater que le lieu était encore bien endormi. Hormis quelques membres du personnel s'occupant des grands jardins et ne manquant pas de le dévisager, il ne vit aucun élève. Se doutant de l'heure précoce, il se laissa aller à une petite visite, retardant ainsi sa destination. Il profita de ce moment pour mieux mémoriser l'emplacement des différents bâtiments et chemins possibles, jusqu'à ressentir son ventre gargouiller. *Espérons que la cafétéria soit un véritable lieu de ravitaillement,* pensa-t-il. Il ne fallut heureusement que peu de temps pour qu'il s'y rende, car l'odeur du petit-déjeuner grattouillait de loin ses narines. Il entra dans une grande salle aux murs blancs dans laquelle de longues tables s'étalaient en rangs. Au fond, il était possible de voir les cuisines et d'entendre le bruit si caractéristique des œufs cuire dans une poêle. Cela le fit sourire. Mais il perdit vite sa bonne humeur lorsqu'il aperçut plusieurs adultes le dévisager. Au vu de leurs accoutrements, c'étaient très certainement des professeurs. Nicolaï reconnut parmi eux la directrice, assise, un genou sur l'autre, avec une tasse à la main sirotant son breuvage accompagné d'un sourire taquin.

— Nous n'attendions plus que vous, Monsieur Baskerville. Je vous en prie, venez vous asseoir.

Un peu intimidé, le jeune homme s'approcha et finit par s'installer parmi une dizaine de personnes l'observant chacune telle une bête de foire.

— Comment s'est donc passée votre première nuit parmi nous ? lança Lemy Queen pour engager la conversation.

— Eh bien… hésita Nicolaï. C'était plutôt confortable, bien qu'ayant eu un réveil assez mouvementé. C'est une sorte de cadeau de bienvenue, les boules puantes ?

Un signe d'incompréhension parcourut l'assemblée et ce fut un homme de couleur orangée aux lunettes rondes et à la grande barbe grise qui prit la parole.

— Encore un tour de ces garnements, vociféra-t-il. Madame la directrice, j'insiste pour que nous prenions des mesures plus drastiques.

En guise de réponse, Lemy Queen roula des yeux tout en gardant son sourire.

— De simples petites plaisanteries, que monsieur Baskerville gérera en plus de trouver les punitions adéquates.

Personne ne trouva rien à redire, au grand désarroi du jeune homme qui ne savait aucunement comment placer ses revendications.

— Et d'où venez-vous, cher ami ? demanda celle qui semblait être, vu son accent, la professeure d'espagnol.

Tous se penchèrent afin de bien écouter, seuls deux visages restèrent en retrait. Celui de la directrice ainsi que celui d'un homme couleur beige et cheveux or platine. Celui-ci le fixait d'un regard hautain accompagné d'une pointe de mépris.

— Eh bien, je... balbutia-t-il. J'ai beaucoup voyagé, dirais-je. Mais j'ai connu la France une bonne partie de ma vie.

Une réponse évasive, mais qui contenta la plupart des convives. D'autres questions fusèrent, Lemy Queen intervint :

— Voyons, chers amis et collègues. Je comprends votre curiosité, néanmoins, vous risquez de mettre monsieur Baskerville mal à l'aise. Nous sommes ici pour nous présenter et non pour lui faire subir un interrogatoire. Faisons un tour de table. Madame Bolares, à vous l'honneur.

La professeure d'espagnol, puis le reste des enseignants des différentes matières, se présentèrent. Ce que nota en premier Nicolaï fut le nombre de langues en voie de disparition qu'il était possible d'apprendre ici. En effet, aux territoires annexés par l'Empire russe ou l'Empire des Sucreries depuis deux décennies furent imposées la langue impérialiste ou la langue rouge. Tout ce qui était français, espagnol, allemand ou autre langue latine se voyait effacer au profit de celle de l'envahisseur. Mais pas ici... Et c'était une chose à souligner. Hormis cela, il put mettre un visage aux professeurs de biologie, d'histoire, de technomancie, d'arithmétique et d'étude théorique et pratique de la magie. Ce dernier étant l'homme qui le toisait depuis le début sans jamais lui avoir adressé un seul mot. Une fois le tour fait, Lemy Queen proposa à tous de poursuivre leur petit-déjeuner ou de vaquer à leurs occupations. La majorité s'en alla, laissant le jeune homme seul avec la professeure d'espagnol et celui d'histoire.

— Je ne m'attendais pas à ce que cet interrogatoire se termine aussi vite, dit-il sur un ton de semi-plaisanterie.

— Oh ! Nous ne cherchions pas à vous mettre mal à l'aise, répondit vivement Sélène Bolares. Pardonnez-moi si mes questions étaient déplacées.

— Ne vous inquiétez pas, la rassura-t-il. J'imagine, qu'à votre place, j'aurais partagé la même curiosité.

— En toute honnêteté, bien que je sois heureux que nous ayons un nouveau concierge, je plains l'ensemble de vos prochaines missions, continua le professeur d'histoire.

Nicolaï tourna sa tête vers lui.

— Monsieur Edgard Claire, intervint l'enseignante en langues. Je trouve que vous exagérez un peu. Effectivement, certains élèves sont turbulents, mais pas bien méchants.

— À qui le dites-vous ! répliqua-t-il, désappointé. Leurs nombreuses blagues méritent un châtiment exemplaire. Je compte sur vous, là-dessus, Monsieur Baskerville. D'ailleurs, n'hésitez pas à venir prendre le thé si nos heures creuses coïncident. Je serais très heureux de parler de faits historiques qui ne concernent pas que la Suisse.

En guise de réponse, Nicolaï sourit poliment avant de sentir son ventre de nouveau gargouiller. Cela manquait d'élégance, mais ses deux interlocuteurs, comprenant très bien la situation, l'invitèrent à se servir à manger. Le jeune homme ne se fit pas prier.

— J'aurais aimé parler un peu plus avec la directrice, dit-il entre deux bouchées d'œufs et de fruits frais. Mais elle semble très occupée.

— C'est vrai, répondit Sélène. Il faut dire qu'en plus d'être la directrice de cette école, elle est aussi l'un des sept hauts mages qui assurent la stabilité de la Suisse.

— Je vois, cela doit demander beaucoup de travail.

— Oui, mais peut-être pouvons-nous répondre à certaines de vos demandes ou interrogations.

Nicolaï prit le temps d'avaler, réfléchissant en même temps à la proposition qu'elle venait de lui faire. Effectivement, il n'avait peut-être pas besoin de la directrice pour certaines de ses revendications.

— J'aimerais un lieu pour prendre une douche et si possible de nouveaux vêtements. Car hormis cette horrible salopette, je n'ai plus rien à me mettre.

Il la montra en l'étirant un peu afin de bien souligner sa détresse. Les deux enseignants croisèrent leurs regards.

— Dans mes souvenirs, l'ancien concierge avait posé des questions similaires, dit Edgard. Il semblerait que ce problème en soit toujours un.

— Effectivement. Mais ne vous inquiétez pas, renchérit Sélène. Pour les vêtements, ce n'est qu'une question de temps, je pense. Le fait que nous soyons au fond d'un lac ralentit grandement tout ce qui est sujet à de l'importation non prévue.

— Et pour ce qui est des douches, continua Edgard, nous avons des locaux pour les enseignants. Je pourrais vous confier mon double des clés si cela vous convient.

Il semblerait que certains nœuds se dénouaient. Nicolaï salua ce geste avec un grand sourire.

— Cela me convient. Et je vous en remercie.

— C'est tout naturel. Sachez, Monsieur, que je me bats avec acharnement pour que nous ayons tous les moyens de subsistance nécessaires afin de mieux exercer notre travail. La directrice a très souvent besoin que nous le lui rappelions. Mais nous aurons l'occasion d'en parler une autre fois. Les premiers garnements sont déjà en train d'arriver.

Nicolaï tourna la tête. Plusieurs élèves entrèrent et se dirigèrent directement vers les cuisines. Certains ayant remarqué le jeune homme, ils ne se gênèrent pas pour l'observer tout en discutant à voix basse. Celui-ci soupira.

– Ne vous en faites pas, le rassura Sélène. Cela ne durera que quelques jours, puis tout le monde s'habituera à vous.

– Hum… Si vous le dites. En tous les cas, je tiens grandement à vous remercier. Je pense qu'une bonne douche ne sera pas de refus. Monsieur Edgard, serait-il possible de la prendre tout de suite ?

– Oh, eh bien, oui, c'est faisable. Permettez-moi de terminer mon thé et je vous y escorte.

***

Quel bonheur de pouvoir enfin sentir l'eau chaude couler sur son corps, d'user de savon pour nettoyer ses impuretés et de dégager une odeur agréable. Nicolaï sortit de la douche avec un profond sentiment de paix. Le seul bémol était de devoir remettre sa salopette. Cela lui rappela sa situation actuelle. D'ailleurs, il n'avait pas vraiment pu s'en plaindre au chef de l'établissement. Néanmoins, le professeur d'histoire ainsi que celle d'espagnol semblaient être de charmantes personnes. Bien que leurs points de vue sur les élèves soient très différents. La question était maintenant de savoir quel serait son programme de la journée. Personne ne l'avait formé à être concierge et bien que ses talents soient multiples, il ne savait pas encore comment il pouvait les mettre à disposition de l'école. Il choisit donc de déambuler dans les différentes allées afin de faire du repérage et d'établir les premiers contacts, aussi bien avec les élèves qu'avec les professeurs.

Bien sûr, il ne passa pas inaperçu ; très vite, la rumeur du nouveau concierge de couleur bleue devint fondée. D'abord craintifs, les élèves se montrèrent au fil des minutes plus courageux et certains vinrent lui parler. Il s'attendait à cette pluie d'interrogations : qui était-il ? D'où venait-il ? Il répondait, la plupart du temps, évasivement. Il fit tout de même des rencontres sympathiques. Les étudiants, pour la plupart, se montraient polis et restaient respectueux. Ce fut aussi le cas de la majorité des professeurs. Finalement, peut-être qu'il pourrait se faire à ce travail… Du moins, ce fut ce qu'il pensa jusqu'en début d'après-midi, après un repas animé à la cafétéria, accompagné d'élèves volontaires pour lui faciliter sa visite guidée.

Cela se produisit au moment où il passa non loin des grands jardins intérieurs. Il avait eu connaissance de certaines règles, qui se révélaient très semblables à celles des écoles classiques, hormis sur un certain point qu'il avait relevé et qu'il trouvait d'ailleurs assez aberrant. L'utilisation de la magie hors des cours n'était pas interdite. Seuls les professeurs ou le concierge pouvaient avoir l'autorité nécessaire pour la proscrire en cas de conflits. Cela lui semblait bien léger et il faillit en subir les frais lorsqu'il évita de justesse une sorte de fruit lancé à toute vitesse vers son visage, suscitant au passage de nombreux cris de surprise. Le jeune homme observa le projectile écrasé sur l'un des piliers. *Ce truc aurait pu m'assommer !*

— Oh, désolé ! s'éleva alors une voix à une quinzaine de mètres de lui. Je vous ai pris pour une nouvelle cible mouvante.

Nicolaï se tourna et finit par dévisager un garçon de couleur verte, accompagné d'un autre élève de sa carrure, qui ricanait méchamment. Ses guides autoproclamés s'éloignèrent par crainte.

Était-ce l'élève difficile ? Sur ce qu'il perçut des marmonnements de plus en plus lointains, c'était le cas. La question demeurait maintenant de savoir quel était l'éventail d'actions que la directrice lui autorisait.

— Tu aurais vraiment pu blesser quelqu'un avec ça.

Il montra l'objet de son pouce et s'approcha de l'énergumène. Ce petit plaisantin fier de ses un mètre quatre-vingt dépassait légèrement le nouveau concierge ; de son sourire provocateur, il le narguait ouvertement.

— Moh, ça arrive ce genre de choses. Inutile d'en faire tout un plat. Et donc, c'est vous le nouveau concierge ? Vous n'avez pas peur d'être couvert de bleus ? Oh ! Pardon, c'est déjà fait.

C'est petit... pensa Nicolaï qui se contenta de hausser les sourcils sous les incessants éclats de rire.

— Une technique pour me rabaisser, répliqua-t-il. Je vais finir par croire que tu es vert de jalousie.

Son adversaire en resta bouche bée tandis que les rires se retournaient contre lui.

La cruauté des adolescents était vraiment sans limite. Aucune fraternité. Néanmoins, cela restait un point positif dans cette situation, car ce n'était plus lui le sujet des moqueries. Pourtant, son adversaire reprit vite du poil de la bête ainsi qu'un sourire insolent.

— Belle répartie, dit-il en posant sa main sur l'épaule du nouveau concierge. Vous montez dans mon estime.

Ce contact, Nicolaï le vit comme un véritable affront et il ne se gêna pas pour le lui faire comprendre. Avec dextérité, il prit son bras et d'un mouvement, appris lors de ses nombreuses formations de combats, le projeta au sol tout en le paralysant.

— Toi, en revanche… Ma première rencontre me donne un goût des plus amers, gronda-t-il. Je crois qu'il est tant que tu revoies tes leçons de politesse.

Beaucoup reculèrent tandis qu'un cercle se forma en même temps autour d'eux.

— Haaa ! Mon bras ! se plaignit le jeune dissident. Vous n'allez quand même pas le casser ?

— L'idée m'a traversé l'esprit, rétorqua Nicolaï en le serrant un peu plus.

Mais alors que son avantage restait clair, son adversaire résista. Le bras de son prisonnier venait de tripler de volume. Nicolaï, ne pouvant le tenir correctement, le relâcha et recula de plusieurs pas afin de mieux observer la situation. Le bras du jeune garçon était devenu méconnaissable, pourtant personne ne semblait véritablement surpris. C'était donc une capacité due à sa couleur ? Où serait-ce de la magie ? Que ce soit l'une ou l'autre intuition, le jeune homme s'alarma. Son adversaire préparait quelque chose. Avant qu'il puisse réagir, il tomba à son tour.

Comment ? fut sa première pensée tout en essayant de se relever, mais ses jambes ne lui répondaient pas. Le mystère se résolut lorsqu'il s'intéressa un peu plus à son problème. Un lierre plutôt solide s'était accroché à ses chaussures et poussait à une vitesse fulgurante tout en s'enroulant autour de ses mollets. Le bas de son corps maintenant saucissonné entravait grandement sa mobilité. Pendant ce temps, l'élève dissident se releva.

— Cela fait mal, Monsieur le concierge. Vous m'obligez à utiliser mon droit de légitime défense.

— Ton… quoi ? maugréa le jeune homme, paralysé.

— Hein ? Ne me dites pas que vous ne connaissez pas les règles. Toute personne attaquée a le droit de répondre par la magie pour se défendre. Et j'ai assez de témoins pour confirmer. Hein, les gars !

Son petit groupe d'amis semblait bien d'accord et personne ne vint le contredire. Nicolaï venait de comprendre qu'il avait été piégé. Cette situation lui semblait aussi absurde que honteuse.

— Bon, maintenant, que vais-je faire de vous ? continua l'étudiant en se penchant vers lui tout en arborant un magnifique sourire de victoire. Ce que vous venez de faire est très grave. Je me dois d'agir pour ma sécurité personnelle. Ha, je sais. Vous assommer pour éviter que le pire arrive. Cela me semble être la meilleure solution.

Le cœur de Nicolaï se serra. Il n'allait tout de même pas… Les personnes ici présentes n'allaient quand même pas laisser… Un doute affreux emplit l'esprit du concierge, tandis que la main de son adversaire prenait une taille démesurée. Bien heureusement pour lui, quelqu'un intervint sous la présence d'une magnifique boule de feu tombée du ciel, qui fit reculer l'insolent.

— Ça suffit ! s'écria une voix féminine.

Nicolaï reconnut la voix de Priscilla Delacroix. L'élève major de sa promotion et son premier guide.

Celle-ci intervint en se faisant une place dans la petite foule, en se positionnant entre les deux adversaires et en fixant de manière très sévère le perturbateur.

— Relâche-le ! gronda-t-elle.

— Sinon quoi, ma belle ? Tu vas prévenir les professeurs ? Ce n'est pas moi qui suis en tort dans cette histoire. C'est plutôt à toi de dégager, à moins que tu acceptes enfin un rendez-vous avec moi.

Sa pique s'accompagna de plusieurs sifflements bien désagréables faits par sa bande. Mais Priscilla ne se laissa pas démonter pour autant.

— Sinon je te rôtis tel un porc en broche. Je crois que tu te rappelles comment s'est terminé notre dernier duel, Douglas Velvet.

Le dénommé Douglas serra les dents, visiblement contrarié.

— Vous avez de la chance, Monsieur le concierge, lâcha-t-il. La prochaine fois, soyez plus gentil avec les élèves.

Il s'en alla, laissant Nicolaï sous cette menace à peine voilée. Ce dernier se sentait encore perdu et humilié. Perdre ainsi contre un gamin alors qu'il avait fait partie des commandos d'élite de l'Amérique, touchait grandement son égo.

— Ça va ? demanda Priscilla après avoir dispersé le reste de la foule un peu trop curieuse.

— Ça ira mieux lorsque je serai détaché, répliqua-t-il sèchement.

La jeune fille s'exécuta, et d'un simple claquement de doigts, les lianes se mirent à flétrir. Maintenant libre, il se releva et s'épousseta de manière agacée.

— Je suis désolée de ce qui vous est arrivé, dit-elle sur un ton sec. Vous êtes tombé sur le pire de tous. Si vous voulez, je peux en parler à la directrice.

— Je lui parlerai moi-même, grogna-t-il. Merci pour le coup de main…

Il s'en alla alors, profondément vexé, sans prendre en compte les regards ou les chuchotements. Cet échec, il s'en souviendrait toute sa vie. Il prit la direction de la salle des machines, prêt à s'enfermer dans sa forteresse de solitude. Mais alors qu'il allait entrer dans le premier sas, la voix de Priscilla le fit sursauter.

— Je ne sais pas comment cela se passe dehors, mais il est vrai que dans cette école, c'est un peu la loi du plus fort.

— Hein ? Mais comment es-tu arrivée là ?

Elle haussa les épaules.

— Vous n'avez pas pris le chemin le plus rapide et puis vous aviez l'air si plongé dans vos pensées.

— Oh, se calma-t-il. D'accord… Désolé d'écourter cette conversation, mais j'aimerais être seul.

La jeune fille hocha silencieusement la tête, avant de lui tendre un grand porte-vues.

— Je ne sais pas si cela va vous aider, mais voici le règlement intérieur dans son ensemble.

Le jeune homme se tourna vers elle une fois le sas ouvert et l'observa. Il ressentait une maturité étonnante venant de cette fille. Dans ses souvenirs, elle était aussi bavarde que curieuse. Et pourtant, ici, elle prenait toutes les précautions afin de ne pas l'agacer. Il salua cette attention et prit l'objet.

— Merci, dit-il alors sincèrement.

— Vous savez, si vous avez besoin de parler ou de discuter, n'hésitez pas. Je ne sais pas si c'est une bonne chose de rester seul.

— Si c'est pour essayer encore de me tirer les vers du nez sur mon passé, ce sera sans façon, rétorqua-t-il avec un grand sourire. Ne t'inquiète pas, je vais bien.

Il referma alors, sans lui laisser le temps de répondre, restant ainsi définitivement seul. L'odeur de ce matin avait heureusement été filtrée, laissant place à un parfum de cuivre et de fumée. Nicolaï reprit un air neutre. Comme pour une mission difficile, il était temps de se préparer comme il se devait.

Chapitre 9

Cher Monsieur, le nouveau concierge. Je tiens à vous écrire cette lettre tout d'abord pour vous souhaiter la bienvenue. Je sais qu'accepter ce métier n'a pas dû être chose facile. L'ancien concierge avait pris des vacances anticipées pour cause de fatigue mentale due en grande partie aux élèves. Mais ne vous laissez pas abattre ! Vous aurez également beaucoup de monde pour vous soutenir. Un concierge, c'est important et c'est pour cela que je tiens à vous féliciter de cette décision. Si vous êtes d'accord, je continuerai à vous écrire en accompagnant les lettres d'un magnifique bouquet de fleurs en pot. Ainsi, je vous souhaite, Monsieur le nouveau concierge, une très bonne journée.

PS : Méfiez-vous de Douglas Velvet. C'est la mauvaise graine de cette école et il cherchera certainement à vous attirer des ennuis.

Nicolaï replia la lettre et leva les yeux au plafond. Sa nuit blanche à étudier l'ensemble des textes de lois et règlements se marquait sur son visage au travers de cernes apparents. Néanmoins, il en avait appris beaucoup sur le fonctionnement de cette école si atypique et cela n'enchantait guère son propre raisonnement logique. Au moins, il se sentait prêt à participer plus sereinement à ce jeu complexe. Ainsi, le concierge, dans ses fonctions, détenait une grande variété de droits et de libertés tant que cela concernait la protection de la salle des machines et l'intégrité physique et morale des élèves. Toute forme de réprimande lui était autorisée à condition de ne pas tuer ou blesser gravement l'étudiant. Cela lui donnait une grande marge de manœuvre.

Il fallait maintenant trouver comment se battre efficacement contre des utilisateurs de magie. Et le meilleur moyen restait une observation constante et une étude approfondie. À y réfléchir, ce n'était pas si différent de ses nombreuses missions d'infiltration. Il fallait maintenant mettre au point son plan d'attaque. Rassembler des alliés dignes de confiance et développer une bonne réputation. Ce point-ci serait certainement le plus long et le plus difficile à mettre en place. Si seulement il avait encore son équipement, certaines choses auraient été plus faciles. Grommelant, Nicolaï sortit de son lit en réfléchissant déjà à ses objectifs à court terme.

Tout d'abord manger, prendre une douche et commencer à récupérer un maximum d'informations. Tôt ou tard, cela lui serait forcément utile. Décidé, il ouvrit la porte de son espace personnel. Un pressentiment se déclencha et il eut le réflexe d'attraper la boule blanche avant que celle-ci touche le sol. *Encore ?* Décidément, sa venue n'enchantait clairement pas tout le monde. Peut-être était-ce un tour de ce Douglas Velvet ?

Mais n'ayant encore aucune preuve, il serait relativement discret pour mettre en route son prochain plan d'action et de vengeance. Qu'allait-il donc faire de cette balle pour le coup ? Celle-ci ne semblait pas avoir reçu un choc suffisant pour s'activer. Autant la garder jusqu'à ce qu'il lui trouve une utilité. Il la posa ainsi doucement dans un coin de la salle des machines, assez loin pour limiter les dégâts si elle devait exploser. Une fois cette tâche effectuée, il sortit et s'empressa de continuer ce qu'il avait appelé « son rituel du matin ».

En début d'après-midi, il fit la connaissance de plusieurs professeurs tels que Karine Rotsec : l'enseignante de botanique. Bien que gentille, celle-ci semblait nettement préférer la compagnie des plantes plutôt que celle des êtres humains. Et Jean-Marc Delcio : le professeur de technomancie, connu pour être une sorte d'hurluberlu beaucoup trop passionné par son travail au point que tous doutaient de son état mental. Il trouva d'ailleurs digne d'intérêt de parler, avec le jeune homme, du monde extérieur et de toutes les technologies qu'il ne connaissait pas. Après une bonne demi-heure en sa compagnie, le pauvre Nicolaï dut couper court à la discussion avant que celle-ci ne s'éternise.

En milieu d'après-midi, il put savourer une tasse de thé avec le professeur d'histoire. Lui, avait la décence de parler d'autre chose que de son travail tout en prenant l'initiative d'avoir de ses nouvelles. Son seul défaut demeurait dans ses plaintes incessantes sur le règlement intérieur et les élèves difficiles. Il restait tout de même de bonne compagnie et Nicolaï lui en fut reconnaissant.

Il termina son grand tour, sur ses gardes. De nombreux murmures s'élevaient à chacun de ses passages et il était très souvent le centre des regards. Néanmoins, il put admirer plusieurs phénomènes magiques créés par les élèves lors des cours d'interventions pratiques.

Il recensa dans son investigation un élément particulier. La couleur de peau semblait jouer un rôle important dans les spécialités des dons. Seuls les élèves beiges possédaient des qualités plus versatiles. Ce constat l'amena à une interrogation. Avec sa propre couleur, serait-il lui aussi capable de faire de la magie ? Cela voulait-il dire que tout le monde en avait la capacité ? Si c'était le cas, il n'était pas étonnant que les deux puissances mondiales tiennent autant à s'emparer de ce pays neutre. La question restait maintenant de savoir d'où provenait cette source capable de développer la magie. Certainement l'un des plus grands secrets de la Suisse.

Un temps de recherche s'imposait donc et rien de mieux que de passer une fin d'après-midi à s'instruire dans une bibliothèque pouvant rassembler les informations requises. Il y trouva une certaine tranquillité. En effet, personne ne cherchait à le déranger et il en profita. Avec soin, il prit plusieurs ouvrages et se pencha sur la lecture de l'un d'entre eux. Ce qu'il découvrit se révéla passionnant, si bien qu'il ne se rendit compte du temps passé qu'après la baisse brutale de la luminosité. La pénombre omniprésente du soir lui rappela ses besoins physiologiques les plus primaires. Il avait faim et il n'aurait pas dit non pour un tour aux toilettes. Reposant ainsi les livres, il en garda un pour son chevet et s'empressa d'aller dîner à la cafétéria.

Un rituel journalier venait de s'installer. Chacun des jours passés se ressemblait, tout en lui proposant un ensemble de nouveautés.

Les étudiants travaillaient cinq jours sur sept. Le reste du temps, il leur était proposé des activités sportives, ludiques ou de l'étude. Certains pouvaient rentrer chez eux en empruntant l'ascenseur de la tour de l'horloge. Mais la plupart préféraient le confort de leur dortoir. Du point de vue de Nicolaï, plusieurs choses étaient à prendre en compte. D'abord, les bonnes nouvelles : il avait reçu de nouveaux vêtements, il mangeait à sa faim, il s'était fait de bonnes connaissances parmi les professeurs et la plupart des élèves se montraient dociles et conciliants. Il prenait aussi plaisir à lire les lettres « anonymes » que lui envoyait l'un d'entre eux, pratiquement un matin sur deux. Il n'avait pas encore pris le temps de faire une enquête à ce propos, bien trop occupé à se remettre de certaines de ses nuits blanches à amasser le plus d'informations possible.

Venait ensuite l'ensemble des aspects négatifs : les vêtements reçus étaient tous composés de t-shirts et de sous-vêtements blancs, accompagnés de l'indémodable salopette bleue, qui lui rappelait l'uniforme des prisonniers. Et la méfiance de certains professeurs, plus précisément celui des cours de magie pratique. Ce dernier ne cessait de le toiser d'un regard supérieur, se permettant de critiquer le jeune homme via des remarques acerbes, lorsque l'occasion se présentait. Bizarrement, c'étaient aussi les élèves favoris de son tortionnaire qui lui posaient le plus de problèmes et parmi eux, bien entendu, le fameux Douglas Velvet. Dès que cela s'avérait possible, il savait se mettre en valeur pour attirer les ennuis et se moquer de l'autorité du jeune homme.

Une semaine était passée et le nouveau concierge avait fini deux fois inconscient à l'infirmerie, la première à cause de mauvaises blagues plus dangereuses que drôles et la seconde à cause d'une confrontation qu'il avait encore perdue.

Heureusement, avec les prouesses de la magie et de son métabolisme, il s'en était sorti sans aucune séquelle. Mais il lui restait une profonde frustration qui lui donnait parfois l'idée de tout abandonner et de tenter de s'enfuir. Seulement, son amour-propre l'empêchait de prendre cette décision. Il arriverait tôt ou tard à piéger cette bande de gamins. Tout ce qu'il avait à faire était de se montrer patient et d'utiliser les informations détenues à bon escient. En attendant, il pouvait compter sur sa nouvelle… « amie » pour l'épauler. Priscilla Delacroix restait sa meilleure guide et bien que son assurance et ses questions restent toujours aussi énervantes, il pouvait compter sur elle et sa touche d'humour bien piquante pour se sentir mieux. Elle demeurait aussi une source d'informations fiables.

— Être major de ma promo me donne certains avantages, lui avait-elle fait remarquer, accompagnée de son sourire habituel.

Cela faisait donc une semaine… La magie constituait une étude complexe, approfondissant le terme d'aura mélanique. Un concept qu'il n'avait pas encore compris. Cela avait un rapport avec la couleur de peau et une énergie circulant dans le corps. Les adeptes de la magie savaient utiliser cette énergie qui, apparemment, s'éveillait de manière inconsciente. Avec les différents questionnements des professeurs et de Priscilla, il en avait conclu que la Suisse restait le principal précurseur de cet étrange développement. Concernant la jeune étudiante, elle aurait fait un rêve la poussant à manipuler les éléments. Selon ses mots, une sorte d'entité lui avait chuchoté à l'oreille ce qu'elle devait faire.

Chaque témoignage recueilli était différent. Le seul point commun relevé était cette sensation aussi soudaine que naturelle d'avoir été guidé à un moment. Néanmoins, toutes ces histoires ne lui semblaient pas claires. Il avait beau se triturer le cerveau dans tous les sens, il n'arrivait pas à obtenir une réponse satisfaisante. Il soupira alors avant de tourner la tête, alerté par un bruit étrange. Depuis quelque temps, il avait pris l'habitude de garder sa porte légèrement entrouverte. Cela avait comme désavantage de laisser passer l'ensemble des bruits produits par les tuyaux faisant circuler la vapeur. Maintenant habitué aux tumultes environnants, il pouvait plus facilement se concentrer sur les bruits qu'il ne connaissait pas. Ayant pris soin de laisser toute lumière éteinte, il tendit doucement l'oreille pour se focaliser sur les timides bruits de pas qui s'avançaient.

À en juger la distance, il avait le temps de sortir et de se faufiler dans un coin plus sombre. Pour gagner en discrétion, il se transforma en loup bleu nuit et se coucha, les oreilles dressées et le regard brillant. Pour quelques minutes, la métamorphose ne réveillerait pas ses instincts sauvages.

D plus, l'avantage de cette forme était sa nyctalopie. Il voyait parfaitement malgré le peu de lumière qu'offrait son environnement. Il repéra une jeune fille de couleur verte potelée et d'allure bienveillante. Elle avait en main un pot de fleurs qu'elle posa délicatement devant sa porte, accompagnée d'une lettre. Voici donc à quoi ressemblait sa mystérieuse correspondante. Cela lui faisait plaisir de pouvoir compter sur de rares étudiants aussi généreux. Tout en lâchant un léger grognement de contentement, il l'observa partir sur la pointe des pieds. Soudain, quelque chose l'arrêta. Une autre silhouette venait de se dresser devant elle.

— Qu'est-ce que tu fais là ?

— Je pourrais te poser la même question, très chère sœur. Toi aussi tu es venue mettre les nerfs de notre cher concierge à cran ? Je savais que le même sang coulait dans nos veines.

— Hein ? Bien sûr que non. D'ailleurs, tes blagues sont odieuses. Pourquoi tu t'acharnes sur lui à ce point ? Il ne t'a rien fait !

Nicolaï reconnut cette voix agaçante et s'approcha pour mieux distinguer le visage de Douglas Velvet. Instinctivement, ses poils se dressèrent.

— Je n'aime pas son ton suffisant et supérieur, répondit l'étudiant. Il ne vient même pas de la Suisse. C'est un perdant qui ne sait pas utiliser la magie. Ainsi, il ne mérite pas le titre de concierge et j'essaye de le lui faire comprendre. Quelque part, il devrait même me remercier, je lui rends service.

Il y eut un léger silence. La jeune fille semblait choquée.

— Tu es vraiment horrible. Je ne sais pas ce que tu manigances, mais compte sur moi pour t'en empêcher.

Elle appuya ses dires d'un regard aussi perçant que son petit corps le lui permettait. Si Nicolaï trouvait cela touchant, Douglas en revanche s'en délectait. Son physique avantageux surplombait complètement celui de sa sœur.

— Et tu vas m'en empêcher comment ? Je suis curieux de voir.

L'assurance de la jeune fille perdit en éclat tandis qu'elle reculait de plusieurs pas devant sa carrure imposante.

— Je… Je pourrais le prévenir.

— Oh… Et tu crois que je te laisserais faire ? susurra-t-il d'un ton plus intimidant tout en avançant vers elle.

La pauvre jeune fille resta paralysée, ne sachant plus quoi dire ou faire. Pour Nicolaï, c'était le moment d'agir. D'un ton terriblement lugubre, il émit un long et fin grognement. Cela attira l'attention des deux compères qui tournèrent la tête.

— Tu… tu as entendu ? dit Douglas d'un ton moins assuré.

— Euh… ou… oui.

Une ambiance pesante s'installait, il avait fait monter l'angoisse d'un cran. Nicolaï grogna de nouveau, mais cette fois-ci de manière plus sèche et franche. L'odeur de la peur passa au niveau de ses narines. Les deux avaient oublié leurs querelles et cherchaient de manière frénétique la provenance de ce bruit. Nicolaï sortit alors de sa cachette, les poils hérissés et les crocs dehors. Le peu de lumière et la couleur de ses poils bleu luisant renforçaient sa stature déjà grande et menaçante. Ses yeux brillants furent la première chose distinguable dans la pénombre et le résultat escompté fut au-delà de ses attentes. Tout d'abord, le sursaut, dès que l'origine du bruit fut repérée. Ensuite, la peur glaçante, après qu'ils l'eurent aperçu.

Douglas prit ses jambes à son cou, accompagné d'un cri bien peu viril. Sa sœur le suivit tout en le suppliant de l'attendre.

Nicolaï fit mine de les escorter, mais s'arrêta vite. Il savait l'inutilité de courir après eux, préférant saluer sa première victoire contre ces garnements. Bon… il regrettait un peu pour la sœur de Douglas. Mais cela valait quand même le coup. Il trouverait bien un moyen de se faire pardonner maintenant qu'il savait à quoi elle ressemblait. Avec un grognement de contentement, il prit le chemin de sa chambre et retrouva sa forme humaine. Il se rhabilla alors et se coucha. Il y aurait sûrement des conséquences à ses actes et il devrait fournir des explications. Mais il ne voulait pas y réfléchir ce soir. Dormir était un mot qui résonnait si doux à ses oreilles.

Chapitre 10

La pierre bleue serait la première source d'énergie ayant permis le développement de la technologie. Elle a la particularité de faire bouillir l'eau à son contact. S'en suivit naturellement l'âge de la vapeur.

Effectivement, sa petite victoire de la veille eut des conséquences. Tout d'abord, des rumeurs diverses rapportant la présence d'un monstre installé dans la salle des machines. Douglas Velvet n'en finissait pas d'entretenir le mythe tout en enjolivant la scène à sa manière. Ainsi, le loup devint rapidement une sorte de bête monstrueuse de taille exagérée et assoiffée de sang. Mais heureusement, grâce à son courage, sa force et son intellect, il avait réussi à sauver son ingrate de petite sœur. Beaucoup saluèrent cet élan d'héroïsme ; malheureusement, à cause de cette si belle histoire et connaissant la réputation de cet énergumène, de nombreuses enquêtes furent menées. Personne ne put trouver de preuves tangibles, si bien que la notoriété du jeune étudiant baissa. S'être rendu à la salle des machines, alors que cela était interdit lui valut de sérieuses remontrances de la part du corps enseignant et il fut même convoqué par la directrice pour son comportement.

Il s'en sortit tout de même bien, avec des travaux généraux, des heures de colle et des devoirs supplémentaires. Le point positif : le jeune concierge aurait la paix un certain temps. Bien entendu, des rumeurs continueraient à circuler, mais rien de bien insurmontable comparé à ses débuts. La semaine qui suivit fut ainsi bien plus sereine. Il connaissait maintenant l'école par cœur et l'emploi du temps de la plupart des professeurs. Les élèves s'étaient habitués à sa présence et acceptaient son autorité en tant que concierge. Son attitude agréable lui permettait facilement de discuter avec la plupart des personnes. Il en profita pour récupérer plus d'informations sur la petite messagère aux fleurs.

Depuis ce qui s'était passé à la salle des machines, il ne recevait, à son grand désarroi, plus de messages. Afin de dissiper tout malentendu et par acquis de conscience, il fit sa petite enquête et en conclut qu'elle passait la plupart de son temps libre dans le club d'horticulture. Après avoir bien vérifié ses heures de cours, il s'y rendit et tomba effectivement sur elle, occupée à planter de magnifiques tournesols jaunes. Doucement, il se glissa derrière son dos.

— C'est donc toi la messagère aux plantes.

La jeune fille sursauta avant de tourner brusquement la tête. En voyant son interlocuteur, elle émit un léger cri avant de reculer et tomber, tout en renversant quelques pots remplis de terre.

— M… Monsieur le concierge. Je… je ne vous ai pas entendu. P… pardonnez-moi, je…

— Du calme, voyons. C'est moi qui devrais m'excuser. Je ne voulais pas te faire peur.

Il lui tendit la main afin qu'elle puisse se lever. D'abord gênée, la jeune fille accepta son aide. Une fois debout, elle baissa les yeux.

— Je sais que je n'aurais pas dû venir dans la salle des machines… je…

Nicolaï ne put s'empêcher de sourire tout en prenant un regard désolé.

— Tu te trompes sur mon compte. Au contraire, cela m'a fait très plaisir d'avoir ce genre d'attention, je t'en remercie. Je voulais juste savoir qui était cette mystérieuse correspondante. J'ai maintenant ma réponse.

À ces mots, la jeune fille se détendit un peu, mais pas encore assez pour lever son regard.

— Mais… c'est contre les règles et…

— Et c'est pour cela que je te demande de ne plus y retourner. Mais cela ne nous empêche pas de véritablement discuter à la bibliothèque ou à la cafétéria.

La jeune fille releva enfin les yeux avec un certain intérêt.

— Oh ! Cela me ferait vraiment plaisir, enfin… Si ça ne vous dérange pas. Enfin… vous devez avoir beaucoup de travail et…

Nicolaï soupira. Une telle timidité l'amusait, mais ce genre de comportement pouvait le fatiguer à la longue.

— Je serai à la bibliothèque cet après-midi, dit-il d'un ton rassurant. Donc, si tu n'as pas cours à ce moment-là, n'hésite pas à me rendre visite.

Voilà, il avait mis toutes les cartes dans les mains de la jeune étudiante. S'il pouvait en faire une alliée, ce serait certainement un bon avantage vu le potentiel dévouement qu'il avait décelé.

— Ah, au fait, déclara-t-il en se tournant une dernière fois. Pour ce que tu as vu ce soir-là, ne t'inquiète pas, il ne reviendra plus.

Sous la peur évidente de la jeune fille, une lueur timide de curiosité se glissa dans son regard.

***

La pauvre Sallie Velvet était bien embêtée. Sa situation lui convenait très bien avant de se faire surprendre durant ses escapades nocturnes. Elle avait reçu ses propres punitions et était au cœur des rumeurs de son frère problématique. Elle qui avait appris à se faire oublier, se retrouvait maintenant obligée de se réfugier au club d'horticulture. Ce sanctuaire peu fréquenté lui permettait d'avoir le calme qu'elle recherchait. La plupart du temps, elle s'occupait seule de ses fleurs et discutait longuement avec elles. Mais voici que le concierge en personne venait pour l'inviter à discuter avec lui.

Les émotions que cette visite avait suscitées étaient multiples ; tout d'abord, le soulagement de ne pas être détestée par le concierge, mais aussi cette peur si tenace de se retrouver devant une personne représentant l'autorité. Son côté très marginal renforçait cette angoisse d'être jugée et le coup de grâce restait son immense timidité. Heureusement, ses fleurs lui donnaient du courage. Cet homme de couleur bleue n'avait pas eu l'air si méchant et n'avait pas semblé non plus vraiment dangereux.

La question demeurait maintenant de savoir si elle aurait le courage de lui poser toutes les questions qui la turlupinaient.

La sonnerie résonna, la sortant de sa réflexion. Son cours d'histoire allait commencer. Rapidement, elle prit ses affaires et s'en alla. Le cours serait peut-être une occasion de mieux méditer sur ses différents domaines d'actions. Malheureusement pour elle, ce ne fut pas le cas. Le cours, bien que passionnant, ne réussit pas à calmer son stress une seule seconde. Rien que prendre des notes fut très difficile. Son cœur battant fort lui rappelait à quel point elle était une jeune fille qui avait énormément de mal au niveau social. Et parler ainsi en dehors des cours à une personne en face-à-face, qui de plus était le concierge… Bon sang ! Cela lui apprendrait à essayer d'être gentille tout en enfreignant les règles. Au fond, n'était-ce pas ce qu'elle cherchait depuis longtemps ? Pouvoir parler librement à quelqu'un qui n'était pas une plante ou son frère ?

Il ne semblait pas vouloir la juger sur son apparence ou sur la mauvaise réputation de son nom. Alors, pourquoi ne pas essayer ? Elle espérait pouvoir arriver à aligner deux mots sans bégayer. Le cours fini, elle se dirigea, décidée, vers la bibliothèque et se mit à chercher son mystérieux interlocuteur. Elle le retrouva dans un coin, plongé dans sa lecture. Timidement, elle se rapprocha. L'homme de couleur bleue leva les yeux à son arrivée.

— Content que tu sois venue, dit-il avec un grand sourire.

Il lui fit signe de s'asseoir tandis qu'il refermait l'énorme livre devant lui. Elle s'installa, son regard fixé sur la table.

— Alors, comment ça va depuis cette matinée ?

Les oreilles de Sallie rougirent.

— Oh, très bien, merci. Et… vous ?

— Très bien aussi, je commence véritablement à prendre goût à mon travail. D'ailleurs, je me rends compte que je ne t'ai pas donné mon prénom. Je m'appelle Nicolaï. Toi, c'est Sallie si je ne me trompe pas ?

Visiblement, le concierge avait fait sa petite enquête. La question était maintenant de savoir pourquoi il s'intéressait à elle. Elle serra les poings tout en rassemblant son courage pour lui poser la question.

— Désolé de parler si franchement, continua le concierge. Mais d'où je viens, vivent beaucoup de personnes de couleur verte comme toi. Je remarque d'ailleurs que tu fais partie des seules de cette teinte dans cette école. Cela m'interroge.

Le courage de Sallie s'envola d'un seul coup. Encore une autre personne qui la jugeait sur sa couleur, lui faisant comprendre qu'elle était inapte à la magie. Son interlocuteur semblait l'avoir compris, car il tenta de se rattraper.

— Je me suis mal exprimé. Je m'attendais à ne voir que des personnes de couleur beige et finalement je constate qu'il y en a bien d'autres, des teintes. Je trouve cela merveilleux et…

— Je n'aime pas ma couleur… lâcha-t-elle tristement, coupant ainsi l'élan du jeune homme et baissant la tête. Elle ne m'a apporté que des problèmes.

Un froid terrible les enveloppa. Nicolaï resta silencieux, touché par ce qu'il venait d'entendre.

— Tu sais… À ton âge, je détestais ma couleur. Le bleu sombre est assez rare en Europe. À cette époque, je ne savais pas vraiment où se trouvait ma place et je crois que je la cherche encore.

Il marqua une pause, le temps de laisser la jeune fille lever son regard au niveau de son visage.

— Néanmoins, j'ai appris à l'apprécier avec le temps. J'ai compris avec mon expérience qu'il n'y avait pas de supériorité entre elles. Chacune a des particularités différentes. Mais elle ne définit pas ce que tu es.

Elle comprit ce qu'il voulait partager et ses paroles lui donnèrent du baume au cœur. Pourtant, elle n'arrivait pas à lui dire qu'ils étaient tout de même différents.

— Je me rends compte que tu es quelqu'un de gentil et de généreux. Tu te soucies des autres et notamment de ceux qui ne sont pas représentatifs de cette société. Après tout, tu es la seule qui ait voulu correspondre avec moi et pour cela, je te remercie encore de cette bienveillance dont tu as fait preuve.

Il finit sa phrase en se levant et en s'inclinant. Cela faisait beaucoup de compliments à encaisser pour la pauvre Sallie qui, d'abord, balbutia, gênée, avant de se mettre à réfléchir. Était-ce par empathie qu'elle avait décidé de correspondre avec lui ? Parce qu'elle avait eu peur qu'il subisse la même solitude qu'elle ? Elle ne s'était pas posé la question. Elle avait tout simplement agi et les fleurs avaient été d'accord avec elle. C'était la première fois que quelqu'un la remerciait de la sorte.

— J'ai décidé de mieux me présenter, dit-elle avec un sourire timide. Je m'appelle Sallie Velvet et ma famille fait partie des nombreux réfugiés qui ont réussi à atteindre la Suisse, avant que celle-ci soit protégée par le dôme magique. Vous avez déjà rencontré mon frère et... je tiens sincèrement à m'excuser pour son comportement. J'ai essayé de le raisonner. Mais ce n'est pas vraiment une personne qui m'écoute.

Elle se tut, surprise de son aisance à parler si librement. Nicolaï en fut enchanté et s'empressa de répondre.

— Ce n'est pas ta faute. Et c'est assez cocasse de voir à quel point vous semblez autant opposés, aussi bien sur le plan physique que mental.

Il posa la main sur son menton, l'air de réfléchir. Son intérêt envers la jeune fille restait au beau fixe, il la voyait comme une source d'informations fiables. Notamment sur son frère et ses possibles points faibles, mais aussi sur l'étude spécifique de la magie, liée à une autre couleur que le beige. Peut-être pouvait-elle éclairer certaines de ses lanternes.

— Je me demandais, tenta-t-il. Toi aussi tu as une prédisposition pour la magie ? J'ai appris au travers des livres que la couleur avait une certaine importance et que cela soulignait des spécialités. C'est aussi ton cas ?

La jeune étudiante hocha timidement la tête.

— Oui. En raison de ma couleur verte, je ne peux utiliser que certains types de magie. J'ai essayé de me spécialiser ainsi dans tout ce qui est en rapport avec les végétaux. Mais je suis encore loin d'avoir le niveau suffisant pour satisfaire les professeurs.

— La messagère aux plantes prend donc tout son sens, répliqua Nicolaï avec un grand sourire. Je serais vraiment curieux de voir ta magie à l'œuvre.

Les pommettes de Sallie devinrent rouge pivoine, puis elle détourna la tête.

— Oh... M... Mais vous savez, ce que je fais n'est clairement pas extraordinaire. Vous risquez vraiment d'être déçu et...

Ne trouvant plus ses mots, elle se tut et fit mine d'observer le livre du jeune homme. Celui-ci lâcha un léger soupir. Il insisterait plus tard, car une autre présence détournait son attention : Priscilla Delacroix qui lui accordait l'un de ses nombreux sourires, qu'il trouvait au passage très agaçants.

— Je vois que monsieur le concierge est toujours aussi studieux. J'espère ne rien interrompre.

— Aucunement, l'assura le jeune homme sur un ton peu enjoué, mais tout de même cordial. Que puis-je pour toi, Priscilla ?

Une certaine tension emplit l'air ; la major de la promotion la fit taire d'un simple revers de main.

— Madame la directrice souhaiterait vous voir. Et je serai votre escorte attitrée.

Pauvre Sallie... elle ne pouvait s'empêcher de faire circuler son regard entre Priscilla, qui ne lui accordait aucune attention, et Nicolaï, miroitant son nouveau centre d'intérêt. Se sentant de trop, elle tenta de se ratatiner sur sa chaise.

— Eh bien, enfin ! s'écria-t-il. Et qu'elle est donc l'heure de ce charmant rendez-vous ? Car pour le moment, je partage une merveilleuse discussion avec cette étudiante.

Il désigna la jeune fille qui sentit brusquement son cœur s'arrêter. Mais ce n'était rien par rapport au regard que lui lança Priscilla.

— Si j'insiste sur le fait que je suis votre escorte, c'est parce que je dois vous y conduire maintenant. Madame Lemy Queen ne pourra pas vous attendre indéfiniment.

Elle tapota du pied de manière impatiente tout en l'accusant d'un regard sévère. Nicolaï répondit par un léger grattement de joue, l'air de réfléchir.

— Bon, d'accord, d'accord, dit-il sur un ton plus solennel. Il semblerait que nous soyons obligés d'écourter notre conversation, Mademoiselle Sallie. J'espère pouvoir remettre cela assez vite.

Sally hocha la tête tout en évitant soigneusement de croiser le regard de Priscilla. Une conclusion bien amère. La jeune fille, prise par un fort élan de solitude, saisit son sac afin de partir de son côté. Sa tête emplie de questions par cette journée qui changeait tant de son quotidien, du moins en partie. D'un côté, elle n'avait pas été jugée par le concierge, de l'autre, elle l'avait été par une autre étudiante, qui lui rappelait où était sa place.

Elle prit le chemin du club d'horticulture. Au moins, les fleurs l'écoutaient toujours sans la juger.

Chapitre 11

Nicolaï pense qu'il n'en existe qu'une. Mais en vérité, quatre écoles de magie sont disséminées à travers la Suisse. Les quatre directeurs font partie chacun du Conseil des hauts mages. Chaque école, en plus de ses spécificités uniques, détient des règles et un système d'apprentissage variés.

— Sallie t'a-t-elle fait quelque chose ?

Priscilla se tourna vers le concierge d'un air surpris. Celui-ci la jaugeait d'un œil suspicieux.

— Non, répondit-elle de son ton habituel. J'ai donné cette impression ?

— Eh bien… oui. Mais je peux me tromper.

Cette affirmation fit lever les yeux de la jeune fille. Les deux marchaient dans l'un des grands couloirs de la faculté, où plusieurs classes, maintenant terminées, laissaient sortir un flot d'élèves dans diverses directions. Nicolaï maintenait son regard interrogatif, exigeant une réponse satisfaisante.

— Je n'ai rien contre elle. J'ai beaucoup plus de griefs contre son frère qui a le don de toujours se faire remarquer. C'est une fille qui a l'air très… gentille et… c'est déjà bien.

— Mais ? insista lourdement le concierge.

Priscilla soupira.

— Elle n'a rien à faire ici. Hormis faire pousser quelques plantes, sa magie est presque inexistante. Cela n'a rien à voir avec sa couleur de peau, mais je n'arrive pas à comprendre pourquoi nous devons supporter des élèves qui sont à peine capables d'utiliser la magie ; c'est uniquement cette école-ci qui accepte ce genre de compromis. Sur ce point, je me questionne sur les décisions de notre directrice.

Une réponse honnête qui laissait tout de même un goût âcre dans la bouche. Bien qu'il comprenne sa logique, il ne pouvait s'empêcher d'avoir de la peine pour cette pauvre Sallie. Son isolement et sa timidité n'étaient donc pas forcément dus à sa couleur. Pour autant, il ne fit aucun commentaire. Une autre question lui brûlait les lèvres.

— Il existe donc d'autres écoles ?

Ce changement de sujet sembla faire plaisir à Priscilla qui s'empressa d'y contribuer d'un ton plus détaché.

— Bien sûr ! La Suisse reste une vaste contrée. Il faut bien d'autres écoles pour éduquer les futurs manipulateurs de la magie. La Suisse en possède plusieurs petites, mais en compte également quatre très grandes qui font la renommée de tout le pays. Chaque directeur fait partie du Conseil des hauts mages. Madame la directrice vous a certainement convoqué pour vous présenter à eux. Les nouveaux concierges sont si durs à dénicher.

— Hein ? maugréa Nicolaï. Dénicher ?

En guise de réponse, Priscilla lui adressa un magnifique sourire avant de montrer l'ascenseur maintenant visible.

— Vous verrez bien, dit-elle. Mais aucune inquiétude à avoir. Je vous souhaite un bon rendez-vous, à la prochaine !

Elle s'en alla après un bref signe de main, laissant le concierge avec une mine déconfite. Un peu déstabilisé par tout ce qu'elle venait de lui apprendre, il se demanda comment elle pouvait en savoir autant sur les affaires des hauts mages. Les théories fusèrent dans son esprit, mais sans réponse concrète. Avec lenteur, il se tourna en face de l'ascenseur qui l'attendait grand ouvert. Après une profonde inspiration, il y entra. La porte se referma sur lui et l'élévateur monta sans lui laisser l'occasion de choisir son étage.

— Une vraie prison dorée, hein ! lâcha-t-il de mauvaise humeur. Je ne suis pas dans l'idée de m'enfuir, vous savez.

Sachant pertinemment qu'il n'avait aucun interlocuteur pour lui répondre, il grogna, attendant de savoir à quelle sauce il allait se faire cuisiner. La porte s'ouvrit enfin à l'étage convenu et il fut accueilli par un splendide automate en bois. Avec un geste courtois, celui-ci lui fit signe de le suivre dans le somptueux couloir aux divers effets d'optique.

Ce qu'avait vécu Nicolaï en Suisse jusqu'à présent, que ce soit en bien ou en mal, composait les événements les plus incroyables de sa vie. Et ce fut en arrivant devant la porte qu'il comprit qu'il n'avait qu'effleuré le haut de l'iceberg. L'automate humanoïde frappa et ouvrit sans attendre. L'hésitation gagna le jeune homme, qui entra de son pas feutré.

Lemy Queen l'attendait, assise sur son magnifique fauteuil tourné vers la porte, mélangeant la décontraction et la suffisance. Elle était cette fois habillée d'un costume vermeil avec une coupe de cheveux qui aurait pu être qualifiée d'audacieuse. Son rouge à lèvres se mariait parfaitement avec sa prestance qui tenait en respect.

— Monsieur Baskerville, dit-elle d'un ton aussi enjoué que solennel. Quel plaisir de pouvoir discuter de nouveau avec vous !

Un léger rire emplit la gorge du concierge.

— Cela aura pris le temps, dit-il avec un sourire jaune. J'ai bien cru que vous m'aviez oublié.

— Bien au contraire, mon cher, s'empressa-t-elle de dire en se levant d'une manière serpentine. Je n'ai malheureusement pas pu vous accorder plus de temps en raison de ma position et des différentes formalités que j'ai dû effectuer pour que vous restiez dans cette école, en vie.

L'ensemble des discours audacieux que le jeune homme avait préparé vola en éclats. Avec une certaine gêne, il leva timidement les yeux, ne sachant s'il devait la remercier ou lui demander de plus amples détails. La directrice prit compte de sa curiosité et s'expliqua.

— J'imagine que vous ignorez comment fonctionne le système de ce pays. Ce qui est tout à fait normal. Mais avant, prenez place. Voulez-vous un thé ? Un café ? Ou une autre boisson ?

À ces mots, une table ainsi qu'une chaise s'animèrent et vinrent en face de Nicolaï. Celui-ci, maintenant habitué, s'assit sans émettre de commentaires.

— Un thé fera l'affaire, dit-il d'un ton tout de même moins serein.

Une théière ainsi qu'une tasse se posèrent devant lui et se permirent de le servir.

— Certains dirigeants ne voient pas d'un bon œil qu'un étranger entré par effraction soit élevé au rang de concierge. Beaucoup pensent que vous êtes un espion à la solde de l'une des deux grandes puissances. D'après ce que vous avez pu me délivrer, ce fut effectivement le cas voilà peu.

Nicolaï acquiesça tout en portant la tasse à ses lèvres. Le thé servi, à la cannelle et à la menthe bleue, était délicieux.

— Je ne le nie pas, dit-il sombrement. Et leur méfiance est fondée. Néanmoins, hormis vous donner ma parole, je n'ai aucune preuve à vous fournir concernant ma bonne foi.

— Je le conçois, répondit-elle alors qu'une tasse emplie de café lévitait vers ses mains. Et bien que cela me convienne, ce n'est pas forcément le cas de tout le monde. Plusieurs hauts mages du Conseil veulent vous voir exécuter. Et ce n'est que grâce à notre légère majorité que nous arrivons à les tenir à l'écart. Mais il suffirait qu'un seul change d'avis pour que vous perdiez l'ensemble de vos avantages.

— Voilà qui n'est guère rassurant, ironisa le jeune homme tout en déposant sa tasse. Mais je suppose que si vous m'avez convoqué tout en me proposant une tasse de thé, c'est que vous avez un plan en tête, je me trompe ?

La directrice cligna des yeux tout en agrandissant son sourire.

— Absolument pas, ricana-t-elle, faisant au passage avaler de travers le pauvre Nicolaï.

— Qu... Quoi ? lâcha-t-il entre deux toussotements. Êtes-vous en train de me dire que je suis fichu ?

— Je n'ai pas non plus dit cela. À vrai dire, tout dépendra de vous.

Le jeune homme se calma tout en observant son interlocutrice d'un œil suspicieux. Cette situation semblait beaucoup l'amuser.

— Comme vous avez pu le comprendre, le Conseil établit les lois et les règles de chacune des contrées de la Suisse. L'ensemble de nos décisions est réfléchi et voté. Nous avons comme soutien les directeurs des grandes écoles. Mon influence ainsi que leur curiosité ont pour le moment suffi. Mais ils tiennent tout de même à ce que je vous présente. Je vous rappelle aussi que nous sommes sept à siéger au Conseil, donc tout peut changer.

La conversation qu'il avait eue avec Priscilla prenait tout son sens. Il allait donc effectivement se faire exhiber tel un trophée durement acquis. Et le pire dans tout cela était qu'il devrait faire bonne impression. Sa vie en dépendait. Il n'eut soudainement plus très soif. Il posa sa tasse tout en arborant un regard vide.

— Ne vous en faites pas. Je serai là pour vous soutenir et rattraper vos potentielles erreurs.

À ces mots, le visage du concierge reprit un peu de couleur. Lemy Queen claqua une fois des doigts. Son bureau se déplaça tout seul et se mit dans un coin alors qu'un énorme écran s'installait naturellement entre eux. Même en ne comprenant pas cette technologie, Nicolaï saisit la suite des événements.

— Le rendez-vous est tout de suite ? Je n'ai pas eu le temps de me préparer !

— Je vous invite à vous approcher, Monsieur Nicolaï, coupa-t-elle avec un geste vif et impatient de la main.

Nicolaï déglutit. Après un instant d'hésitation, il finit par s'avancer. L'écran s'illumina et se scinda en trois parties. Chacune d'elles fit apparaître une tête aussi curieuse que lui. Lemy Queen, toujours confortablement assise, fut la première à prendre la parole.

— Chers membres du Conseil et directeurs des quatre grandes écoles, je suis heureuse de vous présenter mon invité et concierge, monsieur Nicolaï Baskerville.

Tous les regards se tournèrent vers le jeune homme qui se raidit d'un coup. Cela lui rappelait sa première audience avec l'Impératrice des Sucreries. Bien que cela paraisse moins impressionnant, il restait intimidé et sur ses gardes. Un des quatre directeurs poursuivit :

— Il est donc effectivement d'un bleu sombre magnifique. Oh… j'en suis jaloux.

Ce directeur n'était autre qu'une directrice. Une femme plutôt forte de couleur beige orangé aux lèvres pulpeuses et au regard brûlant de désir, vêtue d'une ample robe orange se mariant parfaitement avec sa stature. Le jeune homme aurait pu croire que l'exubérance était la clé pour devenir directeur. Mais le troisième qui se prononça balaya complètement sa théorie.

— Mademoiselle Bonneville, calmez vos ardeurs, je vous prie. Cela est fortement dérangeant.

Celui qui venait de prendre la parole était un homme d'un beige presque blanc qui pourtant jetait le regard le plus sombre que Nicolaï n'avait jamais vu. Il le jugeait, le menton levé derrière de petites lunettes rondes. Ses cheveux et son collier de barbe blanche le vieillissaient.

— Je vois que monsieur Dunkel est toujours aussi coincé, rétorqua la dénommée Bonneville. Néanmoins, c'est ce qui fait son charme.

— Je suis d'accord, insista Lemy Queen tout en jouant avec sa cuillère et sa tasse.

Le regard sombre du directeur se tourna méchamment vers Lemy Queen qui soupira.

— Allons, je plaisante, Monsieur Dunkel.

— L'heure n'est pas à la plaisanterie, répliqua-t-il sèchement. Si je me suis rangé de votre côté, c'est parce que l'autre me débecte encore plus. Mais je peux encore changer d'avis.

Un silence désagréable prit place. Le dénommé Dunkel venait d'annoncer la couleur avec des menaces à peine voilées.

— Pouvons-nous nous recentrer sur notre invité, s'il vous plaît, intervint le dernier directeur.

C'était un homme aussi petit que robuste d'une couleur beige et à la barbe jaune tirant sur le doré. Bien qu'il ait l'air plus conciliant, il gardait un visage fermé et sérieux. Pourtant, Nicolaï lisait une curiosité dévorante dans son regard.

Chacun fixait maintenant le pauvre concierge, complètement embarrassé.

— Eh bien, je… hésitait Nicolaï.

— Oh, Messieurs, regardez-le… s'enquit madame Bonneville. Vous l'avez intimidé. Il n'ose plus rien dire, maintenant.

— Il se contentera de répondre à nos questions, coupa Dunkel. D'où venez-vous ? Et comment avez-vous fait pour arriver jusqu'à nos contrées ?

Nicolaï tressaillit. Il chercha vite du soutien en se tournant vers Lemy Queen qui l'encouragea d'un mouvement de tête.

— Je viens de l'ancien territoire de la France, dit-il. J'ai également beaucoup voyagé. Notamment en Amérique, en Russie et dans l'alliance occidentale.

Ses trois interlocuteurs affichèrent un regard suspicieux.

— Comment avez-vous pu travailler au sein de deux factions ennemies aussi agressives ? demanda le directeur au nom encore inconnu.

Apparemment, Lemy les avait déjà informés du plus important.

— Eh bien… C'est parce que j'y ai travaillé en tant qu'espion et agent double. Je fournissais les informations à l'un ou à l'autre en me faisant passer pour leur allié.

— Un espion, articula Dunkel. Nous avons donc un espion dans le pays le mieux protégé de l'occident.

— Rajoutez agent double, Monsieur Dunkel, insista Lemy Queen. Cela veut dire qu'il n'a aucune attache envers nos ennemis.

— Selon ses propos, oui. Mais qui peut nous assurer de leur véracité ? répliqua-t-il. Qui nous dit qu'il n'est pas ici pour s'octroyer le secret de la magie et le leur transmettre ?

De nouveau, le silence se fit.

— Je n'ai aucune preuve à avancer, finit par dire Nicolaï. Si je suis venu ici, c'est parce que je n'avais aucune autre alternative. Dans l'une de mes nombreuses investigations, j'ai appris que l'Impératrice avait fait une découverte surprenante. Un objet capable d'effacer toute trace d'énergie. Le problème est qu'il se trouvait aux mains de son ennemi du Grand Empire Rouge. Cette information valait son pesant d'or et je fus choisi par l'Impératrice en personne pour la récupérer. J'ai ainsi donc volé cette pierre dans l'une des forteresses volantes de Russie et je devais faire la transaction de cet objet auprès d'un contact en France. Ce que je ne savais pas, c'est qu'elle avait des doutes sur ma fidélité, elle m'a donc tendu un piège en envoyant l'un de ses meilleurs éléments pour me tuer. Je dois ma survie à ma vivacité, mais je n'avais plus personne à qui me fier.

Il baissa les yeux, comme pour bien appuyer ses regrets, puis reprit.

— Ce fut pour moi risqué de venir jusqu'ici. Dans ma fuite, j'ai vite compris que j'étais activement recherché par les deux Empires. Les lieux où me cacher se faisaient rares. J'ai donc choisi cette destination en espérant que cette pierre fonctionnerait. Je l'ai prise comme une clé m'assurant une nouvelle vie. Malheureusement, cette partie du plan ne s'est pas exactement déroulée comme je l'avais prévue.

Il arbora un sourire gêné.

— Eh bien ! Quelle histoire, commença la directrice Bonneville.

— Une pierre capable d'annuler l'énergie ? continua le directeur à la barbe dorée. Et c'est ce qui vous aurait fait entrer ici ?

Nicolaï hocha une fois la tête.

— C'est exact, dit-il.

Tous croisèrent le regard de Lemy Queen qui se contentait d'acquiescer.

— Et j'imagine que cette pierre n'est plus en votre possession ! accusa méchamment Dunkel.

Le jeune homme grimaça. S'il avait pu garder la pierre, il aurait eu une preuve de sa bonne foi.

— Vous êtes déjà au courant de quelque chose, Monsieur Dunkel ? demanda-t-elle tout en pointant sa cuillère vers lui.

Les yeux de l'homme se levèrent, hautains.

— J'ai reçu récemment la visite de monsieur Grey Alister.

Il désigna Nicolaï d'un geste de la main avant de continuer.

— Il cherchait à me faire changer d'avis sur le sort de celui-ci. Selon lui, je serais la personne la plus apte à changer de camp. Il n'a pas tout à fait tort, néanmoins ce qu'il ne comprend pas encore, c'est que je ne peux supporter son comportement de manipulateur de bas étage. Cela se voit à des kilomètres qu'il attend bien plus que de juger votre… invité. En revanche, je ne sais pas ce qu'il a en tête, mais je me tue encore et toujours à vous faire comprendre que rien de bon ne sortira de cet homme. Il fait passer d'abord ses intérêts morbides avant ceux de notre pays.

Il tapa une fois du poing, tandis que les autres roulèrent du regard. Cela ne devait pas être la première fois que ce discours était prononcé.

— Où voulez-vous en venir ? s'intéressa Lemy Queen.

— Il a avoué avoir commencé son investigation sur votre… homme bleu.

— Mon nom est Nicolaï, gronda le jeune homme fatigué de recevoir à chacune de ses désignations un nouveau surnom.

— Il a donc confisqué ses affaires, reprit-il, ignorant au passage la remarque. Et il en a fait une étude approfondie. Il a parlé d'une pierre qui brillait d'une lueur étrange.

Les yeux de Nicolaï s'écarquillèrent, ses affaires seraient donc chez un homme considéré comme dangereux par le plus détestable de cette réunion.

— Si ce que vous dites est vrai, dit le second directeur à la barbe dorée, monsieur Grey Alister aurait caché des preuves concrètes qui pourraient porter atteinte à la sécurité de la Suisse.

— Hormis vos accusations, nous n'avons aucune preuve de ce que vous avancez, lâcha madame Bonneville.

Pour la première fois en cette assemblée, le dénommé Dunkel se mit à sourire. Un sourire froid et provocateur.

— Madame Lemy Queen. Vous qui avez voulu prendre la responsabilité de vous occuper d'un clandestin, que dis-je, d'un espion ! Ne serait-ce pas à vous qu'incombe la responsabilité de mener cette enquête ?

L'air habituellement assuré et sensuel de la directrice se changea en quelque chose de plus cinglant et lugubre. Il semblerait qu'elle avait saisi le plan de Dunkel. Nicolaï, en revanche, ne comprenant pas l'ensemble des tenants et aboutissants, observa l'assemblée. Chacun adoptait une tête qui ne le rassurait guère.

— Je suis directrice, Monsieur Dunkel. Pas enquêtrice. J'ai autre chose à faire que de suivre vos directives.

— Vous, oui… susurra Dunkel, mais n'avez-vous pas un espion qui se fait passer pour un concierge ? N'aurait-il pas les capacités nécessaires pour mener à bien ce qu'insidieusement nous cherchons tous ?

Nicolaï n'aimait clairement pas la tournure que prenait cette discussion. Il bégaya, tentant de dire quelque chose, sans succès.

— Il est vrai que cela pourrait assurer sa bonne foi, commença le directeur à la barbe dorée.

— Si monsieur Nicolaï est un professionnel de l'infiltration, cette mission sera certainement une partie de plaisir, continua madame Bonneville.

— C'était donc ça, votre plan ! gronda la directrice. Au mieux, il réussit et vous avez votre preuve, cette pierre, en revanche, s'il ne trouve rien ou pire, s'il se fait avoir…

— Il recevra la sentence adéquate, conclut Dunkel. Le haut juge n'attend que cela.

Nicolaï afficha son air effaré. Ils allaient encore l'utiliser au prix de sa vie ? Le monde entier était donc toujours aussi détestable ? Il se tourna vers Lemy. Celle-ci lui rendit un regard désolé.

— Monsieur Baskerville. Seriez-vous capable de faire cette mission d'investigation ? demanda-t-elle sur le ton de l'abandon.

Le jeune homme déglutit. Il en allait de sa survie.

— Si jamais je mène à bien ma mission, je souhaite être accepté ici.

— Ce sera en discussion, dit le directeur au nom encore inconnu. Disons que cela apportera des arguments en votre faveur et des circonstances atténuantes dans votre cas.

— Si ce que dit monsieur Dunkel est vrai, vous aurez plutôt à vous occuper de Grey Alister, renchérit madame Bonneville. Nous comptons donc sur vous et vos capacités. La suite, nous verrons.

— Voyez cela comme un allongement de votre sursis, reprit Dunkel d'un regard mauvais.

Le jeune homme soupira. Après un instant de réflexion, il finit par hocher la tête.

— Pour mener cette mission à bien, j'aurais besoin de quelques jours de préparation.

Il se tourna ensuite vers son hôtesse.

— Et j'aurais besoin d'un maximum d'informations sur ce Grey Alister et sa demeure.

Lemy Queen hocha la tête.

— Je vous donnerai ce qu'il vous faudra, dit-elle.

Un peu plus rassuré, il se tourna de nouveau vers les trois écrans, l'air sûr de lui.

— Je vous rapporterai votre preuve, dit-il. C'est ce que vous vouliez depuis le début, n'est-ce pas ?

Les trois, l'air satisfait, baissèrent la tête soulignant leur approbation.

— Nous avons un accord, dirent-ils en chœur.

Chapitre 12

Nous récoltons toujours ce que nous semons. Et le problème avec toi, Nicolaï, c'est que tu as beaucoup semé.

Lemy Queen s'adossa sur son siège et balaya son écran d'un geste agacé, visiblement mécontente. Avec beaucoup de regret, elle salua tout de même le courage de Nicolaï qui avait accepté sans véritablement avoir le choix.

— Monsieur Baskerville ? dit-elle tandis que celui-ci se tournait vers elle sans la moindre once d'inquiétude.

— Je ne m'attendais pas à une telle demande de leur part, annonça-t-il avec un sourire amusé. Chaque nation a bien en son sein son lot de problèmes.

La directrice répondit par un simple grattement de gorge. Ce qu'il disait était vrai et faire une investigation chez Grey Alister restait effectivement le meilleur moyen de connaître ses intentions. Mais cela ne serait pas sans risque et perdre ainsi cet homme bleu, comparable à une pierre brute qui ne demandait qu'à être polie, l'incommodait.

— Vous semblez bien calme, dit-elle. Êtes-vous si confiant en vos capacités ? Ou portez-vous un masque pour cacher votre véritable visage ?

Nicolaï, dans sa réflexion, leva les yeux.

— Un peu des deux, annonça-t-il. J'ai pris l'habitude de garder la tête froide. Si je ne peux pas changer une mission, autant que je me préoccupe de savoir comment la mener à bien. C'est ce qui m'a toujours permis de survivre jusqu'à présent.

Une philosophie mettant en avant les solutions avant les problèmes.

C'est plutôt sage de sa part, pensa la directrice qui lâcha un sourire. Son intérêt envers lui ne fit que redoubler.

— Très bien. Je chargerai Priscilla Delacroix de vous donner l'ensemble des informations qu'il vous faudra. Vous aurez aussi une autorisation exceptionnelle de sortie, néanmoins surveillée, afin que vous puissiez faire un repérage des lieux. Nous ferons en sorte que vous ne soyez pas reconnaissable dans les rues de notre chère ville.

Nicolaï n'en demandait pas tant. Une question subsistait.

— Vous accordez beaucoup de responsabilités à une élève, dit-il. Bien qu'elle soit major de sa promotion, je reste assez surpris de la confiance que vous lui accordez. À moins qu'elle soit plus qu'elle ne le prétend ?

Le sourire de Lemy Queen s'agrandit.

— Si elle vous intrigue autant, je suis assez surprise que vous n'ayez pas fait de recherches sur elle ou sa famille. Mais j'imagine que vous étiez bien trop occupé, entre vos nouveaux devoirs de concierge et votre recherche active sur la magie. Je me trompe ?

Le jeune homme tourna la tête sur le côté. Cette fille ou sa famille avaient donc une si grande importance ? Il semblerait que oui. Le fait qu'elle soit assez proche de la directrice et qu'elle tente en plus de se rapprocher de lui n'était peut-être pas qu'une simple coïncidence. Pour que Lemy Queen en sache autant sur lui et ses activités au sein de l'école, il fallait que quelqu'un le surveille. Priscilla devint naturellement la suspecte numéro un. Mais il trouverait l'occasion d'obtenir les informations qu'il souhaitait. Ce n'était pas le plus important pour le moment ou du moins il savait qu'il en apprendrait plus lors de cette mission inattendue. Le savoir constituait une arme, son expérience sur le terrain le lui avait appris.

— Laissez-moi quatre jours de préparation, dit-il alors. J'imagine que ce n'est pas une forteresse bourrée de soldats dans laquelle je dois me rendre.

— Non, effectivement. Mais Grey Alister reste un homme prudent, aussi minutieux qu'aigri. Méfiez-vous tout de même.

Ce fut ses derniers mots avant que Nicolaï soit autorisé à sortir et reprendre ses activités habituelles au sein de l'école.

Une bonne partie de l'après-midi venait de passer. Il en profita pour faire un dernier tour et rentra dans ses appartements, afin de commencer ses préparations. Ainsi, la première chose qu'il fit fut de s'asseoir à son bureau et de commencer à noter tout ce dont il avait besoin. Tout d'abord, des objets essentiels. Une corde, un grappin, des gants en cuir, une loupe, des crochets, du poivre (oui, très important), une lampe torche, une petite scie à métaux et un marteau. *Hum… quoi d'autre,* pensa-t-il en tapotant son crayon sur le bout de sa lèvre. Quelqu'un frappa à la porte. Devinant qui cela pouvait être, il plia soigneusement son bout de papier et ouvrit. Comme il l'avait prédit, ce fut Priscilla qui l'attendait, visiblement mécontente.

— C'est fou tout le bruit que ces machines produisent. Je ne sais pas comment vous faites au quotidien.

— Je m'y suis habitué au bout de quelque temps. Et puis, cette pièce possède une bonne isolation lorsque la porte est fermée. Mais venons-en au fait. J'imagine que la directrice t'a tout raconté.

Elle reprit son sourire habituel, mais croisa vite les bras, les yeux brûlant de curiosité.

— Dans les grandes lignes, oui. Vous allez faire quelque chose de très fastidieux et dangereux. J'espère que ça ira. Je vous avoue que Grey Alister, en plus d'être le membre le moins aimé du Conseil, est… comment dire. Plusieurs rumeurs circulent sur lui et certaines feraient frémir les plus aguerris d'entre nous.

Elle finit sa phrase, attendant une réaction de la part de Nicolaï qui resta de marbre, à son doux déplaisir.

— J'attendais de plus amples informations de ta part, dit-il. Oh ! J'aurais aussi besoin de tout ce qui est noté sur cette feuille.

Il lui tendit son bout de papier et Priscilla s'empressa de le lire.

— Du poivre ? s'exclama-t-elle au bout d'un moment.

— C'est toujours utile. D'ailleurs, quand est-ce que nous pourrons faire un état des lieux ?

Priscilla leva son regard, surprise de tant de vivacité d'esprit.

— Vous saviez que je serai votre accompagnatrice ? Enfin… cela va de soi. Qui d'autre que moi pourrait mener à bien cette mission ?

Elle prit plaisir à accompagner sa phrase d'un mouvement ample de sa main pour faire bouger ses cheveux, puis continua.

— À partir de demain. Nous prendrons ce qu'il faut pour que vous passiez inaperçu. En revanche, pour ce que vous demandez, il faudra attendre un peu plus longtemps. Quoique, nous pourrions profiter de notre sortie pour faire quelques courses.

— Splendide ! s'écria le jeune homme. Ce sera comme un rendez-vous galant. En attendant, si tu le permets, j'ai à faire.

Il ferma ainsi sa porte sans laisser à la jeune fille le temps de protester et commença à échafauder les bases de son plan.

***

Mais quel toupet ! pensa Priscilla qui se vit claquer la porte au nez. L'idée de frapper lui vint à l'esprit, mais elle se ravisa. Ce serait, selon elle, comme admettre qu'elle avait perdu. Tant pis, elle aurait sa vengeance un jour ou l'autre. Ne pouvant supporter plus longtemps le bruit de la salle des machines, elle s'en alla en direction de son dortoir. L'air frais lui caressa le visage. Nous étions aux heures des derniers cours et hormis quelques élèves s'exerçant encore, les alentours restaient relativement calmes. La plupart devaient se restaurer à la cafétéria et les autres étaient déjà installés au chaud dans leurs lits.

Priscilla aimait cette quiétude qu'offrait cette école si singulière. En vérité, excepté quelques cas un peu difficiles, cet établissement pouvait se passer de concierge. Non pas que la jeune fille trouve le travail de cet énigmatique homme bleu inutile, mais elle n'irait pas jusqu'à dire qu'il demeurait indispensable non plus. Du coup, le choix de Lemy Queen de le placer à ce poste l'avait tout d'abord surprise. Mais elle avait compris par la suite à quel point l'inconnu se révélait utile et assidu à ses tâches. Son désir de vouloir rester en vie pesait certainement dans la balance.

Elle était chargée de le surveiller, mais elle n'avait rien trouvé d'étrange aussi bien dans ses paroles que dans ses actes. Ainsi, il semblait sincère bien qu'elle sache qu'il cachait énormément de choses. Elle était donc persuadée qu'elle ne pouvait pas lui faire entièrement confiance. Pour survivre, il n'hésiterait certainement pas à trahir ses engagements. Elle en était persuadée. Sa réflexion s'arrêta au-devant de la porte de son dortoir, aussi grand qu'un hôtel luxueux, situé au dernier étage de l'école. Porter le nom des Delacroix lui donnait cet avantage de pouvoir bénéficier des meilleurs traitements. Cela prenait en compte la chambre immense, les bains parfumés, la nourriture cinq étoiles, les serviteurs et bien entendu les cours particuliers.

En ce qui concernait la magie, elle pouvait être qualifiée de génie. Le pouvoir de transmission des gènes et son assiduité naturelle faisaient d'elle une personne frôlant la perfection. Jolie, sûre d'elle et compétente. Son futur se traçait sur le plus haut des sommets. Ainsi donc, une telle mission ne serait, selon elle, qu'une simple formalité. Lorsque celle-ci aurait été menée à bien, elle s'attaquerait au plus gros des problèmes : faire briller son nom comme l'ensemble de ses prédécesseurs.

Une fois arrivée dans sa chambre, elle prit place devant sa belle table de chevet où un grand miroir reflétait la perfection de sa couleur beige. Son seul défaut restait peut-être sa coquetterie, car elle passait toujours un certain temps à s'observer sous tous les angles. Ce petit rituel du soir lui était essentiel pour passer une bonne nuit. Une fois celui-ci fini, elle s'accorda le plaisir de s'allonger dans un bon bain parfumé. Le moment le plus délectable de la soirée. Elle pouvait se détendre et ne penser à rien. Profiter juste de la chaleur de l'eau et de l'odeur des parfums dans son immense salle de bain au carrelage blanc, au chandelier en or et à la bassine de marbre. Avec délicatesse, elle observa chaque pore de sa peau et se savonna méticuleusement afin de la voir briller intensément sous les perles moussantes. Un serviteur vint par la suite lui apporter ses serviettes et sa robe de nuit. Elle en profita pour lui donner des directives sur son repas qu'elle voulait déguster seule. Demain s'annonçait une longue journée. Donc, elle devait se préparer à être au meilleur de sa forme. Hors de question de laisser ce concierge prendre ses aises avec elle.

— Oh ! Apportez-moi aussi de quoi écrire, dit-elle sans se donner la peine de se retourner. Mettez le tout sur ma table de chambre.

Elle balança sa main pour dire qu'il pouvait disposer et attendit le claquement de porte pour sortir de son bain afin de se sécher et de s'habiller. Maintenant en tenue plus légère, elle reprit le chemin de sa chambre. Son repas sous une cloche ainsi que plusieurs feuilles de papier et un stylo-plume l'attendaient comme convenu. Elle s'installa alors, souleva sa cloche, laissant découvrir une magnifique purée de pommes de terre accompagnée d'une macédoine de légumes. Avec un plaisir évident, elle commença à manger tandis que de son autre main, elle prenait son stylo-plume et commençait à écrire ce dont elle aurait besoin pour son plan. Elle en était sûre, elle aurait toujours un coup d'avance quoi qu'il arrive. Parce qu'elle était parfaite, aussi bien de naissance que de talent. Pourtant, elle ne pouvait s'empêcher d'avoir un doute affreux. Quelque chose lui échappait... Mais ses doutes se dissimulèrent sous une toile d'indifférence. Car il lui était inconcevable, d'une manière ou d'une autre, de perdre.

***

Le matin arriva. Nicolaï, arborant un long manteau noir aux broderies dorées, était prêt. Il attendait devant l'ascenseur, sa tête cachée par une belle capuche. Il portait aussi des gants en cuir recouvrant ses mains et un masque de chirurgien noir, s'accordant parfaitement au reste de sa tenue. Le costume demandé lui avait été apporté ce matin même, devant la salle des machines, par un automate. Une fabuleuse surprise et en même temps, une certaine frustration. Et dire qu'il avait attendu une éternité pour recevoir autre chose que ces maudites salopettes. Il avait de quoi porter réclamation, non ? Et puis, que faisait donc Priscilla ? Son but étant de ne pas attirer l'attention, il espérait partir avec elle assez tôt. Celle-ci savait se faire attendre. Heureusement, elle ne tarda pas et se présenta dans une robe blanche en dentelle, accompagnée de chaussures à talons hauts de la même couleur. Maquillée d'un noir léger autour de ses sourcils et d'un splendide rouge à lèvres. Elle s'avança avec prestance et accorda à Nicolaï un magnifique sourire. Le jeune homme ne put s'empêcher de penser à la directrice. Ses goûts vestimentaires devaient déteindre sur elle.

— Tu arriveras à courir avec tout cet attirail ? demanda-t-il d'un regard amusé.

— Et pourquoi aurais-je besoin de courir ? rétorqua-t-elle sèchement.

Celui-ci haussa les épaules.

— On ne sait jamais, dit-il, avant que les portes de l'ascenseur s'ouvrent.

— J'espère que vous serez un peu plus gentleman une fois en haut ! déclara-t-elle en entrant la première.

— Loin de moi l'idée de te vexer, rétorqua-t-il sous un léger rire. D'ailleurs, j'aurais quelques questions à te poser.

Il entra ensuite et attendit que les portes se referment afin d'être sûr d'avoir un maximum de tranquillité. L'ascenseur commença ainsi sa longue ascension et Nicolaï sa première question.

— Pensez-vous sincèrement que je n'attirerai pas l'attention ainsi ? Je comprends parfaitement que ma couleur de peau est…

peu commune, mais ainsi vêtu, cela ne risque-t-il pas d'attirer les regards ?

— Il vaut mieux entendre des rumeurs sur un homme étrange qu'un homme de couleur bleue se baladant tranquillement dans les rues. De toute façon, l'excuse est toute trouvée. J'ai, par le plus grand des hasards, une connaissance qui ne supporte pas le soleil. Ses rares sorties sont toujours couvertes, vous n'aurez qu'à vous faire passer pour lui.

Nicolaï tourna la tête et montra un visage inquiet. Les maladies, à l'époque actuelle, restaient rares grâce au patrimoine génétique développé pour contrer la malaria colorès. Mais dans quelques cas, il arrivait qu'une personne ne jouisse pas de cette protection naturelle et naisse sans couleur. Cela s'appelait l'albinisme et selon les pays, il devenait très difficile d'en survivre. Le soleil en était la cause principale, car leurs peaux ne le supportaient pas. Certains habitants voyaient également cela comme une malédiction à éliminer. Mais il semblait que ce ne soit pas le cas en Suisse. Bien au contraire.

— Je l'accompagne la plupart du temps, continua-t-elle. Contentez-vous de rester auprès de moi et tout ira bien.

Le jeune homme haussa les épaules. Il n'avait guère le choix de toute façon.

— Très bien, je te fais confiance. Et cela répond déjà à plusieurs de mes questions. Il ne m'en reste qu'une seule à poser.

— S'il est envisageable de vous enfuir ? Ce serait le pire choix pour vous. Nous vous retrouverions facilement et là, il ne serait pas possible d'avoir de traitement de faveur.

Elle lâcha un sourire de vainqueur, ce qui toucha l'égo de Nicolaï.

— Tu te méprends. J'ai abandonné l'idée de m'enfuir, si cela peut te rassurer. Et je tenais d'ailleurs à te remercier pour toute l'organisation faite afin que je puisse sortir. La question que je me posais était plutôt de savoir si ton bain était à ta convenance, hier soir.

Ce fut au tour de Priscilla de tourner la tête, surprise.

— Je... hésita-t-elle. Comment vous...

— Un simple coup de chance, répondit-il en souriant. Ou peut-être ai-je un coup d'avance.

Une certaine vulnérabilité assaillit la jeune fille. Ainsi que d'innombrables questions. Mais sa fierté l'empêchait d'insister. Comme il le disait, cela devait être un coup de chance. Et elle refusait que ce soit autrement.

Chapitre 13

Il existe en vérité différentes villes suisses aux abords de l'immense lac. Génévia reste la plus grande et la plus peuplée. C'est ici que se trouve l'un des sièges principaux du Conseil. La magie y est monnaie courante dans la vie de tous les jours. Les couleurs de peau prédominantes sont le beige, l'orange et plus rarement le vert.

Un premier pas à Génévia. Une ville assez surprenante pour s'y attarder. Les structures et maisons s'étalaient sur de longues allées, séparées par de vastes rues en pierres dallées de couleur gris argenté. La plupart des maisons en pierres s'agrémentaient de couleurs vives, attirant irrémédiablement le regard du jeune homme, qui ne pouvait s'empêcher de les contempler. Leurs fenêtres et leurs balcons s'embellissaient par des fleurs aux délicieux parfums. Les cheminées se posaient sur les toits en bois ou en tuiles. Hormis cela, il découvrit les musées, les centres d'art magique et surtout, au grand plaisir de Nicolaï, les boulangeries avec de la viennoiserie fraîchement sortie du four. Un mets interdit dans le monde occidental qui le faisait saliver d'envie. Avec un peu de chance, son accompagnatrice serait assez altruiste pour lui en acheter une. Celle-ci, d'ailleurs, semblait fière de lui faire découvrir sa patrie. Son sourire et son ton élogieux lors de la description des bâtiments ne lui avaient pas échappé.

— Nous allons bientôt passer devant l'une des plus grandes bibliothèques de magie de cette ville. Tout habitant peut venir la consulter à sa guise. D'ailleurs, la magie est prépondérante dans notre vie de tous les jours. Cela nous permet d'être autosuffisants et de vivre, même pour les plus pauvres, de manière décente.

Une vraie utopie, pensa Nicolaï en se caressant le ventre pour calmer ses gargouillis.

— Je serais curieux de goûter les spécialités culinaires, tenta-t-il, accompagné d'un grand sourire.

Son phrasé fit mouche, car elle se tourna vers lui avec une lueur de défi.

— Il est vrai que la cuisine de notre cafétéria reste au mieux acceptable. Mais cela n'est pas représentatif de notre cuisine. Venez avec moi. Je vais vous montrer ce que la Suisse est capable de faire.

Elle agrippa ainsi la manche de son interlocuteur et s'en alla d'un pas décidé. Nicolaï, qui n'avait d'œil que pour la boulangerie, se laissa traîner d'un air déçu. Il essaya de songer à autre chose. Il remarqua l'extrême propreté des environs. Oubliés, les ordures et les mendiants. Tout habitant portait des habits impeccables, qu'ils soient simples ou luxueux. Une joie de vivre se lisait sur chaque visage qu'il croisa. Il repensa à ce que lui avait dit Priscilla et répéta ces mots une nouvelle fois : *contrairement au reste du monde, la Suisse est une vraie utopie*. La magie serait-elle donc la seule solution pour atteindre un tel degré de bonheur ? Nicolaï aurait pu le croire s'il ne connaissait pas autant la convoitise humaine, qui gâchait souvent tout.

— Nous y sommes ! s'écria Priscilla faisant ainsi sortir le jeune homme de sa réflexion.

Il se trouvait devant un restaurant qui, à sa grande surprise, semblait bien simpliste par rapport aux goûts luxueux de son accompagnatrice. Il ressemblait à une joyeuse auberge, avec ses murs jaune très clair et ses volets de bois marron. Des tables aux nappes en dentelle, rehaussées de vases transparents emplis de fleurs de différentes couleurs, enjolivaient la terrasse. Un lieu très accueillant, sans tapis de soie ou de lumière tamisée, ni de serviteurs tirés à quatre épingles. Une fois assis, ils furent accueillis par une serveuse aux habits mondains qui leur proposa le menu.

— Pour moi, comme d'habitude, s'empressa-t-elle de dire. Et toi, cher cousin ?

Nicolaï se mit à réfléchir. Personne ne l'avait interpellé pour son costume, prouvant ainsi que cela n'était pas inhabituel, et que la mascarade fonctionnait. Il se pencha sur le menu et commanda une fondue au gruyère et vacherin, accompagnée de viande séchée. Cela semblait délicieux et surtout consistant. Au moins, il n'aurait pas faim de la journée. Priscilla, en revanche, opta pour un petit étage de pancakes aux fruits et au miel.

— Je me rends compte que j'aurais préféré prendre comme toi, lui dit le jeune homme lorsqu'il vit arriver son plat.

— Ce n'est pas non plus un mauvais choix, répondit-elle en souriant. Vous allez vous régaler, j'en suis certaine. Et cela permettra aussi de parler de notre plan.

— Notre plan ?

— Bien sûr. Ne vous inquiétez pas, j'ai tout prévu. Je vais utiliser ma notoriété pour nous faire entrer. Je tiendrai monsieur Grey Alister occupé. Cela vous laissera le temps de…

— Minute, coupa-t-il. Ce n'est pas ce qui est prévu. Nous devons juste faire l'état des lieux, aujourd'hui.

— Et pourquoi ne pas faire plus ? dit-elle après avoir reçu sa commande. Vous êtes un espion, non ? Cela nous permettrait de faire un coup d'éclat !

Les yeux de Nicolaï demeuraient la seule partie visible de son visage, pour autant, il était facile de deviner son humeur.

— Un coup d'éclat… répéta-t-il de mauvaise humeur. Autant cela aurait pu sonner agréablement à mes oreilles et j'aurais très certainement accepté à une autre époque. Mais avec l'expérience, j'ai compris que se précipiter est la pire chose à faire.

— Vous ne me faites pas assez confiance. Mon plan est infaillible.

— Infaillible ou pas, tu ne fais pas partie du plan initial. Le rôle que t'a donné la directrice est de m'accompagner afin que j'aie le maximum d'informations pour mener à bien ma mission. Tu cherches certainement des sensations fortes, mais de mon côté, c'est ma vie qui est en jeu.

À ces mots, Priscilla posa sa fourchette et se retourna en croisant les bras.

— Vous m'avez coupé l'appétit, dit-elle d'un ton déçu. Mais si ce sont les mots de la directrice, je ne peux que m'y plier. Et puis, vous avez encore vos courses à faire.

— C'est exact, répondit-il, surpris de sa soudaine compréhension.

Le repas se déroula dans le calme. Priscilla se montra silencieuse, tandis que Nicolaï se délectait, dans les règles de la bienséance.

Une fois le repas terminé, ils entreprirent de faire le tour de la bâtisse concernée. Priscilla se montra de nouveau très docile et lui indiqua le chemin tout en prenant soin de continuer les éloges de la ville.

Arrivés aux détours d'une grande avenue, ils se retrouvèrent sur une place dévoilant de très grands édifices tels que le Palais de Justice. Ce dernier se tenait droit et fier, imposant un respect écrasant par ses immenses piliers, ceux-ci délimitant une porte noire. Devant, se tenaient les statues d'un homme et d'une femme. L'une, dans une posture hautaine, portait une cape majestueuse, des cheveux longs, un visage fin et le regard noble. L'autre, semblant juger les passants avec curiosité, arborait de petites lunettes rondes et un collier de barbe allant à merveille avec ses habits de riche victorien.

— Ce sont les deux mages fondateurs de notre système actuel. Leurs noms sont Moïra Cornélius et Leila Delacroix.

Nicolaï tiqua. Une pièce majeure venait de s'offrir à lui. Son accompagnatrice avait des raisons de vanter son importance au sein du pays. Sa surprise n'échappa pas au regard de la jeune fille qui lui lâcha le sourire le plus fier qu'il n'avait jamais vu.

— Comprenez-vous maintenant la magnificence que je représente ?

— Je comprends surtout que ce n'est pas la modestie qui t'étouffe. Mais j'ai l'impression que c'est un atout de ta famille, dit-il en observant de nouveau la statue féminine.

Priscilla fronça les sourcils, mais de nouveau, sourit en passant la main dans ses cheveux.

— Pourquoi être modeste, quand je ne fais qu'énoncer la vérité ? L'utopie qu'est la Suisse vient de l'élaboration de la magie et nous le devons en grande partie grâce à ma famille. Ainsi, je serai toujours fière d'être l'une de ses représentantes.

Le jeune homme se tut en hochant légèrement la tête. Un léger sourire se dessina sur son visage. En vérité, il ne voyait aucune raison pour qu'elle n'en soit pas fière.

— Notre destination est juste après le Palais de Justice, dit-elle en le montrant du doigt. À partir de là, il faudra être extrêmement discret.

Elle apprend vite, pensa-t-il, en hochant la tête.

Le Palais de Justice avait comme voisin un manoir tout en bois de couleur sombre. Son aspect lugubre détonnait du reste de la ville qui se voulait aussi accueillante que colorée. À croire que les personnes louches cherchaient à exhiber leur côté mégalomaniaque au travers de leur maison. C'était une chose assez courante qu'il avait pu noter au cours de ses voyages dans le monde. Au-delà de cela, il repéra des fenêtres situées à des positions très hautes, un toit aux tuiles noires et un petit jardin gardé par plusieurs énormes chiens de garde particulièrement vigilants. Tout ceci entouré d'une palissade en métal aux piques dorées.

— Effectivement, ce n'est pas quelqu'un qui aime se faire déranger.

— Vous êtes certain de ne pas vouloir de moi dans votre plan ?

— Absolument. Pour ce que je vois pour le moment, rien n'est insurmontable.

Il prit son temps pour en faire le tour. Peu de personnes passaient au niveau de ces ruelles. Peut-être à cause de l'étrange aura que dégageait la bâtisse. Plutôt un avantage. Il s'interrogea sur le système de sécurité qu'il trouvait archaïque. La réponse lui parut pourtant évidente. Il se trouvait dans un pays en paix grâce à un dôme de protection imprenable. La magie permettait d'avoir un niveau de vie convenable et le taux de criminalité restait au plus bas. En vérité, ce type de manoir devait détenir les moyens de sécurité les plus importants de cette ville. Et cela était nettement suffisant pour décourager tout individu résident dans ce pays. Ailleurs, il serait une cible facile. Il nota un seul petit détail auquel il devrait faire attention.

— Il me faudra des chaussons de parquet.

Priscilla fronça les sourcils.

— Vous demandez vraiment des choses qui me dépassent. Vous avez peur de salir votre lieu d'espionnage ?

— C'est pour éviter de faire le moindre bruit, rétorqua-t-il. En général, un parquet, cela grince beaucoup.

— Mouais. Je persiste à dire que cela aurait été plus simple avec moi.

Nicolaï soupira.

— Si un jour l'occasion se présente, je t'apprendrai les ficelles du métier. Mais pas aujourd'hui. Contente-toi de briller à la lumière du jour et laisse-moi cette part d'ombre.

De nouveau, Priscilla afficha un air déçu, mais n'insista plus. La fin de cette journée fut ainsi beaucoup plus calme. En résumant, Nicolaï venait d'apprendre bien plus qu'il ne l'aurait cru. Vivre dans ce monde en paix s'avérait une proposition si alléchante. Mais il avait beau la voir de ses yeux, sa condition ne lui permettait pas de la toucher encore.

***

Une journée qu'il garderait dans ses souvenirs, comme synonyme de liberté. Les personnes, les maisons, les lieux historiques… Tout s'accompagnait d'une quiétude dont il rêvait au quotidien.

De retour dans ses appartements, situés dans la salle des machines, il tria l'ensemble de ses achats tout en dessinant des plans représentant différentes situations. Refaire un attirail potable était une priorité pour mener à bien la suite des événements. Et en même temps, il ne pouvait s'empêcher de penser à une vie plus tranquille. Un lieu qu'il pourrait enfin considérer comme « un chez lui ». Sans avoir la peur du lendemain. Sans se soucier des problèmes extérieurs. La Suisse pouvait lui offrir cette vie idyllique, mais faudrait-il déjà qu'ils l'acceptent. Il se pencha ainsi avec ferveur dans son travail, cherchant à ne rien laisser aux fruits du hasard.

Avoir constamment un atout dans sa manche, c'était ainsi qu'il avait toujours survécu. Il pensait agir le lendemain, une fois que ses inventions seraient créées. Il avait chargé Priscilla de prévenir la directrice afin qu'il ait l'autorisation d'utiliser l'ascenseur et de revenir. Selon ce qu'il trouverait, peut-être que les autres membres du Conseil le prendraient davantage en considération. La pierre anti-énergie restait sa priorité, mais il avait une opportunité de rassembler le plus d'informations possible sur la magie. Toute chose a une valeur pour quelqu'un sachant l'utiliser au bon moment.

Il attendait aussi les informations sur ce Grey Alister qu'il devait recevoir normalement aujourd'hui. En connaître le plus possible sur son adversaire demeurait essentiel pour garder l'avantage. Se renseigner sur la moindre de ses habitudes avait son importance. Son caractère, sa couleur de peau, sa magie, ses goûts, son entourage, même ses rituels pour dormir ou aller aux toilettes. Les serviteurs et les relations qu'ils entretenaient entre eux. Dans un si grand manoir, il ne devait pas vivre seul. Quelle fut ainsi sa surprise lorsqu'un automate vint lui apporter plusieurs documents sur la vie de cet homme, ainsi qu'un témoignage de tous les directeurs. En lisant les premières pages, il fut d'autant plus médusé de pouvoir trouver des événements aussi détaillés sur sa vie.

Grey Alister, quarante-sept ans. Célibataire, sans enfant et dernier de sa fratrie. Suisse de naissance, couleur beige. Détenant une parfaite maîtrise du métal et du mercure, chargé de la protection du patrimoine suisse ainsi que de la recherche et du développement de celui-ci. Détenteur de l'autorité nécessaire pour diriger la légion des mages.

Nicolaï s'arrêta sur « la légion des mages ». Il n'en avait pas entendu parler jusqu'à présent, mais au vu du titre, cela devait être le nom des mages chargés de la protection du pays. Il se renseignerait lorsqu'il le pourrait. Il replongea dans ses lectures. Cet homme semblait peu commode : il n'avait pas de proches et était d'un chauvinisme à tenir en respect. Le parfait exemple de l'homme criant des slogans tels que : une Suisse que pour les Suisses. Ou tout simplement : dehors, les étrangers ! Des personnes pareilles, avec trop de pouvoir, étaient très souvent aussi dangereuses que détestables. Hormis cela, il paraissait réglé comme une horloge, ne manquant jamais une réunion du Conseil et houspillant toute personne n'y arrivant pas à l'heure.

Ce détail devait se refléter dans ses habitudes journalières. Le jeune concierge le prit en compte. L'intérieur de sa maison fut aussi décrit grâce au témoignage des directeurs. Un manoir tout à fait classique entretenu par quelques serviteurs, rien de plus. Ainsi, excepté le facteur magique, cette mission d'infiltration ne serait clairement pas la plus difficile de sa carrière. Elle pourrait bien débuter demain soir. Il ne lui restait plus qu'à prévenir la principale concernée.

Il rangea les documents et énuméra une dernière fois l'ensemble de ses accessoires. Satisfait, il s'apprêta à sortir. Il ne vit que trop tard la balle blanche tomber à ses pieds et commencer à lâcher un gaz nauséabond.

— Oh non, pas encore ! s'écria-t-il avant de jeter l'objet plus loin.

Avec un profond dégoût, il sortit de la salle des machines tout en pestant. Son élève « préféré » avait repris du poil de la bête. *Oh ! Que ma vengeance sera terrible*, gronda-t-il intérieurement, une veine palpitant sur la tempe. Avant d'être Nicolaï l'espion et agent double, il était avant tout le concierge de cette école.

Chapitre 14

Le Conseil prend en compte les sept mages les plus puissants de la Suisse. Chacun d'eux a développé une spécialité magique hors norme. À eux sept, ils seraient capables de détruire des armées entières.

Une pleine lune couvrait un ciel sans nuages, où une multitude d'étoiles brillaient de mille feux. Un paysage magnifique signe de bon augure pour commettre un crime. Nicolaï pouvait enfin agir à sa guise et démontrer à la directrice Lemy Queen l'étendue de ses talents. Il restait tout de même encore surpris que celle-ci lui laisse autant de liberté. Au moins, il se concentrerait sur son objectif et se laisserait aller aux doux plaisirs de cette nuit. Enveloppé de sa belle cape aux couleurs de sa peau si caractéristique, il sautait de toit en toit sans un bruit, dans un ballet spectaculaire et invisible. Le peu de personnes encore dehors ignoraient ce qui se passait au-dessus de leurs têtes.

Qu'est-ce qu'ils pourraient apercevoir, s'ils levaient les yeux ? Un animal ? Une apparition ? Ce genre de pensée le stimulait et tant pis si beaucoup le traitaient de narcissique. Sa première destination fut tout d'abord le sommet du Palais de Justice. Cela lui donna une vue imprenable sur le manoir de Grey Alister. La bâtisse sombre reflétait la lumière de la lune qui illuminait les piques du grand portail d'entrée. Les chiens rouges de garde dormant dans chaque recoin du jardin annonçaient la première épreuve à passer.

Il se laissa tomber du toit avant d'atterrir dans une discrétion inhumaine. Sans attendre plus longtemps, il prit de l'élan et commença sa course silencieuse, grimpa sur la grille avec une agilité féline et finit en s'agrippant sur le mur, qu'il escalada sans difficulté. Tout se fit en à peine une dizaine de secondes et dans un ballet acrobatique digne des plus grands gymnastes. Durant tout ce spectacle, deux chiens avaient levé la tête, alertés par le bruit qu'il avait engendré.

L'ouïe et l'odorat restaient bien plus développés chez ces animaux que chez l'homme. Le premier qui huma l'air finit par s'intéresser à autre chose. Les autres le suivirent au niveau du portail où de la viande fumée avait soigneusement été placée. Cela laissa le temps à Nicolaï d'atteindre la fenêtre étudiée la veille, comparable aux modèles des quartiers riches de Paris. Un compas en fer et une ventouse suffiraient pour faire un trou dans la vitre, c'était le genre d'accessoires qui traînait heureusement toujours dans ses poches.

Une fois à l'intérieur, il plongea dans l'inconnu. La pièce qui s'offrit à lui était sombre, comme il l'avait prévu. Il sortit sa lampe torche et mit ses chaussons de parquet. D'un simple tour de regard, il nota plusieurs bibliothèques encastrées dans les murs ainsi que la porte menant aux autres pièces du manoir. Doucement, le jeune homme posa son oreille sur celle-ci afin de s'assurer que personne ne se trouvait derrière, puis l'ouvrit. Ce ne fut pas un couloir fermé qui l'attendit, mais un espace ouvert délimité par des balustrades donnant sur la vue splendide d'un immense chandelier accroché au plafond, ainsi que sur celle des deux étages inférieurs.

Oh ! C'est donc ce type de manoir.

Il repéra les escaliers. Le calme ambiant lui parut un bon signe. À cette heure, tout le monde devait dormir. Son champ d'action étant optimal, il prit son temps pour observer son environnement tout en descendant d'un pas lent. Il ne semblait pas y avoir de pièges ou de systèmes de surveillance. Cela soulignait encore une fois la tranquillité qu'offrait la Suisse. Pourquoi se méfier lorsque nous vivions dans le pays le plus sûr du monde ? Il fallait maintenant qu'il retrouve la pierre.

Arrivé au premier étage, il jeta un œil au second couloir donnant accès à plusieurs portes fermées. Sur chacune d'elles, il effectua le même rituel : poser son oreille dessus, entrouvrir l'accès et commencer son investigation. Au bout de la sixième, il en sortit, déçu. Pour le moment, il ne trouvait rien de bien probant. Mais cela souleva tout de même une interrogation : bien que ce manoir soit grand et rempli de pièces, il semblait vide. Pourquoi détenir un si grand territoire si celui-ci n'était pas exploité ? Une folie des grandeurs ? Ou peut-être cachait-il vraiment quelque chose. Sa réflexion se termina lorsqu'il fut alerté par du bruit venant d'en bas. Les pas réguliers d'une personne. Celle-ci se montra au rez-de-chaussée, une bougie à la main.

Nicolaï se rapprocha des balustrades afin de mieux l'observer. Au vu de ses habits, cela pouvait être le majordome qui avançait vers un salon décoré avec des peaux de bêtes, en guise de tapis, et des trophées, autour d'une haute cheminée en pierres. Des fauteuils, un canapé ainsi qu'une table basse y étaient disposés. L'homme s'approcha du foyer et y resta quelques secondes. Pour comprendre ce qu'il manigançait, le jeune voleur descendit. Ce fut à ce moment-là que les pierres de la cheminée s'écartèrent et formèrent un passage.

Non, mais quel cliché ! pensa-t-il. *Un passage secret ? Dans un manoir où certains soupçonnent que le méchant cache quelque chose ?* En voilà une scène digne des romans d'aventures qu'il avait pu lire. Au moins, il savait maintenant où chercher. Telle une ombre, il attendit que le majordome s'engouffre, puis entra à son tour. Un escalier sombre et métallique l'accueillit. Il tendit d'abord l'oreille afin d'être sûr de ne plus entendre de pas. Le passage se referma. *Pas très rassurant...*

L'air se rafraîchissait au rythme de sa descente. Il arriva dans une petite pièce obscure remplie de cartons. Le sol et les murs étaient en métal, une nouveauté de la part de l'architecture suisse. Une autre porte s'offrit devant lui d'où provenaient plusieurs voix, trop lointaines pour être compréhensibles. Nicolaï se désintéressa de celles-ci, étudiant le plafond.

Si l'on est sous terre, il y en a forcément. Bingo !

Effectivement, une bouche d'aération avait été installée. Et celle-ci possédait plusieurs avantages. Tout d'abord, elle permettait d'espionner sans se faire remarquer. De plus, elle donnait sûrement accès vers l'extérieur. Décidé, il prit une chaise traînant parmi les cartons, grimpa dessus et s'engouffra dans le conduit. L'espace était largement suffisant pour qu'il y bouge sans difficulté. Il en profita pour rejoindre la seconde pièce. La conversation se fit plus audible au fur et à mesure qu'il progressait. Il distingua quatre voix différentes qui se disputaient.

— Nous faisons de notre mieux, Monsieur Alister, dit un homme en blouse blanche d'un ton fatigué et peu sûr de lui.

— Eh bien... Ce n'est pas encore assez, gronda son interlocuteur d'une voix amère. Je le répète encore une fois, car je n'ai pas l'impression que vous avez compris. Nous avons entre nos mains une arme inconnue capable d'annuler la magie. Et quand vous me dites que vous ne trouvez rien sur celle-ci… Cela n'est pas une réponse acceptable !

— Et je le répète, Monsieur Alister, insista l'homme. Nous avons étudié sa composition et fait de nombreux tests, et ne savons toujours pas dans quelle catégorie alchimique la notifier. C'est comme notre pierre beige, nous ne savons pas d'où elle peut provenir ; hormis émettre l'hypothèse extra-terrestre, nous n'avons rien pu faire d'autre.

— Et c'est exactement ce que je vous reproche. L'inutilité de vos résultats est flagrante. Vous n'êtes toujours pas capable de me dire comment l'activer. Tout cela est d'une importance primordiale. Je me demande encore combien de temps vous allez me faire attendre…

Nicolaï garda les oreilles tendues et observa la scène silencieusement. La pièce, bien plus spacieuse que la première, était éclairée par des néons blancs alimentés par un générateur à vapeur. Un vieux modèle qui n'était plus utilisé par les autres pays. Il nota de nombreuses tables blanches sur lesquelles plusieurs objets étaient disposés. Le jeune homme reconnut l'un des automates, désarticulé et démonté en plusieurs rouages et écrous. L'Empire des Sucreries utilisait ce modèle afin de renforcer le nombre de ses combattants. Il aperçut aussi un canon à impulsion de vapeur, l'une des grandes inventions de l'Empire Rouge, capable de faire des ravages d'un simple tir. Ce laboratoire secret se consacrait apparemment à l'étude des armes extérieures. Mais pas seulement, à sa grande inquiétude. Car dans un coin de la pièce étaient rangées de nombreuses chaises munies de ceintures en cuir, tachées de sang. Le jeune voleur déglutit. Dans une autre réalité, il aurait pu être assis sur l'une de ces chaises.

Il détailla les individus. L'homme à la blouse blanche, le premier visible, avait les yeux baissés au travers de lunettes carrées de couleur beige et de cheveux blonds, l'absence de pilosité au niveau du visage lui donnait un air plus jeune. Venait ensuite le majordome attendant dans un coin dans une posture droite. C'était un homme beige à la coupe noire soignée. Un peu plus proche et juste à côté de Grey Alister se trouvait une femme rousse de couleur orange aux cheveux mi-longs bouclés, n'étant visible que de dos et écrivant sur un bloc-notes. Le dernier étant Grey, lui aussi de dos, une main sur une magnifique canne sculptée dans une matière similaire à du marbre noir et recouvert d'une dorure brillante. Sa chevelure argentée accentuait cette prestance désagréable qu'il dégageait naturellement. Enfin, la dernière chose qu'il nota et non des moindres : ses affaires posées sur l'une des tables situées à sa droite, ainsi que la pierre tant recherchée non loin derrière le scientifique qui tentait tant bien que mal de justifier ses actions à son commanditaire.

— Je vous laisse encore trois jours, articula Grey Alister. Si je n'ai aucun résultat d'ici là, je vous promets que cette blouse blanche que vous portez ne sera plus immaculée.

L'homme déglutit, tout comme Nicolaï. Aucun des deux n'osait imaginer les conséquences de leurs échecs. L'avertissement fait, Grey Alister partit d'un pas lourd et fort, suivi par la jeune femme rousse et le majordome. L'homme blond resta figé le temps de ne plus entendre de bruits de pas, puis se détendit enfin. Il se tourna vers la pierre, l'observant de haut en bas après un profond soupir.

— Comment vais-je faire ? murmura-t-il sur un ton empli de détresse.

Le jeune voleur avait de la peine pour lui.

Ce dernier savait que cette pierre avait été un sujet d'étude pendant plusieurs mois sur le continent avant que les analystes en comprennent le fonctionnement. Ce n'était pas une seule personne, aussi intelligente soit-elle, qui réussirait à déceler ses mystères en si peu de temps. À cause de la pression de son supérieur, il étudierait la pierre, encore et encore, sans prendre le temps de dormir.

— C'est parti pour des heures de recherches infructueuses…

Nicolaï grimaça, il n'avait pas le loisir de patienter jusqu'au matin. Deux solutions se présentaient à lui. Repartir et faire son rapport sans preuve, mais en étant ainsi certain de laisser peu de traces de son passage ou le contraire, tenter de récupérer la pierre et ses affaires, mais en contrepartie laisser des traces de son passage. Dans les deux cas, il appréhendait la suite. Il espérait que ramener la pierre serait un gage suffisant pour recevoir la protection du Conseil.

Il choisit et dégonda la grille avec des gestes lents. Il se laissa tomber sur le sol. Le scientifique ne se doutait pas que venait, dans son dos, une ombre bleue. Celle-ci le maîtrisa grâce à une prise digne d'un maître des arts martiaux, bloquant ses bras, son cou et l'empêchant de hurler. Le pauvre tenta de se débattre, mais rien n'y faisait. La fatigue l'envahit et l'air lui manqua ; il finit par s'évanouir. La besogne effectuée, Nicolaï le relâcha.

— Désolé, mon gars, mais tu me remercieras plus tard.

Il prit la pierre, puis s'en alla vers ses affaires. Comme il le craignait, beaucoup de ses gadgets avaient été démontés et étudiés. Il fouilla l'ensemble de ses poches secrètes. Malheureusement, ce qui en ressortit ne fut guère réjouissant. Le seul objet qui semblait en état de marche restait son bon vieux grappin qu'il s'empressa de fixer à sa ceinture. Inutile de s'attarder plus longtemps. Comprenant que son manteau serait plus une gêne qui le retarderait, il l'abandonna à contrecœur et prit le chemin de la sortie. La mission paraissait partie pour bien se terminer. La pierre serait une preuve suffisante pour que le Conseil perquisitionne cet endroit. Cet escamotage serait très certainement son dernier et il s'en réjouissait. Mais ce n'était pas encore terminé.

Arrivé devant l'entrée du passage secret, il se confronta à une nouvelle difficulté. En effet, celui-ci était refermé. À tâtons, il toucha les parois adjacentes, à la recherche d'un mécanisme, qu'il trouva, par l'intermédiaire d'un levier qu'il abaissa. Dame Chance était de son côté, le passage s'ouvrit. Seule la pénombre du manoir l'accueillit. Le personnel et le maître de maison avaient dû se coucher. Remerciant encore sa bonne étoile, Nicolaï sortit.

Quand soudain, il s'arrêta, assailli par le doute et trouvant l'atmosphère beaucoup trop calme. Son pressentiment se vérifia lorsqu'il leva la tête. Grey Alister l'observait depuis le premier étage, accoudé à sa rambarde avec une expression emplie d'une victoire calme, mais incisive.

— En voilà une surprise des plus délectables, susurra-t-il.

Nicolaï eut un geste de recul tandis que son angoisse monta d'un coup. Il pesta alors vivement.

— La poisse, la poisse, LA POISSE !

Chapitre 15

Depuis un demi-siècle, de nombreuses pierres luminescentes de couleurs différentes ont été découvertes et exploitées pour leurs effets extraordinaires. La pierre bleue et la pierre rouge sont les deux plus courantes. La pierre blanche, récemment subtilisée, serait capable d'annihiler la magie.

Une nuit magnifique, une pleine lune des plus claires. Un silence total et agréable s'étendait dans les grandes rues de la ville. Ce monde si paisible allait connaître, pour un instant, un changement drastique. Une vitre du manoir de Grey Alister se brisa. Un homme de couleur bleue en sortit, courant comme jamais, la détresse se lisant dans son regard et dans ses gestes. Il sillonna les rues, cherchant à atteindre le seul lieu qui pouvait encore le protéger : la tour de l'horloge du lac Léman. Son poursuivant n'était que l'un des sept mages du Conseil qui n'hésitait pas à utiliser les grands moyens.

Une meute entière de chiens de métal aux yeux rougeoyants, se modulant comme un liquide, partit à la chasse de leur cible. Tels de véritables animaux, ils n'eurent aucun mal à rattraper Nicolaï. Celui-ci, tentant de rester le plus serein possible, utilisa son grappin fraîchement retrouvé pour vite atteindre les toits. Gagnant un très bref moment de répit, il comprit que la forme canine de ses assaillants n'en était qu'une parmi tant d'autres. Certains chiens de chasse devinrent ainsi des primates qui grimpèrent à sa suite avant de reprendre leurs formes originelles une fois en haut.

— C'est de la triche ! s'écria le jeune homme qui voyait l'ensemble de ses possibilités s'amoindrir.

Maintenant poursuivi, aussi bien au sol que sur les toits, il ne pouvait compter que sur son agilité pour éviter les attaques venant de toutes parts. Ce n'était qu'une question de temps avant qu'il fasse une erreur. Ces monstruosités de métal évoluaient avec aisance et leurs attaques coordonnées étaient de plus en plus précises. *La magie est donc capable de faire cela*, pensa-t-il, impressionné par une telle puissance d'autonomie et d'adaptation, digne des différents souverains des Empires. Le pire et ce qui l'effrayait le plus : le jeune homme avait la certitude que son poursuivant ne montrait qu'une infime partie de ses capacités. Comprenant qu'il n'arriverait jamais à destination à ce rythme, il décida de réfléchir à un plan de secours. Si seulement il savait comment utiliser la pierre récemment subtilisée.

Comment avait-il réussi la première fois ? Il l'avait utilisée pendant une situation de stress où sa vie se trouvait en danger. Mais cela ne devait pas être la seule condition pour l'activer. Esquivant de nouveau une attaque, il reçut en prime une salve de pointes métalliques qui se plantèrent directement dans son épaule. Une vive douleur l'assaillit tandis que le sang coulait. Retirant d'un coup sec les épines, le jeune homme prit un air horrifié lorsqu'il vit le dos de l'un de ses poursuivants, empli d'aiguillons de métal prêts à être éjectés.

— Ils peuvent faire ça aussi ! s'écria-t-il d'un ton désespéré avant de comprendre qu'il était déjà encerclé.

Il ne lui restait que la seule option de se laisser tomber du toit et de les semer dans les ruelles. L'étau se referma au moment où ses pieds touchèrent le sol. Des deux côtés, il était à la merci de ces bêtes métalliques. Essoufflé et blessé, il ne pouvait que prier pour qu'un miracle se produise, serrant la pierre blanche de toutes ses forces. Ce fut alors qu'il se fit entendre par la pierre : celle-ci brilla d'une lumière éclatante et dans un flash, toutes les créatures aux alentours disparurent sans laisser de traces. Un silence de mort s'installa tandis que Nicolaï, grimaçant de douleur, posa son dos sur l'un des murs et se laissa glisser jusqu'à être assis. Était-il sorti d'affaire ? Ou était-ce un bref moment de répit ? Il observa la pierre avec gratitude.

Celle-ci l'avait encore sauvé. Mais doutant de pouvoir réitérer cet exploit dans un laps de temps aussi court, il décida de rester le plus discret possible. Il se releva, l'oreille à l'affût du moindre bruit. Un claquement métallique retentit et cela s'enchaîna sur un rythme constant, signifiant que d'autres bêtes avaient été façonnées pour poursuivre la chasse. Nicolaï voulut remonter sur les toits ; son épaule lui rappela son état actuel. Il grimaça, perdant de nouveau ses maigres espoirs. Ce fut alors qu'une autre idée lui vint, une idée pourtant simple qu'il n'avait pas envisagée alors que cela faisait un moment qu'elle pendait au bout de son nez. Ses yeux se posèrent sur l'une des plaques d'égout. Il savait que l'odeur agresserait ses narines délicates, néanmoins, c'était toujours mieux que de mourir.

***

Comme sorti d'un mauvais rêve, Grey Alister se redressa, le visage perlant de sueur. Sa connexion avec la moitié de ses créations venait d'être coupée d'un seul coup. Était-ce à cause de la pierre blanche ? Ce nuisible savait donc comment l'utiliser. Si c'était le cas, la situation devenait plus complexe qu'il ne l'avait imaginée. Il fallait qu'il l'arrête à tout prix, car ce qu'il avait découvert dans son sous-sol pourrait jouer en sa défaveur. Il savait que certains autres membres du Conseil rêvaient de le voir chuter alors qu'il n'existait pas plus dévoué que lui. Tout ce qu'il entreprenait, c'était pour la Suisse. Et ce, quelles que soient les méthodes utilisées. Les études sur la pierre blanche, par exemple, servaient surtout à comprendre son fonctionnement pour, plus tard, arrêter tout mage qui pourrait se retourner contre l'ordre établi.

Bien entendu, il ne l'avait dit à personne, car il estimait que cette responsabilité n'incombait qu'à lui seul. En effet, pourquoi toujours présenter toute nouvelle décision importante à ce Conseil qui prenait un temps fou à y répondre ? Il ne cessait de le répéter... La Suisse n'avait pas besoin d'un Conseil, plutôt d'un dirigeant sévère et charismatique. Bien entendu, cet avis ne plaisait pas à tout le monde et voilà ce qui arrivait. Ils acceptaient des étrangers-espions, leur donnaient le gîte et le couvert et espéraient gentiment qu'il adhère à la noble cause suisse. Quelle naïveté ! Grey Alister jura avant de se lever de la chaise de son bureau. Il se dirigea vers la fenêtre donnant sur la magnifique Place de la Justice, le poing et les mâchoires serrées. Sa colère et ses ambitions brûlaient ardemment au fond de ses yeux. Si la capture de ce voleur lui permettait d'accuser le Conseil de haute trahison, cela accélérerait grandement ses plans. Il avait le juge suprême comme soutien, il lui avait assuré que plusieurs têtes tomberaient s'il pouvait tourner l'histoire à leur avantage.

Un frisson se glissa sur sa nuque. Ses bêtes venaient de le prévenir que la cible s'était engouffrée dans les égouts, blessée. *Tiens...* En voilà une décision qu'il trouvait peu logique. Se retrouver dans ce labyrinthe d'eau et de bunkers souterrains pouvait sembler une bonne idée. Mais en grand connaisseur, il savait à quel point il était difficile de garder ses repères dans un tel lieu. Surtout en essayant d'échapper à un mage-traqueur expert. Il esquissa un sourire. L'heure était venue de faire quelques expériences. Il sortit de son bureau et s'avança au niveau de la barrière, là où il avait surpris ce voleur de pacotille jaillir hors de son souterrain secret. Il avait su qu'il viendrait un jour… Il avait tout fait pour l'attirer, en commençant par laisser, comme appâts, cette pierre si spécifique ainsi que ses affaires, sans compter les bribes d'informations lâchées de part et d'autre aux conseillers pour piquer un peu plus leurs intérêts.

Cela avait marché à merveille et il avait pensé facilement le cueillir, mais il avait sous-estimé les ressources de ce nuisible. Les grands moyens étaient de mise. Tel un chef d'orchestre, il se mit à agiter ses doigts et, de nulle part, apparut une grande quantité de liquide gris argenté. Celui-ci se scinda en plusieurs flaques distinctes. Une dizaine de chiens de chasse métalliques aux yeux rougeoyants naquirent, prêts à reprendre la traque ; d'un claquement de doigts, ils partirent comme obéissant à un ordre invisible.

— Que la seconde phase d'expérience commence, dit-il. D'une manière ou d'une autre, je t'aurai, ma chère proie.

***

Jamais de sa vie Nicolaï n'avait vu des égouts aussi spacieux. Ce lieu lui paraissait davantage comparable à un complexe souterrain. Les murs aux pierres anciennes mettaient en valeur de grandes arches éclairées par une faible lumière au plafond. De l'eau coulait de manière constante à chaque extrémité et sillonnait sur une multitude de chemins, qui s'offraient à son bon déplaisir. Parfois, il tombait sur une porte blindée avec une plaque sur le côté, celle-ci marquée d'un nom d'une famille. *Seraient-ce des abris ?* Comprenant l'ampleur de ce travail d'architecture, il en fut d'autant plus impressionné lorsque l'une des directions prises aux hasards le mena en haut du pont, lui donnant une vue imprenable sur ce qui semblait une ville souterraine.

Le jeune homme en resta bouche bée. Il apercevait des habitations, des rues, des parcs et même de l'eau courante, qui circulait à plusieurs endroits stratégiques. Un système d'égout à l'intérieur de ce qui aurait dû être à la base… les égouts. Plus haut, une multitude de ponts reliaient entre eux des accès qu'il ne percevait pas. De nombreux secrets.

Essoufflé et pris de légers vertiges, il s'assit et enleva son manteau déchiré et imbibé de sang. Lorsqu'il jeta un œil à son épaule, il grimaça. La blessure était suffisamment profonde pour l'empêcher de bouger comme il le souhaitait. Le plus important étant de bloquer l'hémorragie, il déchira sans vergogne l'intérieur du manteau et l'enroula du mieux qu'il put, finissant le travail d'un coup sec avec les dents.

Que pouvait-il faire maintenant ? Pouvait-il encore rejoindre l'école de magie ? La mission n'était pas tout à fait un échec, mais il avait la certitude que la directrice ne l'accueillerait pas les bras ouverts. S'enfuir de la Suisse serait donc la meilleure solution ? Peut-être, mais cela signifierait de se mettre véritablement le Conseil à dos, et ainsi couper toutes ses chances de faire sa vie ici. Il soupira, baissa la tête et ferma les yeux, le temps de récupérer un peu. Tout avait dégénéré si vite… Méritait-il un tel traitement pour ses actions passées ? Ce n'était pas un enfant de chœur, bien entendu, mais pas non plus un meurtrier génocidaire. À vrai dire, il n'avait jamais vraiment représenté un danger pour quiconque. Un voleur… certes, un espion… certes, un maître chanteur… certes. Il avait toujours fait cela pour survivre. Il vivait dans un monde où il fallait choisir l'obéissance absolue ou la mort. N'ayant choisi aucune des deux alternatives, il en récoltait le résultat.

L'instant présent représentait sa punition pour avoir eu l'audace de choisir la liberté. Et ce n'était clairement pas terminé. Du côté droit résonna le bruit métallique si caractéristique des bêtes chasseuses. Comprenant qu'il ne les avait pas semées, Nicolaï rouvrit les yeux et se releva tant bien que mal avec l'idée de courir. D'autres machines l'attendaient à l'autre sortie, bloquant toutes les issues.

— Diantre !

Heureusement, il lui restait un dernier atout et la configuration était excellente pour pouvoir l'utiliser. Pariant sur cette réussite, il sauta du pont et se laissa plonger dans le vide avant de sortir son grappin. Avec dextérité, il visa le dessous du pont et tira. L'ancre fila telle une flèche et se fixa sous la passerelle. Il atterrit sur un autre pont. Il leva la tête, espérant ne pas avoir encore de mauvaises surprises. Certaines bêtes l'observaient d'en haut, tandis que d'autres prenaient un malin plaisir à déchiqueter son manteau. *Paix à son âme*, pensa-t-il en grimaçant avant de réfléchir à quelle autre direction prendre.

— À gauche, résonna alors une voix.

Surpris, Nicolaï tourna la tête. Était-ce la fatigue qui jouait sur son imagination ?

Il n'eut pas le temps d'y penser davantage, car ses poursuivants se mirent à réagir. Certains se métamorphosèrent en écureuils volants et planèrent dans sa direction. D'autres s'engouffrèrent dans les cavités. Il fallait vite réagir ! Le jeune homme prit le chemin de gauche et continua dans les longs couloirs d'égouts aménagés. L'angoisse aux tripes, il parcourut ces chemins sans fin.

— Prends à droite, maintenant.

Encore cette voix ! Elle semblait venir de nulle part et de partout à la fois ; de plus, son timbre ne semblait pas humain, la voix d'un homme et d'une femme en même temps. Elle possédait en revanche un timbre neutre et étonnamment apaisant. Dans une autre situation, il s'en serait certainement méfié, mais le bruit métallique régulier de ses opposants ne lui laissait guère le loisir d'être difficile. Il se résigna à obéir, passant sur les divers chemins que la voix lui indiquait. Cette course dura bien une quarantaine de minutes. Il arriva finalement devant un autre pont immense, au-dessus d'une grande rivière d'eau au fort courant et se terminant par une gigantesque cascade.

— Saute ! dit alors la voix.

Pour une raison qu'il ignorait, il s'y attendait un peu, au point de rouler des yeux et d'aborder un énorme sourire jaune.

— Bien entendu, s'écria-t-il à voix haute. J'imagine que si je ne saute pas, je serai cerné des deux côtés, me conduisant forcément à une mort certaine ! Donc il vaut toujours mieux que je choisisse une mort probable en sautant…

Les chasseurs métalliques se positionnèrent effectivement des deux côtés du pont.

— Bien, entendu ! maugréa-t-il tout en posant un pied au-dessus de la rambarde. Je te promets une chose, voix mystérieuse. Si jamais je crève, je te hanterai toute ta vie !

N'ayant ainsi plus rien à perdre, Nicolaï prit une grande inspiration et fit le grand saut. Le temps de sa chute, il repensa à ses décisions illogiques de ces dernières heures. Aurait-il dû faire une plus longue investigation ? Aurait-il dû écouter Priscilla Delacroix et son plan un peu trop évident à son goût ? Aurait-il dû juste s'enfuir et cavaler toute sa vie ? Et surtout, oh oui, surtout… Aurait-il dû écouter cette étrange voix dans sa tête ?

Le contact de l'eau ne le rendait guère conciliant, le courant l'emportant, non plus. Mais le pire se résuma en cette magnifique chute dans les abysses.

Il était bien trop fatigué pour lutter. Bien trop fatigué pour comprendre. Bien trop fatigué pour vivre.

Le temps n'est pas encore venu de mourir. J'ai besoin de ton dévouement pour protéger mon territoire. Toi qui as été accepté par le dernier-né, tu es le seul à pouvoir me délivrer de ce parasite. Viens au plus près de moi pour que tu sois baigné de ma magie. Enfonce-toi dans les entrailles de la Terre, laisse-toi aller dans les cours d'eaux abyssales et lorsque tu arriveras à reprendre ton souffle, ta nouvelle vie commencera, brûlant de la lumière que je t'aurais octroyée. Tu représenteras les ombres capables de marcher sur l'eau. Tu tireras ta force de l'astre de la nuit. L'obscurité te rendra insaisissable et aussi fort que la bête vivant au creux de ton âme. Ton nom résonnera dans le cœur des mortels, ravivant la légende de tes ancêtres. Toi, fils de la couleur bénie des loups de Baskerville et des lions de Hailé Sélassié. Viens à moi et deviens aussi mon fils.

Chapitre 16

Le secret de la magie, si jalousement gardé dans les entrailles de cette grande cité. Le don le plus puissant qui a été accordé à l'humanité. Les élus choisis et bénis par celle-ci seraient les descendants du peuple suisse. Mais cela fait bien longtemps qu'ils n'entendent plus la voix de la magie.

– Et Nicolaï ?

– Nous n'avons toujours pas de nouvelles et nos recherches sont toujours infructueuses.

Priscilla baissa la tête tout en serrant le poing de frustration. Lemy Queen lui accorda un regard désolé. Celle-ci était clairement préoccupée par la situation. La disparition de Nicolaï avait amené son lot de problèmes. Tout d'abord, elle devait rendre des comptes à Grey Alister qui avait sollicité le Conseil en prétextant une attaque dans sa demeure. Il avait assuré que son agresseur n'était autre que celui qu'elle avait garanti de surveiller et de ce fait, elle devait expliquer devant le haut juge cette faute gravissime. Heureusement, la directrice avait de la ressource et avait prétexté organiser une enquête interne. Cela lui avait permis de gagner du temps. Néanmoins, cela ne représentait qu'un sursis quant au châtiment qui pesait au-dessus de sa tête, telle une épée de Damoclès.

Cela faisait quatre jours que Nicolaï n'avait donné aucun signe de vie, signifiant très certainement qu'il avait échoué.

S'était-il enfui de la Suisse ? Ou se cachait-il encore ? Le premier cas était le moins probable, elle l'aurait su d'une manière ou d'une autre. Elle se concentra ainsi sur le second qui ne lui plaisait guère plus. Bien qu'elle comprenne sa réticence de revenir de peur du châtiment d'avoir échoué, il ne lui facilitait pas non plus la tâche pour arranger les choses. Priscilla comprenait la posture délicate de la directrice. Elle s'était d'ailleurs proposé de partir investiguer de son côté, mais Lemy Queen avait refusé. La situation devenait bien trop complexe pour tenter le diable. Surtout avec le peu d'informations qu'ils détenaient.

— Je te tiendrai au courant si jamais j'ai du nouveau, Priscilla, dit-elle alors. Il se fait tard, rentre dans ton dortoir. Et surtout…

— Et surtout pas un mot au reste de l'école, oui je sais, Madame, répondit Priscilla d'un ton courtois, mais déçu.

Sans rien dire, la jeune étudiante s'en alla et descendit la tour de l'horloge.

Laissant ainsi Lemy Queen seule. Celle-ci s'affala sur son grand siège, prise par une migraine des plus désagréables. Elle avait encore des cartes à jouer et espérait que son cher protégé ne l'avait pas trahie. Heureusement, de nature optimiste, elle préférait croire qu'il se cachait encore quelque part, attendant que quelqu'un le retrouve et surtout lui pardonne. *Attendons la fin de la semaine et gardons espoir.* Elle répéta cette pensée plusieurs fois afin de s'en convaincre elle-même et finit par observer l'intérieur de la pièce d'un œil absent.

Tout d'abord, ses pots de fleurs de pétunias bleu nuit faisaient indirectement penser à lui. Ensuite, ses pantins en bois se tenant droits et fiers prêts à exécuter tout ordre donné. Elle en avait envoyé plusieurs à la recherche de Nicolaï, mais aucun n'avait encore donné de résultats. Sur son bureau se disséminaient des feuilles administratives, mais aussi la lettre d'accusation de Grey Alister qui ne s'était pas gêné pour l'accuser de tous les maux. Dans cette situation, elle ne pouvait que plaider la négligence, car si le haut juge apprenait que l'investigation était un ordre donné par elle et les autres membres du Conseil, elle pourrait être accusée de crime de haute trahison. Le Conseil retournerait facilement sa veste pour protéger ses propres intérêts. La logique voudrait que ce soit elle seule qui coule et non tous les autres. Avec un soupir, elle leva les yeux au plafond tout en tentant de penser à autre chose. Le bleu nuit de ses murs lui faisait aussi songer à lui.

***

Arrivée dans l'enceinte de l'école, Priscilla soupira et regarda le lac éclairé par la grande boule de lumière. Nigg était présent et observait la jeune fille de ses yeux ronds.

— J'imagine que toi non plus tu ne sais pas où il se trouve, hein ? demanda-t-elle.

Comme attendu, l'énorme serpent ne lui répondit pas et se désintéressa d'elle.

— Merci pour ton aide, maugréa-t-elle sombrement.

Sa mauvaise humeur prenant le dessus, elle décida de suivre les conseils de sa supérieure, et rentra d'un pas lent et découragé. À cette heure de la soirée, plus personne ne se promenait, donnant à ces lieux si majestueux un climat plus lugubre. Priscilla n'appréciait guère cela, préférant supporter le regard des autres, emplis de crainte ou d'admiration envers sa personne. En vérité, Nicolaï était bien le seul à lui parler sans retenue, et ce malgré son rang. Peut-être était-ce pour cette raison qu'il lui manquait et qu'elle était persuadée qu'il ne cherchait pas à s'enfuir. Elle savait de quoi il était capable : le genre d'homme à apparaître là où il serait le moins attendu. Mais s'il lui était vraiment arrivé malheur, elle ne se le pardonnerait jamais. Ruminant ainsi sa réflexion, elle sursauta lorsqu'elle vit une ombre passer dans la grande cour extérieure. Serait-ce lui ?

Priscilla arpenta le même chemin avec la plus grande discrétion possible. Cette silhouette inconnue prenait effectivement la direction de la salle des machines. Elle accéléra le pas et s'engouffra après elle. La salle était éteinte, comme à son habitude, à cette heure tardive. Seul le bruit régulier des engrenages s'entendait. La silhouette se retrouva devant la porte d'entrée de la chambre du concierge et posa un pot devant celle-ci. Priscilla reconnut Sallie Velvet qui sursauta.

— P… Priscilla ? s'écria-t-elle. Mais que fais-tu ici !

— Je pourrais te retourner la question, répliqua-t-elle sèchement. Il me semble que c'est un lieu interdit pour les élèves.

La petite Sallie se redressa et baissa la tête sans avoir le courage de répliquer. Cette réaction avait le don d'énerver son interlocutrice.

— Alors qu'est-ce que tu fais là ?

— R… rien, je… Cela fait plusieurs jours que personne n'a de nouvelles du nouveau concierge. Je m'inquiétais un peu.

— Il n'est pas là. Tu devrais récupérer ta plante, elle risque de faner ici.

— Je… D… D'accord.

Sans dire un mot de plus, Sallie récupéra son pot et prit la direction de la sortie.

— Attends, dit-elle. Écoute, je suis désolée. Je me suis laissé emporter.

Sallie s'arrêta et se retourna, surprise. Elle ne s'attendait certainement pas à recevoir, de la part de Priscilla, des excuses. Celle-ci semblait d'ailleurs bien mal à l'aise.

— Je sais que Nicolaï t'apprécie beaucoup. Il m'a souvent parlé de toi. C'est juste que… il a disparu et je m'inquiète beaucoup, moi aussi.

À ces mots, les yeux de Sallie s'agrandirent.

— Disparu ? répéta-t-elle choquée. Mais pourquoi ? Que s'est-il passé ?

— C'est compliqué. J'en ai déjà trop dit. Mais sache que des recherches sont en cours pour le retrouver.

Ses propos ne rassurèrent guère la jeune fille qui baissa tristement les yeux. Priscilla ne cherchait pas vraiment à lui faire de la peine, mais c'était une manière de lui expliquer gentiment qu'il était inutile de retourner dans la salle des machines. Le résultat escompté fut tout autre.

Sallie se redressa, le regard déterminé.

— Je pars aussi à sa recherche.

— Hein ? Non, non, non. Ce n'est pas ce que je voulais dire. Enfin, ce n'est pas à toi de le faire. Les autorités nécessaires sont déjà sur le coup. Que pourrais-tu apporter de plus ?

De nouveau, Sallie baissa la tête, mais cette fois-ci en pleine réflexion.

— Je ne sais pas ce que je pourrais apporter de plus. Mais je refuse d'attendre et de ne rien faire non plus. Je trouve que c'est encore pire.

Des mots que Priscilla reçut comme une paire de gifles. Elle ne trouva pas quoi répliquer. Cette réponse la laissait sans voix. Une situation humiliante ; ces propos avaient été proférés par la personne qu'elle considérait comme la plus insignifiante de cette école.

– Ne rien faire c'est encore pire, répéta-t-elle. Bon sang ! Tu as raison ! Nous ne pouvons pas rester les bras croisés ! Il doit bien y avoir une solution pour le retrouver. Merci de m'avoir ouvert les yeux. Finalement, tu es plus utile que je ne l'aurais cru.

Sallie fronça les sourcils, un peu perdue, se demandant si elle devait prendre cette information comme un compliment ou une insulte. Néanmoins, elle avait malgré tout redonné à l'étudiante du poil de la bête.

– Ma très chère Sallie Velvet, nous avons une enquête à mener. Toute information est bonne à prendre, de la simple piste aux faibles rumeurs. Nous commencerons demain à la première heure. Il faudra tendre l'oreille, aussi bien à l'école qu'en ville. Donnons-nous un point de rendez-vous, ici lorsqu'il fera nuit. Je dirais… sous le coup de vingt-deux heures. C'est entendu ?

Sallie cligna deux fois des paupières tout en gardant la bouche semi-ouverte. Venait-elle de créer un monstre ?

– Euh… D… D'accord, bégaya-t-elle sans avoir le courage de dire non ou même de poser une quelconque question.

– Parfait ! s'écria la major de la promotion. Bon, si tout est clair, il est temps de rentrer.

Elle prit ainsi la tête du cortège, la confiance retrouvée et le sourire aux lèvres. Ce n'était pas le cas de la pauvre Sallie, qui garda un visage gêné.

***

– Et vous ne l'avez toujours pas retrouvé ?

— Non, toujours pas, répondit sombrement Grey Alister. J'ai pourtant permis à mes chasseurs de métal de pister l'ensemble des souterrains. C'est bien la première fois qu'une proie m'échappe aussi longtemps.

Assis confortablement dans son siège de bureau, Edmund Light croisa les doigts et y posa tranquillement sa tête, l'air contrarié. Son interlocuteur, debout en face de lui, gardait son timbre neutre et froid habituel, mais il savait que dans sa manière de tenir sa canne, se reflétait une certaine frustration qui ne demandait qu'à exploser.

— Si je comprends bien, votre plan n'est plus d'actualité. Si vous ne le capturez pas, je ne peux vous garantir de vous donner gain de cause pour votre attaque contre le Conseil. Sans preuve, ce sera leurs paroles contre la vôtre. Bien que la justice et moi-même penchions en votre faveur, Lemy Queen peut avoir encore un tour dans son sac.

— J'en suis bien conscient, sourit Grey de manière malfaisante. Le plan ne s'est pas passé comme prévu, mais je reste celui qui a l'avantage. Il faudra bien que notre chère directrice du lac Léman justifie l'absence de son invité.

Edmund hocha la tête tout en prenant une posture plus droite.

— Êtes-vous vraiment sûr qu'il n'a pas réussi à atteindre Lemy Queen ?

Grey, tout en s'appuyant sur sa canne, secoua doucement la tête.

— C'est vraiment très peu probable. Ses dernières traces se trouvent sur un pont au-dessus d'une très grande cascade souterraine. Cela voudrait dire qu'il aurait survécu à cela. Mes chasseurs métalliques l'auraient retrouvé. Pour vous dire toute la vérité, je cherche avant tout son corps et j'espère pouvoir l'étudier avant que celui-ci ne pourrisse trop.

Devant l'assurance de son interlocuteur, Edmund Light adopta une légère grimace.

– Parlons plutôt de la suite, continua-t-il. Nous avons de quoi ébranler le Conseil actuel et l'accuser de laxisme. Cela renforcera votre pouvoir ainsi que le mien. Je sais que vous aussi vous en avez assez de cette neutralité. Nous avons parfaitement le pouvoir de soumettre les pays voisins, voire même toute l'Europe.

Des aveux bien surprenants, Edmund ouvrit les yeux d'abord de surprise, puis de convoitise.

– C'est donc votre plan depuis le début ?

– Osez me dire que vous ne le trouvez pas alléchant ?

Un temps de silence passa, les deux se jugeant intensément. Un sourire se dessina sur les deux visages. Bien entendu, Edmund Light croyait en une justice implacable où toute personne serait liée aux règles établies. En tant que haut juge, c'était à lui de les faire appliquer, mais pas seulement en Suisse. Le monde entier devrait se plier aux règles. Un rêve mégalomaniaque qu'il gardait enfoui, car il n'avait jamais eu le soutien nécessaire pour l'atteindre. Grey Alister l'avait bien compris et semblait partager une vision de ce monde où la Suisse serait le pays capable de gouverner la civilisation tout entière. Une philosophie particulière comprenant que la meilleure défense serait l'attaque.

– Pour protéger la Suisse… Une sacrée ambition, dites-moi. Et cela ressemble beaucoup à la manière de procéder des autres grandes puissances.

– Mais pas si surprenant. L'alliance européenne s'est fait écraser, car nous sommes restés neutres, comme toujours. Nous détenons la plus grande puissance du monde connu. Notre magie a su terrasser un de leurs membres d'élite en moins de temps qu'il n'en faut pour le dire. N'en avez-vous pas assez de rester dans l'ombre et à couvert ? D'ailleurs, je ne comprends pas pourquoi nous débattons de cela alors que nous savons tous les deux que nous sommes d'accord. Grâce à la magie, notre continent peut devenir aussi puissant, voire plus que ceux qui occupent le reste du monde.

Il avait raison, il savait pertinemment qu'il avait raison… mais pour atteindre cette ambition, il fallait d'abord que leurs pouvoirs soient absolus. Et pour cela…

— Il faut donc s'occuper du Conseil, finit par dire le haut juge. Pas par la force, parce que nous n'aurions aucune chance de l'emporter. De plus, je refuse d'aller à l'encontre de nos lois préétablies. Je vous l'ai dit, Grey Alister, bien que je vous soutienne, je reste neutre lors des sentences. Néanmoins, je tiens compte de tout ce qui a été dit jusqu'à présent. Pour avancer de plusieurs pas en faveur de votre plan, je ferai en sorte d'accélérer la date du jugement. N'en attendez pas plus de mon côté, pour le moment.

Grey Alister pouffa d'un léger rire avant de secouer la tête.

— Comme tous les autres membres du Conseil, vous assurez vos arrières. Je l'entends bien et vous en faites suffisamment. Je n'attends pas plus de vous et j'ai conscience que le changement de notre politique prendra un certain temps.

Il s'inclina, puis s'apprêta à faire volte-face quand, soudain, il fut pris de vertiges. Le regard perdu, il resserra sa poigne sur sa canne et se mit à réfléchir à toute vitesse.

— Quelque chose ne va pas ? s'enquit Edmund Light.

Grey Alister marqua une pause avant de répondre.

— Quelque chose… d'étrange… Un monstre ? Mais comment ?

— Un monstre ? Mais de quoi parlez-vous ?

Le vieil homme fit face au haut juge avec une mine grave.

— Il semblerait qu'il y ait un peu de remue-ménage dans les égouts. Mes sentinelles se sont fait détruire par quelque chose qu'elles ne considèrent pas comme… humain.

Edmund le regarda, surpris.

— Un monstre vivrait donc au sein de notre cité souterraine ?

— Il semblerait… je vais faire mon enquête, il est inutile de s'inquiéter. Je vous ferai un rapport dans les jours qui suivent et nous discuterons des mesures à prendre. En attendant, continuons sur ce qui a été convenu.

Il se retourna une dernière fois et partit d'un pas rapide.

Un doute affreux venait de l'envahir. Certaines de ses sentinelles auraient été détruites avec beaucoup de sauvagerie, mais d'autres avaient été simplement… effacées. La pierre blanche était censée être le seul artefact capable de cet exploit. Il devait donc faire vite avant que des rumeurs ne s'ébruitent.

Chapitre 17

Les animaux ont eux aussi été gravement touchés par la malaria colorès, donnant une toute nouvelle diversité et encourageant les légendes locales. Certaines espèces ont pris une taille démesurée tandis que d'autres ont développé des caractéristiques pour pouvoir survivre dans ce monde bien plus hostile. Il n'est pas rare que certaines soient considérées comme des monstres.

Ce furent deux jours d'investigation qui ne donnèrent malheureusement rien. Priscilla s'acharna pourtant comme jamais à poser des questions aussi bien aux élèves qu'aux professeurs. Chacun accusait la disparition de Nicolaï de manière bien différente. Certains se montraient inquiets ou tristes, comme la professeure d'espagnol ou l'enseignant de technomancie. D'autres n'étaient guère touchés et habitués à la malédiction liée à ce poste. Enfin, un petit nombre ne cacha pas son mépris envers le disparu.

Il fallait reconnaître que cet homme avait tout pour être louche. Déjà par sa couleur, mais aussi par ses manières. Des avis ainsi bien différents, qui se rejoignaient sur un point commun : personne ne savait ce qu'il était devenu ; plusieurs rumeurs farfelues circulaient. Se serait-il enfui parce que ce travail s'avérait trop pénible ? Ou peut-être avait-il été dévoré par le « monstre-loup » de l'école dont Douglas Velvet assurait encore l'existence ? D'autres avançaient même qu'il avait été dévoré par Nigg le serpent géant, expliquant ainsi l'absence de corps. *Qu'est-ce qu'il ne faut pas entendre*, songea Priscilla.

Elle pensait résoudre ce mystère grâce à son talent naturel, mais cela était plus difficile qu'elle ne l'avait cru. L'absence de résultats lui fit se mordre les lèvres inférieures. Quelle désagréable sensation de ne pas être maîtresse de son destin. Sallie Velvet ne lui avait pas été non plus d'une grande utilité. Ses recherches semblaient tout aussi infructueuses ; l'inefficacité ne venait donc pas d'elles, mais de la difficulté de cette mission. Ce fut pourtant la petite Sallie qui la fit mentir sur ce point. En effet, celle-ci vint la voir dans les jardins extérieurs de l'école en pleine journée, essoufflée par sa course.

— Priscilla, cria-t-elle lorsqu'elle fut assez près.

Une entrée en scène qui déplut à son interlocutrice, qui constata à son grand désarroi qu'elle se trouvait au centre de l'attention.

— Je t'avais dit que nous devions nous donner rendez-vous le soir dans la salle des machines, susurra-t-elle entre ses dents.

— Je… Je suis désolée, répondit la jeune fille pliée en deux, cherchant à reprendre son souffle. Je crois que nous avons trouvé une piste.

Les yeux de Priscilla s'illuminèrent, très curieuse d'entendre la suite. Finalement, cette étudiante de première année pouvait se montrer utile. Mais hors de question d'en parler ici devant autant d'oreilles indiscrètes. Elle tiqua alors sur un mot.

— Une seconde, dit-elle. Comment ça « nous » ? Tu l'as dit à quelqu'un d'autre ?

Le visage de Sallie se ratatina.

— C… c'est plus compliqué que ça, balbutia-t-elle. Tu sais que j'ai un…

Elle s'arrêta et écarquilla les yeux très mal à l'aise.

— Un ? Un quoi ? s'impatienta-t-elle avant de comprendre que son interlocutrice fixait quelque chose derrière elle.

Naturellement, elle se retourna et lâcha une grimace de dépit. Devant elle se trouvait Douglas Velvet qui la toisait de sa posture de grand athlète de couleur verte.

— Alors comme ça, on cherche notre cher concierge bleu ? ricana-t-il, accompagné d'un sourire aussi rayonnant qu'agaçant.

Si les yeux de Priscilla pouvaient lancer des éclairs, elle l'aurait fait depuis longtemps.

— Qu'est-ce que cela peut bien te faire ? feula-t-elle d'un ton aussi hautain qu'énervé.

Douglas agrandit son sourire. Cette situation semblait beaucoup l'amuser.

— Eh bien… je pourrais éventuellement vous aider. Il se pourrait que j'aie entendu des rumeurs assez intéressantes.

Une affirmation qui ne plaisait guère à la jeune fille, qui n'avait aucune raison de faire confiance à cet étudiant connu pour poser des problèmes. Qui savait ce qu'il avait en tête. Mais Sallie gardait un regard empli d'espérance, ce qui la fit hésiter. Après quelques secondes de réflexion sous cette tension qu'elle trouvait de plus en plus désagréable, elle se décida.

— Bon, d'accord. Mais n'en parlons pas ici. Nous devons trouver un endroit discret.

Rien ne sembla faire plus plaisir à Douglas qui proposa de faire cette petite entrevue dans sa chambre. Une proposition que Priscilla déclina. Quitte à choisir, elle préférait encore la chambre de Sallie. Ils prirent ainsi le chemin de celle-ci dans un grand silence, vite remplacé par de petites disputes incessantes. Douglas et ses taquineries de jeune lycéen empli de testostérone se confrontaient aux discours pompeux de Priscilla.

Sallie soupira tout en indiquant un couloir. Priscilla n'était venue que très rarement dans les dortoirs et se surprenait toujours de constater l'absence de dorures, de tableaux, de tapisseries et de serviteurs. Les couloirs étaient plus petits et accueillaient pourtant du monde venant de tous les horizons de la Suisse. Mais le pire était la chambre, aussi grande que deux cagibis. *Une personne pouvait vraiment vivre là-dedans ?* pensa-t-elle. Il semblerait. Sallie avait aménagé de petites étagères, accrochées aux murs, et sur lesquelles l'occupante avait disposé plusieurs pots de fleurs aux multiples couleurs. Priscilla aperçut aussi un bureau juste en dessous de la seule fenêtre faisant passer la lumière du faux soleil. Celui-ci supportait plusieurs livres empilés parlant des différents cours de la semaine. Enfin, au fond se dressait un lit défait avec une peluche d'abeille posée non loin d'un coussin.

– Ce n'est pas très grand, mais en nous organisant bien, nous pourrons nous asseoir confortablement, dit timidement Sallie. Priscilla, je te propose de prendre ma chaise de bureau et…

– Je prends le lit, coupa Douglas qui s'installa à son aise sans demander son reste.

Priscilla accepta l'invitation.

– Bon… Eh bien, je resterai debout, murmura Sallie tout en leur faisant face.

Un silence plein de tension enveloppa la pièce. La jeune fille de couleur verte pressentant ce qui allait se passer prit la parole.

– Le concierge, dit-elle brusquement. Douglas, tu as dit que tu avais des informations !

Douglas, toujours le sourire aux lèvres, hocha la tête.

— Peut-être bien, oui, dit-il. En vrai, je dirais même que j'ai un lieu à examiner. Mais avant de vous l'indiquer, j'ai une condition à annoncer à mademoiselle Priscilla.

Celle-ci haussa les sourcils, prête à entendre la prochaine ineptie qui allait être à la hauteur de ses espérances.

— Nous aurons très certainement une escapade à faire et je souhaiterais venir avec vous. Ce sera comme un rendez-vous galant avec vous, Princesse.

Cette dernière cligna deux fois des yeux avant d'arborer un sourire jaune.

— Désolée de te décevoir, mais l'intérêt que je te porte est aussi abyssal que ton espoir de croire qu'un jour nous ayons une chance de nous côtoyer.

Le sourire de Douglas s'effaça, sans pour autant qu'il se laisse abattre.

— Très bien, lâcha-t-il. J'imagine que ce que j'ai à dire n'a pas non plus un intérêt digne d'être entendu.

— Si, ça l'est ! intervint Sallie sur un ton très agacé. Nous sommes ici pour retrouver Nicolaï. Et pour cela, nous avons besoin que vous y mettiez du vôtre… s'il vous plaît !

Elle se rendit compte de son changement de ton et afficha un sourire gêné. Priscilla, d'abord surprise que la jeune fille montre autant de conviction, détourna le regard. De nouveau, elle avait raison. Elle soupira et reprit un visage digne.

— D'accord, je suis prête à l'entendre et le supporter. Mais ce n'est en aucun cas un rendez-vous !

Elle termina sa phrase en fusillant du regard Douglas qui lui répondit par un long haussement d'épaules.

— Je me contenterai de ça. C'est mieux que rien. J'attends en revanche que vous m'écoutiez jusqu'au bout.

Il marqua une légère pause profitant de pouvoir autant captiver l'attention.

— Ma sœur pourra le confirmer, nous avons pu faire une étrange rencontre lors de l'une de nos escapades nocturnes au niveau de la salle des machines. Un monstre ressemblant à un loup géant. Il faisait bien dans les trois… non, cinq mètres… le pelage d'un bleu sombre et des canines ensanglantées.

Priscilla roula des yeux. Encore cette histoire de monstre. Mais qu'allait-il encore inventer ! Prise de dépit, elle était prête à se lever et à partir sur-le-champ. Mais par respect pour l'intervention de Sallie, elle resta silencieuse et continua à écouter.

— Arrête de dire des sottises, s'énerva sa sœur. Il était certes grand, mais pas non plus immense et il n'y a jamais eu de sang non plus. Il a grogné vers nous, tout au plus. Et nous, nous avons fui. Vrai ?

— Attendez une seconde. Cette histoire est donc liée à une bête dans la salle des machines ?

Sallie baissa les yeux en guise de réponse. Assumer la vérité signifiait admettre qu'elle s'était introduite dans un lieu interdit à une heure tardive. Son frère, en revanche, ne se priva pas pour accaparer tout le mérite.

— C'est ce que je me tue à dire à tout le monde. Bon, j'ai peut-être un peu romancé la chose. Mais il existe bel et bien !

Priscilla se tint la tête, retenant une forte migraine.

— Admettons, dit-elle sur le ton de l'abandon. Si ce… monstre-loup existe, quel est le rapport avec Nicolaï ?

— Un peu de patience, Princesse. Nous y venons. Ma sœur m'a donné une information qui a complètement piqué mon intérêt.

Naturellement, l'attention se tourna vers Sallie. Celle-ci prit une grande inspiration.

— Après cet événement avec le… loup, Nicolaï est venu me voir et m'a demandé de ne pas en parler. Je pense que ce que nous avons vu a un lien avec lui. C'est peut-être même lui en vérité, personne ne connaît les capacités dues à sa couleur de peau.

Cet argument s'entendait, elle n'avait jamais su l'étendue des pouvoirs de Nicolaï et Lemy Queen avait toujours été silencieuse à ce propos. Cette théorie la faisait quelque part souffrir, car cela prouvait que malgré tous ses efforts afin d'être un jour à la hauteur du Conseil, elle avait encore beaucoup à apprendre.

— Maintenant, chère Princesse, continua Douglas, connais-tu les nouvelles rumeurs en ville ? Je parle notamment de celle qui court depuis hier dans les égouts.

Des rumeurs de monstres que Priscilla avait d'abord écartées, car cela ne concernait aucunement le concierge. Mais avec les dires des deux Velvet, tout semblait prendre sens. Cela restait tout de même une piste farfelue. Comment retrouver cedit monstre dans un lieu aussi grand que labyrinthique ? Comment le maîtriser ou faire face aux autres menaces ?

— Donc, si je résume bien. Le lieu que vous voulez investiguer se trouve dans les égouts, dit-elle avant d'exposer l'ensemble des problèmes que cette exploration pouvait apporter.

— J'y ai déjà réfléchi ! répondit vivement Douglas. Et je n'ai jamais dit que ce serait simple, mais ne t'inquiète pas. Tout ce qui est escalade, randonnée et urbex, je suis incollable.

— Sauf que nous parlons des égouts ! Nous allons chercher un hypothétique loup dans un espace d'une centaine de kilomètres carrés sans compter la profondeur ! Suis-je la seule à penser que nous ne trouverons rien ?

— Nous trouverons, assura Sallie. Si ce n'est pas nous qui le dénichons, c'est lui qui le fera ! J'en suis certaine. Je ne sais pas pourquoi, mais j'ai le pressentiment qu'il attend que quelqu'un vienne le chercher.

En voilà une belle niaiserie idéaliste, qui toucha tout de même Priscilla en plein cœur. Bien que ce soit illogique, elle avait aussi envie d'y croire.

— Et puis, au pire des cas nous ne trouverons rien, renchérit Douglas. Ce n'est pas si grave.

— Oh non, nous allons juste enfreindre au moins une dizaine de règles de l'école, maugréa-t-elle sombrement.

— Quoi ? Notre princesse a peur de se faire coller ? ricana-t-il. Tu m'as montré des facettes bien plus courageuses.

Priscilla le fusilla du regard, il avait décidément un don pour se rendre détestable.

— D'accord, gronda-t-elle. Préparons nos affaires et allons-y ce soir. Mais je vous suis uniquement parce que c'est notre seule piste.

***

Nul ne contrôlait les rumeurs. Il suffisait qu'un point de vue d'une seule personne soit émis pour que cela se propage tel un virus. Mais les rumeurs n'avaient pas que du mauvais.

La preuve, cela avait poussé Priscilla à se préparer pour une investigation qu'elle n'aurait jamais cru faire un jour. Elle s'habilla d'un bel ensemble sobre, mélangeant fine dentelle et cuir dur. Tout ceci accompagné d'un magnifique chapeau feutré et de lunettes rondes aux teintes rougeoyantes. Une véritable tenue de femme venant du pays de la vapeur et cela lui seyait à ravir. Satisfaite, elle donna pour consigne à ses serviteurs de ne pas être dérangée ce soir. Puis partit, prétextant un rendez-vous avec Lemy Queen. En parlant de la directrice, elle savait pertinemment que celle-ci aurait vent de son escapade tôt ou tard. Si la mission se déroulait à merveille, peut-être lui ferait-elle un peu plus confiance.

De nature optimiste, elle se sentait prête à tenter ce coup de poker. En espérant seulement que ses deux accompagnants ne la ralentiraient pas. Arrivés dans la cour extérieure, les deux Velvet l'attendaient déjà dans des tenues bien moins sophistiquées. Sallie gardait son apparence d'étudiante habituelle tandis que Douglas avait pris un ensemble de grimpeur constitué d'un short court, de baskets et d'un simple débardeur.

— J'ignorais que nous allions à un bal masqué, taquina méchamment Douglas.

— Contrairement à toi, je sais allier élégance et efficacité, répliqua-t-elle d'un ton supérieur. Maintenant, si tu veux bien m'excuser, nous avons une cité souterraine à explorer.

Elle prit les devants, comme à son habitude, et tous trois se dirigèrent vers l'ascenseur.

— Heureusement que je suis là, dit-elle une fois devant. Sans moi, cela aurait été impossible de sortir. À moins que vous ayez une autorisation spéciale. Par chance, j'ai ce privilège.

Dans un ordre précis, elle appuya sur les différents boutons et la porte s'ouvrit.

— Heureux que tu aies pu montrer ton utilité, répondit Douglas. Cela m'évite d'appliquer le plan B.

— Le plan B ? lâchèrent en même temps Priscilla et Sallie.

En guise de réponse, Douglas entra et s'installa, le sourire aux lèvres. Certainement encore une de ses entourloupes, que finalement elles préféraient éviter de connaître. Le plus important était de se concentrer sur le plan pour arriver à destination.

– Une fois au pied de la tour, nous devrons prendre une barque. Nous accosterons dans la ville de Génévia. Ensuite, ce sera simple pour entrer dans les égouts.

– Une barque ? se plaignit Sallie. Mais… Et si l'on tombait ?

– Nous n'avons pas d'autre solution, les bateaux ne fonctionnent pas la nuit tombée. Et je vous rappelle que nous ne devons pas nous faire remarquer.

La jeune fille déglutit avant de hocher la tête.

– Ne t'inquiète pas, sœurette, ricana Douglas. Si tu tombes, je te repêcherai.

Le grand frère finit sa phrase en entourant sa sœur de son bras, ne la rassurant malheureusement pas. Priscilla, quant à elle, jugea une dernière fois la pauvre Sallie. Celle-ci n'était guère taillée pour ce genre de mission. À vrai dire, il lui fallait plutôt une vie paisible dans une petite maison de campagne, entourée de plantes et de fleurs. Mais certainement pas une obligation dangereuse, voire même une existence d'étudiante d'école de magie. Elle se demandait encore et toujours ce qu'elle y cherchait d'ailleurs. Sa couleur de peau n'aidait pas et si au moins elle avait possédé le talent de son frère, elle aurait pu s'en sortir. Mais être moyen partout et nulle en pratique ne lui assurait aucun avenir ici.

Priscilla fit la moue. Il lui était difficile de juger une personne aussi gentille et réservée. Et si elle-même se montrait froide et antipathique avec elle, ce n'était que pour son bien. Cette jeune fille méritait le bonheur, mais un bonheur simple où elle ne serait en aucun cas jugée ou maltraitée. Si la mission se terminait bien, elle pourrait peut-être lui proposer des contacts pour des formations de fleuriste. En voilà un métier dans lequel elle pourrait s'épanouir. En tant que future membre du Conseil, elle devait trouver le meilleur pour ses habitants. Même ceux qui l'agaçaient au plus haut point. Voilà comment elle définissait un altruisme digne de son nom.

En attendant, pour arriver à cet objectif, il fallait retrouver Nicolaï. Ce concierge, sorti de nulle part, aux multiples secrets, serait son tremplin pour obtenir la reconnaissance de ses pairs. Elle avait bien compris qu'il composait un parfait outil à manipuler et à user avec finesse. Seulement, dans son cas, il représentait bien davantage qu'un instrument.

Chapitre 18

Si seulement nous pouvions connaître les origines de ces pierres mystiques. Elles sont forcément liées à l'extinction et au renouveau de l'humanité. La technologie, la magie, l'ère des couleurs. Elles nous influencent de la meilleure manière pour survivre. C'est un peu comme si elles cherchaient à tout prix à se faire pardonner.

En tant que personne côtoyant les hautes sphères de la Suisse, Priscilla avait déjà visité à plusieurs reprises les égouts. D'ailleurs, bien que le terme « égout » soit utilisé, elle préférait les appeler « ville souterraine ». Ce lieu était judicieusement préparé pour prévenir d'une éventuelle catastrophe ou d'une quelconque invasion. Il n'avait jamais véritablement servi jusqu'à maintenant, au point de se faire oublier avec le temps. Bien entendu, on y trouvait toujours des petits malins se proclamant explorateurs, aimant s'y balader. Le Conseil avait sévi via des amendes et même parfois des peines de prison. De nos jours, peu de personnes osaient encore s'y aventurer. Le petit groupe entra ainsi avec l'espérance de ne faire aucune rencontre dangereuse. Une fois le pied posé au sol, chacun prit le temps d'observer les alentours.

Chaque bouche d'égout était connectée à un grand couloir menant sur d'autres intersections. La question demeurait maintenant de savoir laquelle il fallait prendre. La jeune fille se plongea dans ses souvenirs, cherchant à se rappeler ses anciennes excursions, mais elle s'arrêta lorsqu'elle vit Douglas prendre la première à droite en sifflotant.

— Hé, attends ! s'écria-t-elle en le poursuivant. Tu vas où comme ça ? Je te rappelle que ces égouts sont un vrai labyrinthe.

— Je le sais, Princesse, inutile de s'inquiéter, répondit-il sur un ton amusé. Si je me souviens bien, ce chemin mène à un point au sein même du cœur de la ville souterraine.

Priscilla afficha une mine surprise.

— Comment sais-tu cela ?

Douglas haussa les épaules, avant de prendre le chemin de gauche.

— Je t'avais dit que j'étais un professionnel de l'urbex et de la randonnée. Et il n'existe pas de meilleur endroit pour s'exercer à ces activités qu'ici.

— Une minute, tu veux dire que tu es venu ici souvent ? Mais c'est complètement interdit ! Tu risques gros à te balader ici sans autorisation.

— Ha ? Et qu'est-ce que nous faisons en ce moment ?

Priscilla ouvrit la bouche, avant de la refermer sans savoir quoi dire. Douglas venait de marquer un point. Sallie, quant à elle, suivait le duo silencieusement, intimidée par ce lieu si peu familier.

— Et puis, aucune raison de s'inquiéter, insista-t-il. Personne ne vient jamais ici. C'est même plus facile que de sortir de l'école.

— Il suffit ! s'écria-t-elle. Comment se fait-il que tu n'aies pas encore été renvoyé ?

— C'est très simple. Je suis innocent, tant que personne ne m'a attrapé. Et je fais partie de ces heureux élus.

La jeune fille abandonna l'idée de chercher à le comprendre. Après tout, cette situation pouvait clairement tourner à son avantage. Ils arrivèrent sur un pont leur procurant une très large vue sur la ville souterraine. Sallie ne put s'empêcher de lâcher un « whoua » d'admiration.

— N'est-ce pas, déclara Priscilla, c'est difficile à croire qu'il existe autant de merveilles en dessous de nos pieds.

— En tout cas, continua Douglas, nous avons une très bonne vue d'ensemble ici. Si quelque chose se passe par là, on le repérera facilement.

Il termina sa phrase en prenant le temps d'observer les environs. Sallie fit de même, complètement subjuguée par le magnifique spectacle qui s'offrait à ses yeux. Que ce soit par les différents ponts suspendus servant de passerelles d'une galerie à une autre. Ou par cette ville fantôme construite de manière si minutieuse au centre de plusieurs cascades d'eau venant des sources souterraines et alimentant le lac.

— Donc, si je comprends votre plan, c'est d'espérer croiser quelque chose ici ? demanda Priscilla en croisant les bras.

— À moins que tu aies une meilleure idée, contra Douglas sans prendre la peine de se retourner. On peut aussi se séparer.

— Quelle merveilleuse solution, dit-elle à moitié sincère avant de se poser elle aussi sur la barre du parapet, stressée.

Ce paysage avait beau être magnifique et reposant, il ne fallait pas oublier qu'elle se trouvait ici dans le but d'accomplir une mission de la plus haute importance. Elle avait pris tellement de risques pour un pari qu'elle avait peu de chance de gagner ; bafouer tant de règles la plongeait dans une situation épineuse et inédite. Et maintenant, il était trop tard pour faire machine arrière. Perdue dans ses pensées négatives, elle ne ressentit, qu'au dernier moment, le toucher timide, mais réconfortant de Sallie. D'abord intriguée, Priscilla retira instinctivement son bras d'un air suspicieux. En guise de réponse, Sallie referma timidement sa main et la posa sur son cœur. *S'inquiéterait-elle pour moi ?* pensa la jeune major de promotion. *En voilà une idée saugrenue et pourtant…*

— Inutile de s'inquiéter, s'empressa-t-elle de dire. Je sais très bien gérer ce genre d'événement.

— Oh… D… D'accord, murmura Sallie en reculant. Désolée, je ne voulais pas te mettre mal à l'aise.

— Tu n'as pas à t'excuser et je ne suis pas du tout mal à l'aise. C'est juste que… euh… Bref !

— Eh bien, il semblerait que notre princesse perde son langage, se moqua Douglas.

Ce jeune garçon faisait bien trop son malin depuis qu'il les accompagnait. Il était peut-être temps de lui montrer où était sa place. De sa main droite, elle matérialisa une boule de feu de la taille de sa paume. Douglas, comprenant qu'il était allé trop loin, déglutit.

— Ohhh ! Du calme, Princesse. Désolé si je t'ai vexée.

— Alors déjà, d'un : tu vas arrêter de m'appeler princesse, gronda-t-elle. Ensuite, de deux : tes petites taquineries, tu les garderas pour tes amis. Nous ne sommes pas en classe verte, ici.

Douglas hocha la tête, gardant néanmoins son sourire gêné. La discussion aurait pu se terminer ainsi, mais ce jeune garçon étant ce qu'il était ne put s'empêcher de jouer encore avec le feu.

— Désolé, ô grande Princesse des flammes, roucoula-t-il.

La boule de feu doubla alors de volume.

— Ne…

Elle tripla de volume.

— Ne m'appelle pas…

Elle quadrupla de volume.

— PRINCESSE !

Devant les yeux effarés de son opposant, elle s'apprêta à la lancer, quand soudain Sallie les interpella.

— Je crois que j'ai vu quelque chose bouger, s'écria-t-elle les yeux rivés vers l'un des ponts en contrebas.

Priscilla s'arrêta net tandis que la boule de feu rétrécissait avant de complètement disparaître. Son attention se dirigea vers la rambarde et elle s'y pencha à son tour. Douglas, qui venait d'avoir la peur de sa vie, prit un peu plus son temps avant de les rejoindre.

— Regardez, reprit Sallie en pointant du doigt. Ça bouge.

Effectivement, une forme à quatre pattes marchait à pas feutrés. De loin, difficile de distinguer exactement ce que c'était. Peut-être une panthère de couleur gris argenté.

— Vous croyez que c'est le monstre dont parlaient les rumeurs ? demanda Douglas. Si c'est lui, je m'attendais à quelque chose de plus gros.

— Attendez, s'exclama Priscilla. Ce genre de bête, j'ai déjà entendu parler de cette couleur argentée. Ce n'est pas un animal. C'est de la magie.

— De la magie ? s'exclamèrent-ils tous les deux tandis que ladite bête levait subitement la tête.

Elle semblait les avoir repérés. Après un léger temps de silence, elle émit un cri strident mélangeant métal et bestial. Elle partit ensuite telle une flèche vers la sortie. Une réaction aussi étrange ne disait rien qui vaille.

— Nous sommes en mauvaise posture, précisa Priscilla. Si je ne me trompe pas, c'est la magie de Grey Alister, l'un des membres du Conseil.

Douglas et Sallie l'observèrent, effrayés par ce qu'ils venaient d'entendre.

— Vous croyez qu'il chercherait à nous faire du mal ? demanda naïvement Sallie.

Malheureusement, ses espoirs disparurent lorsqu'un bruit métallique retentit des deux côtés du pont. Des animaux à quatre pattes, ressemblant à des chiens, argentés.

— Il faut que l'on trouve un moyen de sortir d'ici ! s'écria la jeune fille verte.

Douglas activa sa magie. Ses mains se mirent alors à luire et s'agrandir formant d'énormes poings. Mais il était déjà trop tard. Le petit groupe fut cerné par une dizaine de ces monstres. Chacun d'eux feulait tout en s'approchant.

Priscilla entra dans une grande réflexion. *Pourquoi la magie de Grey Alister se trouverait-elle ici ?* La réponse était certainement parce qu'il cherchait quelque chose. Ce qui restait introuvable pour tout le monde, c'est-à-dire Nicolaï. *Et si ses monstres nous attaquent maintenant, c'est parce qu'il ne voudrait pas avoir de gêneurs qui le trouveraient avant lui.* Cette théorie lui parut la plus plausible et quelque part, cela la rassura, au point qu'elle arbora un léger sourire de victoire.

— Nous sommes sur la bonne piste, déclara-t-elle, tandis que ses mains se mettaient à crépiter de petits éclairs. Il nous suffit de nous en débarrasser !

D'un geste digne de la noblesse de son rang, elle tendit sa main en avant et un éclair en sortit, traversant deux des créatures et les réduisant en une flaque argentée. Le temps que celles aux alentours comprennent, elle avait lancé un second jet et touché deux autres bestioles.

— Que dites-vous de cela, nargua-t-elle tout en prenant une posture fière. Maintenant, au suivant !

Cette fois-ci, ses mains se mirent à luire d'une lueur bleu glacial. Douglas eut un léger frisson, autant impressionné qu'effrayé par la force magique que dégageait la jeune fille. Mais il n'eut pas le temps d'émettre un commentaire, deux des panthères l'attaquèrent sur deux angles différents. Heureusement, il avait toujours été en grande forme physique et ses réflexes n'étaient pas en reste. De ses deux mains, il attrapa le dos de ses adversaires et les plaqua au sol. À la base, il voulait les jeter par-dessus bord, mais il se rendit compte de leurs poids. Un seul, ce serait possible avec ses deux mains, mais deux en même temps…

Après, il n'allait pas se plaindre, il aurait pu en avoir un troisième sur le dos. Une simple pensée qui se réaliserait bien assez tôt. Un autre assaillant bondit à son niveau, toutes griffes métalliques dehors. Son choix des possibilités devenant ainsi restreint, il serra les dents et ferma les yeux, se préparant à l'impact. Plusieurs secondes passèrent sans qu'il se passe quoi que ce soit. Lorsqu'il rouvrit ses pupilles, il ne vit qu'un gros bloc de glace, avec son assaillant enfermé à l'intérieur. Priscilla l'avait sauvé. Et tous les monstres avaient disparu.

– C'est… c'est fini ? demanda-t-il.

– Rien de si surprenant, répondit-elle en passant nonchalamment la main dans ses cheveux. Quand ils ont vu qu'ils n'avaient aucune chance, les autres se sont enfuis. Cela prouve qu'ils ont un instinct de survie développé.

Elle finit sa phrase en se rapprochant de Sallie, qui au milieu de la scène, tremblait comme une feuille, mais ne semblait pas avoir subi une quelconque blessure.

– Tu vas bien ? s'enquit-elle tout de même.

Sallie lui répondit par un bref hochement de tête avant de se tourner vers son frère.

— Vous pensez vraiment que c'est de l'instinct de survie ? questionna Sallie.

— Évidemment ! Tu vois autre chose ?

— Eh bien, c'est juste une hypothèse. Mais si ces monstres-machines sont contrôlés par quelqu'un, ils sont peut-être juste partis prévenir leur maître.

Le visage des deux autres se figea.

— La frangine marque un point. Cela voudrait dire qu'on n'a pas beaucoup de temps.

— Effectivement, reconnut Priscilla comprenant par la suite que tous ses plans venaient d'être chamboulés. Bon, notre investigation fut courte, mais nous avons reçu des informations capitales qui pourront nous aider peut-être à le retrouver. Je pense que, pour l'instant, c'est le mieux que nous puissions faire. Il faut rentrer avant d'attirer encore plus l'attention. J'arriverais peut-être à convaincre Lemy Queen de chercher par ici.

Une décision avisée. Priscilla avait beau avoir une estime très haute d'elle-même, personne ne pouvait contester qu'elle possédait de réelles compétences. Ainsi, bien que Sallie adopte une grimace déçue, elle l'accepta par un bref hochement de tête. Douglas ne se fit pas prier non plus et prit la tête du cortège avec son haussement habituel des épaules.

— C'est bien dommage que ce rendez-vous soit écourté. Du coup, il suffit de remonter à la prochaine bouche d'égout que l'on croise, non ?

— C'est le plus simple, maugréa Priscilla sans pour autant relever les taquineries de celui-ci.

Ils s'arrêtèrent aussi promptement qu'ils avaient commencé. Sallie, qui traînait du pied, posa d'un seul coup un genou à terre, prise de vertiges.

— Je… Je ne me sens pas bien, se plaignit-elle tout en serrant ses bras, touchés par un étrange froid.

Douglas fut le premier à s'approcher, caressant le visage de sa sœur avec une pointe d'inquiétude.

— Whoo ! Frangine, ça va ? Tu as mal où ?

— Bon sang, laisse-la respirer, gronda Priscilla en le repoussant de sa main. C'est peut-être un cas grave causé par la magie.

— Hein ? Par la magie ? Oh ! C'est vrai qu'avec toute la glace que tu as créée, elle a pu prendre froid.

Celle-ci leva les yeux au ciel tout en soupirant.

— Cette glace, comme tu dis, t'a sauvé la vie, donc tu n'as certainement pas intérêt à me le reprocher. De toute façon, je pense que son mal vient d'ailleurs. Sallie, tu n'as pas été blessée pendant l'affrontement ?

— N… non, je ne crois pas. J'ai peut-être juste besoin de repos. Après tout ce qui s'est passé. Cela doit être le stress.

Priscilla soupira de nouveau. Ce n'était clairement pas le moment de perdre du temps.

— Tu peux marcher ? demanda-t-elle. Sinon, il faudra trouver un autre moyen de te déplacer.

— Je peux la porter, proposa Douglas.

Une proposition qui fit grimacer Sallie, mal à l'aise.

— Je… je peux marcher, s'écria-t-elle tout en se relevant avant de faire quelques pas sous le regard incrédule des deux autres.

Priscilla fut la première à reprendre la parole.

— Tu es sûre ? Tu ne veux pas un peu d'ai…

Elle ne put finir sa phrase, un énorme rugissement résonna au travers de l'une des cavités. Les trois adolescents se figèrent, les yeux ronds. Un râle qui semblait aussi puissant que lointain, mais surtout et avant tout qui faisait froid dans le dos.

— C'était quoi ça ? s'enquit Douglas qui cherchait de la tête d'où pouvait provenir ce bruit.

— Vous croyez que c'est le monstre des rumeurs ? continua Priscilla.

Devant une question pareille, un léger silence s'installa et ce fut Sallie qui le brisa.

— C'est Nicolaï ! s'exclama-t-elle avant de se mettre à courir.

Une réaction qui surprit grandement les deux autres. N'était-elle pas souffrante voilà quelques secondes ? Et comment pouvait-elle associer ce rugissement à celui de Nicolaï ? Priscilla ne comprenait rien, mais ne voulant pas être à la traîne, se mit aussi à courir derrière Douglas, déjà parti rejoindre sa sœur. Encore et toujours, elle repensait à cette famille Velvet qui avait le don de lui faire ressentir des émotions qu'elle détestait montrer en public.

Chapitre 19

Avant la création du dôme, beaucoup de personnes émigrèrent en Suisse dans l'espoir de développer leur magie.

— C'est par là ! s'écria Sallie sans prendre le temps de ralentir.

Priscilla avait du mal à suivre. La couleur verte était connue pour octroyer une meilleure endurance. Mais elle ne pensait pas que Sallie profite de cet avantage. Son frère la suivait sans problème, mais ce n'était pas le cas de la jeune fille. Tant bien que mal, elle gardait un œil sur le trajet qu'ils empruntaient. De nouveau, un fort grognement résonna. Celui-ci ne semblait guère rassurant et pourtant, Sallie ne ralentit pas sa cadence, complètement obnubilée par la pensée de retrouver Nicolaï. *Sérieusement, mais qu'est-ce qui lui passe par la tête ?* pensa Priscilla.

Au bout de quelques minutes, le petit groupe bifurqua dans une salle rectangulaire où l'eau coulait de chaque côté. Elle était assez spacieuse et éclairée au plafond par une douce lumière jaune. La jeune fille sursauta lorsqu'elle découvrit plusieurs monticules de cadavres métalliques joncher le sol. Certains avaient été démembrés. Une certaine tension assaillit le groupe.

— On… on fait quoi maintenant ? demanda Douglas.

— Oh ! Je suis contente que tu te poses enfin une question pertinente, s'insurgea Priscilla à bout de souffle. Je ne sais pas ce qui vous a pris à tous les deux, mais ce n'est pas ce qui était prévu à la base. Maintenant, nous courons peut-être un grave danger.

— Je suis sûre que c'est Nicolaï, insista lourdement Sallie tout en se rapprochant de l'autre sortie. Il a sûrement dû se défendre contre les machines.

Devant cette réponse, Douglas lui-même ne semblait pas convaincu.

— Non pas que je doute des capacités de notre concierge. Mais détruire autant de monstres sans magie, je n'en suis pas si sûr.

Priscilla était tout à fait d'accord. Ce qui avait fait cela devait être autre chose et la définition d'un monstre plus gros et plus fort semblait parfaitement concorder.

— Bon, ce n'est plus une suggestion, mais un ordre, dit-elle fermement. Rentrons avec les informations que nous avons. Rester ici est très dangereux. C'est compris ?

Douglas se tourna vers elle et hocha la tête, lui non plus pas très rassuré. Sa petite sœur au bout restait figée.

— Sallie ! insista Priscilla. Tu m'as entendue ? Nous rentrons !

Sallie ne bougeait toujours pas. Elle semblait paralysée. Priscilla, commençant vraiment à s'impatienter, se rapprocha dans l'idée de la secouer un peu. Mais vite, elle se figea à son tour lorsqu'elle vit ce que sa compagne dévisageait depuis quelques secondes. Tout d'abord, une main énorme et poilue se posa sur les parois de l'entrée. Puis, un museau allongé et garni de dents acérées. S'ensuivit un grognement extrêmement grave avertissant de la dangerosité qu'il représentait. Sallie, Douglas et Priscilla eurent le même mouvement de recul. Chacun ayant perdu l'usage de la voix. Devant eux se dressait un gigantesque loup bipède aux poils d'un bleu nuit profond. Le regard doré, il soufflait de sa gueule une masse d'air brûlante. Il mesurait plus de deux mètres bien que penché vers l'avant, comme le monstre digne des contes et légendes. Le loup-garou.

— Re... reculez ! intervint Priscilla tout en faisant apparaître une boule de feu dans chacune de ses mains.

Le monstre ne fut guère impressionné et finit par se dévoiler. Maintenant visible entièrement, il était d'autant plus intimidant. Sa concentration posée sur Sallie, il s'approchait tandis que celle-ci reculait dans un rythme quasi identique.

— J'ai faim ! articula le loup d'une voix grave et caverneuse.

La surprise fut totale. *Cette chose parle ?* Priscilla, qui s'apprêtait à lancer son sort, hésita un instant.

— On... on n'est pas à manger, tenta Sallie. Mais on peut vous en donner.

L'attention du loup se focalisa davantage sur la jeune fille, qui s'empressa de poser son sac afin de sortir la petite gamelle de repas qu'elle avait préparée. Doucement, elle tendit ses bras, en espérant que le petit assortiment de sandwichs au jambon, accompagné de légumes et d'une omelette roulée, soit à son goût. Le loup-garou s'approcha et renifla longuement. Puis, il attrapa cette offrande avant de l'engloutir en quelques secondes, léchant la gamelle jusqu'à ne laisser aucune miette. Il releva les yeux toisant le petit groupe avec envie.

— Encore ! gronda-t-il.

— Ou... oui, oui, j'ai ce qu'il faut ! renchérit Douglas qui chercha à son tour dans son sac. Une petite minute.

Il sortit un long saucisson, ainsi que plusieurs miches de pain et la moitié d'une meule de fromage. Successivement, il les envoya au loup qui les attrapa avant de finir par s'asseoir et de dévorer goulûment le tout dans le silence.

– C'est bon, dit-il entre deux bouchées. Surtout la viande. Encore !

Instinctivement, tous les regards se tournèrent vers Priscilla qui comprit tout de suite ce qu'elle avait à faire. À contrecœur, elle sortit de son sac sa propre gamelle et s'approcha du loup.

– Si je vous la donne, vous promettez de ne pas nous faire de mal ?

Le loup lui répondit par un bref grognement. Il prit la gamelle et l'ouvrit avant de renifler les plats qui lui étaient proposés. Il dévora tout et se lécha les babines.

– J'ai encore faim, mais ça suffira pour l'instant, dit-il en jetant le récipient. Je ne vous mangerai pas tout de suite.

Le groupe recula d'un pas.

– En voilà une bonne nouvelle, dit Douglas avec un sourire jaune. De toute façon, il se fait tard. Nous n'allons pas vous déranger plus longtemps. Hein, tout le monde ?

Il se retourna vers les deux filles qui acquiescèrent vivement. Le loup, toujours assis, ne répondit rien, les observant avec un mélange d'envie et de curiosité. Il les laissa partir, à leur grand étonnement. Cela ne les empêcha pas de courir le plus vite possible dans leur remontée.

– J'ai eu la peur de ma vie, se plaignit Priscilla une fois assez loin. Sallie, il faudra que tu m'expliques ce qui t'a pris.

– Je suis vraiment désolée, pleurnicha-t-elle au bord des larmes. Je pensais vraiment que c'était Nicolaï.

– Au moins, la rumeur sur le monstre des égouts est vraie, intervint Douglas. Et ce n'est pas n'importe lequel, c'est un loup-garou ! Qui aurait cru qu'ils existaient vraiment ?

— Là n'est pas la question ! coupa sèchement la major de promotion qui dut s'arrêter pour reprendre son souffle. Tant que nous sommes dans les égouts, nous sommes en danger. Nous pouvons toujours retomber sur ces monstres métalliques, ou pire ! Ce loup monstrueux peut encore nous chasser. Et je dois ajouter que je ne sais pas du tout où nous nous trouvons à l'heure actuelle. Nous avons tellement couru dans tous les sens que je n'ai pas pris le temps de prendre de point de repère. Vous comprenez ce que je veux dire ? Nous sommes perdus, complètement perdus !

Elle finit sa plainte en donnant un coup de pied dans une dalle. Sallie savait pertinemment que cette situation était de sa faute. Ne sachant que dire ou faire, elle murmura des excuses sans avoir le courage de les répéter haut et fort. Curieusement, ce fut Douglas, plus sérieux que jamais, qui dénoua la situation.

— L'important est que l'on trouve une bouche d'égout. Pour cela, il nous suffit de remonter les strates supérieures. À force de marcher, on rencontrera forcément des escaliers. Pour ce qui est des mauvaises rencontres, nous avons la meilleure utilisatrice de magie de l'Académie. Je pense que l'on peut s'en sortir.

Des paroles surprenantes venant de lui. Priscilla se surprit même à rougir devant ce compliment, renforçant son égo.

— Bien entendu, je saurai vous défendre, bafouilla-t-elle. Ta remarque reste pertinente, faisons comme cela.

Sans dire un mot de plus, elle reprit la tête du cortège et franchit le prochain couloir. Sallie, quant à elle, reçut une tape amicale de la part de son frère. Il était rare qu'elle reçoive une si belle attention. Cela ne l'empêcha pas de montrer un air gêné, parsemé d'une pointe de dégoût. Elle sécha tout de même ses larmes et partit en second. Douglas ferma la marche, surveillant de temps à autre derrière lui. Le petit groupe retomba sur les grands ponts de pierres, au-dessus de la ville souterraine. Un comité d'accueil d'une dizaine de bêtes métalliques les attendait de pied ferme. Priscilla se tint prête, préparant l'un des nombreux sorts qu'elle avait en tête.

Derrière ses adversaires, elle reconnut un personnage dangereux. Celui que tout le monde appelait le maître de la magie du métal, capable de modéliser et donner vie à ses propres créations. L'un des membres du Conseil chargé de la protection civile, Grey Alister en personne. Leur escapade non préméditée leur avait fait perdre un temps précieux. Et le pire dénouement venait de se mettre en place.

— Voyez-vous ça ? gronda le vieil homme, laissant transparaître un sourire malsain. Mademoiselle Priscilla Delacroix. C'est donc vous qui avez terrassé mes créations sous un tonnerre d'éléments. Je me disais bien que seul un utilisateur de magie confirmé pouvait arriver à cet exploit.

À ces mots, toutes ses bêtes se mirent à feuler, trahissant la colère de l'homme sous son masque serein. Priscilla le comprit, et tout en déglutissant, annula ses préparations magiques.

— Monsieur Grey, dit-elle d'une voix peu assurée. Je suis vraiment désolée d'avoir attaqué vos... créations. Mais la vérité est que nous n'avons fait que nous défendre. Ce sont elles qui ont attaqué en premier.

Ses deux compagnons appuyèrent ses dires par plusieurs hochements vifs de la tête. Grey Alister, quant à lui, émit un léger grognement.

— Il est vrai, l'ordre que je leur ai donné est d'attaquer à vue tout être vivant. Et je vous avoue que je ne m'attendais pas à tomber sur des êtres humains et encore moins à une heure aussi tardive. Je vous rappelle que l'accès aux égouts est formellement interdit. Donc ma question est la suivante. Que faites-vous ici ?

Une certaine hésitation enveloppa le groupe qui ne savait quoi répondre.

— On est là, car on a entendu une certaine rumeur sur un monstre vivant ici, tenta Douglas. Nous avons fait le pari que nous le retrouverions avec d'autres élèves. Et nous voilà.

La justification fit hausser un sourcil au membre du Conseil. Un détail semblait le déranger.

— Admettons que ce soit le cas. Des paris puérils entre élèves médiocres, cela peut s'entendre. Mais concernant le cas de mademoiselle Priscilla Delacroix, j'ai du mal à le concevoir.

Priscilla aurait pu être enchantée, mais dans le cas présent, il fallait qu'elle trouve une excuse. Encore une fois, il était possible de ne dire qu'une partie de la vérité.

— Je voulais impressionner Lemy Queen. Je voulais qu'elle me considère enfin à ma juste valeur.

— Hum... La convoitise, maugréa Grey. Je l'entends... Néanmoins, cela n'excuse en aucun cas votre escapade. Et elle doit être punie comme il se doit. Il va sans dire que vous venez avec moi pour un interrogatoire.

— Un interrogatoire ? M... mais, balbutia-t-elle. Hormis être entrés ici, nous n'avons rien à nous reprocher ! C'est à Lemy Queen de nous juger.

Grey Alister pouffa de rire tout en secouant la tête.

— Lemy Queen aura effectivement des comptes à rendre. Mais ma chère... N'oubliez pas que c'est moi, la loi. Et personne n'est au-dessus de la loi.

À ces mots, un vrombissement énorme fit sursauter l'assemblée. C'était l'aura magique de Grey qui faisait trembler les environs. Ses bêtes métalliques se tenaient prêtes à bondir au moindre de ses ordres.

— Vous avez donc le choix, avertit-il. Soit venir jusqu'à moi sans discuter, soit je vous juge comme traîtres à la nation.

Une pression énorme se posa sur les épaules de la jeune fille. Elle se doutait qu'elle n'aurait aucune chance contre un membre du Conseil et les deux autres, au vu de leurs têtes terrorisées, n'étaient pas non plus à même de résister. Cette escapade leur coûterait très cher. Avec l'influence de sa famille, elle pourrait certainement s'en sortir, mais ce ne serait pas forcément le cas des Velvet. Frustrée, elle fut la première à avancer, s'avouant vaincue.

Ce fut alors qu'un grognement rauque retentit, puis tous entendirent des bruits de pas lourds et réguliers.

— Il ne manquait plus que ça, lâcha Douglas, les nerfs à fleur de peau.

En effet, dans leur dos émergea l'énorme loup-garou qui de sa respiration forte observa le petit groupe et finit par se lécher les babines.

— Trouvés ! grogna-t-il. Alors, je mange qui en prem....

Il se tut, lorsqu'il vit au loin le vieil homme entouré de ses nombreuses machines. D'un seul coup, il huma l'air avant de gronder de colère. Grey s'assombrit tout en serrant fermement sa canne.

— C'est donc toi qui malmènes mes créations depuis plusieurs jours. Serais-tu celui que je recherche ? Serait-ce un de tes pouvoirs dus à ta couleur ? Que ce soit le cas ou non, je serais ravi de t'étudier de fond en comble.

Le loup grogna de plus belle oubliant complètement le trio d'adolescents non loin de lui et s'avança jusqu'à les dépasser sans leur accorder le moindre regard. Il joua de ses muscles, avertissant qu'il était disposé à lui montrer le respect qu'il lui devait. Pourtant, ce fut Grey qui lança les hostilités : ses créatures métalliques attaquèrent dans une coordination exemplaire. En réponse, le loup gonfla son torse en prenant une très grande inspiration ; en sortit un hurlement si puissant que tous durent boucher leurs oreilles tout en concentrant leurs efforts pour ne pas mettre le genou à terre. Une partie des bêtes attaquantes s'effacèrent dans le néant, tandis que les autres se mettaient à bouger de manière désordonnée.

Sans leur laisser le temps de s'en remettre, le monstre-lupin fonça sur ses proies à une grande vitesse. Il en attrapa une à la gorge et lui arracha la tête aussi aisément qu'un enfant l'aurait fait avec une poupée. Puis, il s'en prit à une autre en la déchiquetant de ses longs crocs avant de recracher ce mets immangeable. Un spectacle d'une violence inouïe se présentait sous les yeux apeurés des spectateurs. Le petit groupe se rendit vite compte que la créature aurait pu facilement les tuer si elle en avait eu l'envie.

– Tant qu'il ne nous regarde pas, c'est peut-être le moment de fuir, proposa Douglas.

Priscilla pensait la même chose, bien que laisser Grey Alister ne soit pas forcément la meilleure solution. Que ce soit dans un sens ou un autre, cela allait forcément avoir des répercussions que des enfants comme eux ne pourraient endosser. Elle restait donc stoïque, sans savoir ce qu'elle devait dire ou faire, observant ce combat qu'aucun mortel n'aurait pu croire contempler de sa vie. Le loup jeta de nouveau son dévolu sur le vieil homme. Celui-ci se mit à sourire tandis que ses yeux brillaient de convoitise.

– Nous sommes d'accord, tu viens d'annuler une partie de ma magie, n'est-ce pas ? J'imagine que contre un adversaire tel que toi, il faut que j'y aille sérieusement.

À ces mots, il lâcha sa canne et commença à bouger ses doigts tel un chef d'orchestre. D'autres bêtes apparurent à ses côtés. D'abord, les panthères habituelles, puis d'autres créatures prenant l'allure de chimères montreuses avec plusieurs têtes, mâchoires et parfois mandibules firent leurs entrées. Celles-ci ne semblaient pas disposées à la traque, mais bien au combat et elles le firent comprendre par un rugissement métallique qu'elles seules étaient capables de produire.

Le loup-garou, aucunement impressionné, répondit à cette provocation en hurlant à son tour. Puis, il s'avança, prêt à en découdre. Seulement, il dut s'arrêter. Plusieurs fils de fer s'étaient enroulés autour de ses pattes, l'immobilisant, et continuaient à grimper le long de son corps, bloquant ses mouvements. Il avait beau se démener de toutes ses forces, rien n'y faisait tandis que deux des chimères avançaient. Grey Alister avait repris l'avantage et consentait à en finir le plus rapidement possible.

– Échec et mat, dit-il.

Tandis que tous croyaient déjà à sa victoire, il se passa quelque chose d'inattendu. Le loup, luisant d'une énergie sombre, devint intangible, telle une ombre. Les fils ne pouvant plus le retenir, il marcha et reprit sa forme devant les yeux ébahis de son adversaire.

– De la magie ? s'écria Grey, ainsi que Priscilla.

Comme pour répondre à leurs interrogations, l'énergie forma deux clones d'ombre entièrement noirs. Ces derniers libéraient continuellement des volutes de magie, telle la fumée d'un feu crépitant. Sans ordre donné, ils s'attaquèrent chacun à une chimère tandis que le loup fonçait entre les deux, cherchant à tout prix la tête de son ennemi. Bien entendu, Grey ne se laissa pas faire et envoya tout un escadron de bêtes sur celui-ci, qui se remit encore une fois à luire. *Que prépare-t-il, cette fois ?* pensa le vieil homme, sur ses gardes.

La magie était pourtant un domaine qu'il connaissait sur le bout des doigts. Il comprit très vite que celle-ci lui était inconnue. Aussi, lorsqu'il vit le loup disparaître sous ses yeux, il resta un instant les yeux écarquillés avant de chercher où il pouvait se cacher. Malheureusement, il se rendit compte trop tard que la menace arrivait de derrière lui, plus particulièrement de son ombre. Il eut juste le temps de se retourner. Il sentit la gueule du loup déjà en train de lui broyer l'épaule. Des gerbes de sang jaillirent, marquant la fin du combat. La victoire revenait au loup-garou, qui n'acheva pas tout de suite son adversaire. Il jeta violemment l'homme sur le sol. Grey, dans un dernier tour de force, avait enveloppé une partie de son corps de métal, limitant les dégâts. Le souffle coupé et à demi conscient, grièvement blessé, il ne pouvait plus tenir ses invocations qui se désintégrèrent.

Priscilla fut heureuse d'avoir de nouveau l'usage de ses jambes.

— Nous devons partir vite, s'écria-t-elle. C'est notre seule chance de survie.

Douglas, tout à fait d'accord, était déjà prêt, mais de nouveau, Sallie fit des siennes. Prenant le chemin inverse, elle dépassa Priscilla et s'avança jusqu'au pont.

— Nicolaï ! hurla-t-elle. Nicolaï !

Un étrange silence s'installa. Le loup dressa ses oreilles et tourna sa tête vers Sallie, le museau empli de sang.

— C'est… c'est toi, n'est-ce pas ? Nicolaï…

Le loup ne répondit pas, mais afficha sur son visage un air perdu. Puis, il se tint la tête comme si elle était prise d'une vive douleur. Cela le fit grogner longuement. Priscilla en profita pour attraper, par le bras, la jeune fille. Douglas vint à la rescousse.

— Sœurette ! Tu as vraiment un problème. Il faut qu'on s'en aille, vite !

Chapitre 20

La magie peut se développer de différentes manières. La couleur beige permet de manier un grand éventail d'éléments. Mais beaucoup choisissent de se focaliser sur un seul afin de le maîtriser. Grey Alister en est un parfait exemple. En tant que mage modélisant l'élément métal, il est arrivé à développer son don au point de pouvoir donner au métal un souffle de vie.

Nicolaï... Ce nom m'est familier. Oui... Un nom que je trouvais si seyant, qui me renvoyait à ma véritable nature. J'avais passé tant de temps sous ma forme animale pour survivre à la dernière apocalypse, causée par la malaria colorès. Cela m'avait permis d'apprivoiser toutes les souffrances émotionnelles qu'un enfant, ce que j'étais alors, ne pouvait supporter. J'avais vécu en tant que loup pendant plusieurs années, aux alentours de l'agglomération de Paris, en compagnie d'autres métamorphes. S'y trouvaient des loups, des écureuils, des chats, des sangliers et bien d'autres dont je ne me souvenais plus. En revanche, je me rappelais encore la couleur bleue qui nous caractérisait tous. Notre condition nous donnait l'avantage de trouver facilement de la nourriture et de passer plus facilement inaperçus. Seulement, rester dans cet état nous avait fait perdre notre conscience humaine et nos souvenirs. Beaucoup étaient devenus de vulgaires bêtes sauvages, des proies à chasser pour les Hommes. Cette triste réalité avait tué nombre d'entre nous, et moi-même avais été à deux doigts de tomber.

Le nom de Nicolaï ravivait des souvenirs d'un livre que j'affectionnais particulièrement. Un certain voleur-gentleman capable de tourner toute situation à son avantage. Pourquoi ce nom me touchait-il autant ? Une chose était sûre : ce personnage se liait à ma condition humaine et le nouveau départ que j'avais choisi. J'avais donc opté pour Nicolaï en l'honneur de cette histoire et puis « Baskerville », car c'était de cette manière que les survivants de ma ville appelaient les métamorphes. Pourquoi raconter cette histoire ? Je vivais une situation similaire en cet instant. Ma conscience humaine se réveillait doucement, à l'appel de ce nom. *Qui suis-je ? Où suis-je ? Que faisais-je déjà ?*

Ce serait plus simple si j'ouvrais d'abord les yeux. Ainsi, ce qui traversa mon regard en premier fut la couleur bleu ciel de l'eau. Mon corps plongeant dans un océan infini. Je me sentais à la fois si bien et si fatigué, mon esprit me demandait encore de dormir, las de la souffrance et de l'angoisse du monde. Mais maintenant que j'avais entendu ce nom, crié avec tant de ferveur, je ne pouvais rester sans rien faire. Ils avaient besoin de mon aide. Ils avaient besoin de Nicolaï Baskerville. De toutes mes forces, j'ordonnai à mes muscles de bouger, les obligeant à s'éveiller. Mon regard se focalisant sur la surface, je commençai à nager dans le but de l'atteindre. Elle semblait si lointaine. Qu'importait, je devais continuer sans relâche. Je montai encore et toujours, jusqu'à ce qu'un étrange objet au loin attire mon attention. Il brillait de cette lueur bleu ciel au fond de l'eau, tel un puissant phare au milieu de l'obscurité.

— Va, enfant de Baskerville et d'Hailé Sélassié. Retourne parmi les tiens et protège les enfants de mon territoire. Mais fais attention ! Un nuage assombrira bientôt le ciel et cherchera à détruire ceux que tu aimes.

Je ne compris pas tout de suite d'où provenait cette voix cristalline, bien qu'elle me semble familière. Elle me mettait en garde d'un danger futur que je pris très au sérieux. La surface n'était plus qu'à quelques mètres ; j'avais hâte de retrouver ma véritable identité.

Il était temps pour Nicolaï de redevenir ce qu'il était.

***

La course d'endurance n'avait jamais été le fort de Priscilla. Pourtant, aujourd'hui, elle avait atteint son record. Elle courait avec les autres sans sourciller prenant les chemins aux hasards, mais en évitant méthodiquement ceux qui descendaient. De nouveau, Sallie avait fait des siennes. Mais elle n'avait ni le temps ni le courage de lui faire des remontrances. Bien trop occupée à vouloir sauver leurs vies. Il leur fallait absolument trouver une échelle menant à une bouche d'égout. Soudain, la jeune fille de couleur verte, ayant mal calculé la montée d'une marche, tomba de tout son long. À cette vision, Priscilla continua dans l'idée qu'un tel poids devait être abandonné. La raison la rattrapa vite et elle s'arrêta. Douglas avait été plus rapide, il aida sa sœur à se relever.

— Tout va bien ? demanda-t-elle.

Douglas hocha la tête, mais se figea subitement lorsqu'il vit le genou en sang de sa sœur.

— Il ne manquait plus que ça, gronda la jeune fille au bord de la crise de nerfs.

— Je vais la porter, répondit le jeune garçon.

Il montra son dos à sa sœur.

— Allez, grimpe !

Tout en psalmodiant des excuses, Sallie s'exécuta en affichant une jolie grimace de douleur. La course reprit ainsi avec un rythme plus lent tandis que des grognements retentissaient. Ils accélérèrent l'allure en dépit de l'inconfort de la jeune fille accrochée tant bien que mal au dos de son frère. Heureusement, une lueur d'espoir s'offrit à eux lorsqu'ils aperçurent une échelle dans l'un des couloirs.

— Enfin une entrée ! Sortons vite d'ici, s'écria Priscilla.

— Attends, contra Douglas visiblement essoufflé à cause du poids supplémentaire qu'il portait. Attends… Je ne pourrai pas… porter la frangine… sans une minute de pause.

Sa demande était compréhensible, mais ils n'avaient guère de temps pour la réaliser. Les grognements, maintenant parfaitement audibles, s'accompagnaient de bruits de pas inquiétants. Douglas commença à trembler de panique. Priscilla, qui avait attrapé un barreau de l'échelle, hésitait à monter. Ce fut alors que Sallie s'exprima, à leur grande surprise :

— Laissez-moi là, dit-elle. Je ne fais que vous ralentir.

Sans laisser le temps aux autres d'agir, elle délia son étreinte et se mit debout, sans soutien.

— Montez l'échelle, vite !

Priscilla commença son ascension. Elle n'arrivait pas à comprendre Sallie et ses décisions. Elle n'était pas logique et semblait encore et toujours chercher à se mettre en danger. Priscilla ne pouvait plus endosser la responsabilité de cette personne, incapable de pratiquer une magie acceptable. Douglas, idiot et impétueux, tenterait de la protéger, cela lui laisserait le temps de s'en sortir, peut-être, mais gâcherait le potentiel de son frère. À la fin de cette réflexion, elle s'arrêta alors en fermant les yeux et en soupirant.

Douglas s'était effectivement placé devant sa sœur, faisant circuler son énergie magique, prêt à se battre. Sallie, derrière, suppliait son frère de suivre Priscilla, mais celui-ci n'en avait rien à faire. La bête se découvrit alors, dans un état partagé entre colère et douleur. Elle grognait tout en se tenant la tête, le regard fixé sur Sallie.

— N… Nicolaï ? balbutia-t-elle.

— Arrête avec ça ! gronda Douglas. Et dépêche-toi de monter, maintenant !

— Non ! Je ne peux pas, j'ai trop mal. Et puis… je refuse de te laisser seul.

— Mais quelle tête de mule, je me demande où tu as pris ça, hein !

Le jeune garçon avait gardé son sens de l'humour, mais son corps ne suivait pas. Ses muscles lui criaient de se reposer. Il tint bon, cherchant à effectuer ce qu'il faisait le mieux : toiser l'adversité. Il tenta de narguer le loup, mais perdit vite la voix lorsque celui-ci fut tout près. La différence de taille et de stature était impressionnante.

— Baissez-vous ! hurla soudainement une voix derrière eux.

Un trait de foudre, sorti de nulle part, frappa le loup, qui fut projeté plusieurs mètres en arrière. Priscilla s'approcha d'eux, tout en assemblant son énergie pour un nouveau sort.

— Priscilla ? s'enquit Sallie. Mais pourquoi ?

— Tu crois vraiment que j'aurais pu vous laisser ? répondit-elle. Je n'aurais jamais pu dormir ! Mais sache que c'est entièrement ta faute. Donc, si nous nous en sortons, attends-toi à une remontrance comme tu n'en auras jamais connu.

Sallie ne put s'empêcher de sourire tout en prenant un air gêné.

Le loup se releva, visiblement très mécontent. De l'énergie sombre commença à émaner de lui.

— Je crois qu'il prépare quelque chose, dit Douglas qui recula d'un pas.

Tous se préparèrent comme ils le pouvaient. Lancer un sort prenait du temps. Seulement, le monstre se montrait à la fois plus mobile et rapide qu'eux, même en magie. Ils l'avaient vu lors du combat contre Grey Alister. Pourtant, à la grande surprise de tous, l'énergie du loup-garou s'estompa d'un seul coup ; la bête bougea son crâne en tous sens, comme prise d'intenses maux de tête. Une chance inespérée pour Priscilla, prête à profiter de cette faiblesse pour attaquer. Mais Sallie l'arrêta.

— Attends ! dit-elle, avant de se mettre à courir vers l'énorme loup.

— Mais frangine, sérieusement ! C'est quoi ton problème ? vociféra Douglas, qui n'eut pas le temps de la rattraper.

Et voilà qu'elle recommence, souffla Priscilla, surprise de la voir si agile avec son genou blessé. Si elle cherchait tant à mourir, qu'elle n'emporte pas les autres avec elle. Sallie s'approcha du loup. Ce dernier baissa la tête vers elle, grognant encore à cause de cette douleur lancinante qui l'habitait. Il ne fit pourtant aucun mouvement brusque pour l'arrêter ou l'effrayer.

— Nicolaï, tenta alors Sallie. C'est bien toi, n'est-ce pas ?

Le loup grogna ; son regard changea tandis qu'une lueur étrange se percevait sur le bout de ses poils.

— Sal… lie, articula-t-il à la surprise de tous.

Rien ne pouvait faire plus plaisir à la jeune fille qui posa ses mains sur sa bouche avant de sautiller sur place.

— J'en étais sûre ! s'écria-t-elle. Je le savais ! Oh, Nicolaï, on t'a retrouvé.

— Alors, c'est vrai, dit Douglas qui eut le courage d'approcher à son tour. C'est vraiment le concierge ?

Priscilla fut la seule à rester sur place, bouche bée. Depuis le début, c'était lui et elle avait eu tort sur toute la ligne. Elle contracta ses mains et baissa la tête, prise par une profonde frustration de ne pas avoir écouté l'instinct de Sallie. Bon sang ! Un certain soulagement l'assaillit malgré cela. De tous les scénarios, celui-ci restait l'un des meilleurs, en excluant le problème avec Grey Alister. Il était en vie ! Elle décida de profiter de l'instant présent. Ainsi, elle s'avança, timidement.

— Priscilla, articula le loup. Et… Le morveux.

— Hein ? s'exclama Douglas. C'est ainsi que vous me voyez, Monsieur le concierge ?

Un simple regard du loup lui fit baisser la tête ; les filles en sourirent.

— Si vous êtes bien Nicolaï, commença Priscilla. Qu'est-ce qui s'est passé pour que vous soyez devenu comme… ça ? Et d'ailleurs, pourquoi ?

Le loup se renfrogna. Il souffla avant de s'exclamer, un peu perdu.

— Je ne sais pas ! Je me souviens d'avoir couru, énormément. Puis, j'ai sauté et… je me noyais et…

Il posa sa main sur sa tête en grimaçant, il souffrait au point de perdre l'équilibre et de tomber lourdement sur son arrière-train.

— Doucement, doucement, s'enquit Sallie qui s'approcha pour le toucher. Je ne sais pas vraiment ce qui s'est passé, mais cela n'a pas dû être facile. On est venu te chercher pour te ramener à l'école. Beaucoup de personnes s'inquiètent de ta disparition.

— Ma disparition ? Depuis combien de temps je suis… et pourquoi je… Oh ! Je me souviens ! J'avais une mission et je devais la récupérer. Et… j'ai réussi !

— Récupérer quoi ? demanda Douglas.

Une question qui relança un pic de migraine ; le loup grogna de nouveau en posant sa tête contre le mur. Sallie, inquiète, plaça la main sur son épaule.

— As-tu le moyen de reprendre ta forme humaine ? demanda-t-elle.

À ces mots, Nicolaï se pencha sur ses mains bleues et recouvertes de poils.

— Je… je ne sais pas. Je ne sais même pas comment j'ai fait pour être ce que je suis maintenant.

Tous l'observèrent ; ils ressentaient la peur qui émanait de lui.

— C'est peut-être une nouvelle capacité de ta couleur de peau, argua Sallie. Il s'est passé quelque chose ici qui a peut-être permis de la déclencher. Ce qui est certain, c'est que ce pouvoir est en toi et que tu devrais être capable de l'utiliser.

— Oui, mais en attendant qu'il le comprenne, il faudrait savoir ce que nous faisons, nous, intervint Douglas.

Tous se regardèrent, mais personne ne semblait avoir d'idée.

— Partez devant, finit par dire le grand loup. Je ne peux pas sortir ainsi, mais je trouverai une solution. Dans le cas contraire, peut-être que Lemy Queen en aura une.

Sa voix devenait moins rauque et plus fluide.

— Ce n'est pas une mauvaise idée, répondit Priscilla. Mais je vous avoue qu'après tout ce qui s'est passé, je ne sais pas si vous laisser seul reste le meilleur choix.

Le loup-garou fixa la jeune fille d'un air perdu. Celle-ci ne put s'empêcher de baisser les yeux à son tour. Soutenir le regard d'une telle bête ne s'avérait pas facile, et ce, bien qu'elle ne perçoive que sa détresse. Il restait effrayant sous cette forme.

— Techniquement, il n'attendra que quelques heures, soutint Douglas. Le temps d'avertir la directrice.

— Oui, mais nous croira-t-elle ? dit Sallie.

— Lemy Queen ne douterait jamais de ma parole, assura Priscilla.

— Tu en es sûre ? insista Sallie. À la base, elle ne voulait pas que tu t'immisces dans cette affaire.

Priscilla ouvrit la bouche sans savoir quoi répondre, elle avait maintenant un doute affreux.

— Ne vous disputez pas, exigea le loup. J'ai une preuve de ma bonne foi.

Il se racla la gorge, puis en inspirant légèrement, fit bouger les muscles de son ventre et de sa gorge. Après un bruit peu agréable, il régurgita une pierre blanche phosphorescente. D'abord prise par le dégoût, Priscilla ouvrit grand les yeux de surprise.

— Qu'est-ce que c'est ? demanda-t-elle.

— Ce que le Conseil m'a demandé de ramener.

Priscilla grimaça. Hors de question qu'elle touche cet objet encore empli de mucus. Douglas tendit naturellement la main. Mais ce fut Sallie la plus rapide. Sans se soucier de la moiteur qui entourait la pierre, elle l'agrippa entre ses mains tout en lâchant un sourire qu'elle n'avait pas l'habitude d'afficher.

— Enfin, s'écria-t-elle alors sous le regard d'incompréhension des autres.

— Sallie ? s'exclama Priscilla. Mais qu'est-ce qui te p…

Elle ne put finir sa phrase, une étrange torpeur l'atteignit, floutant de plus sa vision. Les autres subirent le même sort, sauf Sallie, qui exécuta quelques pas avant de se retourner pour mieux les observer.

— Cela aura pris du temps, mais je l'ai enfin. Merci à tous pour ce travail.

Elle lâcha un grand sourire alors que plusieurs fleurs se mettaient à éclore aux alentours, lâchant continuellement un pollen bleuté. Priscilla comprit vite les raisons de ce sommeil soudain. Les fleurs, tout avait un rapport avec les fleurs. Douglas posa les genoux à terre, pratiquement endormi, tandis que Nicolaï plongeait déjà dans les bras de Morphée.

— Pourquoi ? Pourquoi fais-tu cela ? s'écria Priscilla avant de s'écrouler.

Le sourire cruel de Sallie fut sa dernière vision.

Chapitre 21

Tout n'est pas beau en Suisse, contrairement à ce que ce monde essaye de faire croire. Certains souffrent de cette situation d'autarcie ou de la discrimination qui existe entre les utilisateurs de magie. Les plus faibles sont souvent toisés et moqués. Les plus forts sont au sommet de la société.

Combien de temps avait-il dormi ? Nicolaï l'ignorait, tout comme ses deux comparses qui ouvrirent aussi les yeux, accompagnés d'une grimace.

— Bon sang, grogna Douglas, les mains sur le front. J'ai un mal de crâne, mais qu'est-ce qui s'est passé ?

— C'est à toi de nous le dire, répliqua Priscilla. Pourquoi ta sœur a agi ainsi ?

— Mais je n'en sais rien, moi. Je ne savais même pas qu'elle était capable de faire ce truc avec les fleurs.

Nicolaï, écoutant cette dispute d'une oreille distraite, sursauta lorsqu'il vit ses mains énormes griffues et recouvertes de poils bleus. Doucement, il tâta son corps, musculeux et recouvert de fourrure. Ce n'était pas sa forme de loup habituelle et pourtant, il se sentait complètement maître de son corps et de ses émotions. Par bribes, ses souvenirs récents revinrent. C'était Sallie qui l'avait appelé par son nom, le faisant sortir de cette étrange torpeur. Et maintenant, cette petite venait de lui prendre cette pierre capable d'annihiler la magie. Mais pourquoi ? Il huma l'air.

— Elle est sortie des égouts, dit-il à l'adresse des deux autres.

L'attention vint naturellement vers lui. Il ressentit tout d'abord le soulagement de la part de ses camarades, puis la méfiance.

— C'est bien vous, Nicolaï ? demanda Priscilla encore sceptique.

— Oui. C'est bien moi.

— Et donc, vous êtes un loup-garou ! s'exclama Douglas. Comment ça se fait ? Vous avez été mordu ou un truc du genre ? À moins que ce soit votre couleur qui…

— Je n'en sais rien, coupa-t-il sèchement. Il s'est passé beaucoup de choses dans ces égouts que je ne peux expliquer maintenant. L'heure n'est pas de tergiverser sur ce sujet, mais de retrouver Sallie au plus vite.

À ces mots, il se releva et se dirigea vers l'échelle.

— Attendez, intervint Priscilla. Vous comptez monter à l'extérieur, comme ça ? C'est vous-même qui l'avez dit, si jamais quelqu'un vous voit ainsi…

— Je sais, coupa-t-il de nouveau. Mais nous n'avons plus le choix, il faut rapidement la retrouver. Entre de mauvaises mains, cet objet est assez dangereux pour menacer la Suisse entière. Il fait encore nuit et son odeur est très présente. Cela veut dire que nous avons dormi une heure ou deux au maximum. Donc il est possible de la rattraper avec mon flair. Si cela peut te rassurer, je passerai par les toits.

— On vient avec vous, dit alors Douglas d'un ton déterminé. Je veux comprendre ce qui est arrivé à ma sœur.

— Moi aussi, renchérit Priscilla. Si vous dites que cet objet est dangereux, je me dois de prendre une part de cette responsabilité.

Nicolaï grogna. Hors de question, pour lui, de laisser des élèves sur une mission potentiellement dangereuse. Mais alors qu'il allait monter à l'échelle, une pensée évidente lui vint.

— Une minute. Qu'est-ce que vous faites ici dans les égouts en pleine nuit ?

Une question emplie de bon sens qui fit marquer une pause aux deux adolescents.

— À la base, j'étais venu profiter du meilleur rendez-vous de ma vie, révéla Douglas. Et celui-ci a fini comme étant le pire.

Une certaine incompréhension emplit l'homme-loup tandis qu'une veine palpitait sur la tempe de Priscilla.

— Nous sommes venus vous chercher, rectifia-t-elle sur un ton beaucoup moins amical. Bien entendu, cela s'est fait en dehors de la juridiction de l'école. Vous êtes pour le moment recherché et sans mon soutien et la preuve dérobée par Sallie, cela sera très difficile pour vous d'avoir un argument de défense si je ne suis pas là. Donc vous n'avez pas vraiment le choix. Je vous accompagne.

Le loup serra les dents avant de grogner.

— C'est un argumentaire convaincant, dit-il. Monte sur mon dos, sinon tu risquerais de nous ralentir. La tête brûlée, tu arriveras à tenir la cadence ?

Douglas, comprenant qu'il parlait de lui, hésita quelques secondes avant de hocher vivement la tête. Priscilla, en revanche, fut un peu plus difficile à convaincre.

— C'... C'est bien parce que nous n'avons pas le choix que j'accepte, dit-elle tout en arborant une grimace. D... donc je dois faire quoi ?

En guise de réponse, le loup lui montra son dos et se baissa. L'information fut claire et Priscilla se résigna en grimpant jusqu'à pouvoir entourer le cou du loup de ses bras. Une fois installée, Nicolaï se redressa et monta l'échelle, suivi de près par le jeune garçon de couleur verte.

Il faisait encore effectivement nuit lorsqu'il sortit son museau du trou. La ville endormie brillait grâce à la lumière bienveillante de la lune aux trois quarts visibles. Il renifla d'abord afin de bien localiser la piste, puis se dirigea vers une ruelle sombre et étroite.

— Ça va ? demanda-t-il à Priscilla. Tu tiens le coup ?

— C'est un peu gênant, mais oui ça va, répondit-elle. Mon poids ne vous dérange pas ?

— Non. Cette forme a pas mal d'avantages, j'ai l'impression.

Il fit craquer son cou, le temps que Douglas les rejoigne.

— Et moi qui ai toujours rêvé de vivre de telles sensations. Je n'imaginais pas que ce serait dans de telles circonstances.

— Tu t'en fais pour ta sœur ? s'enquit l'homme-loup. Ne t'inquiète pas, nous la retrouverons et nous aurons le fin mot de cette histoire. Mais il y a une chose que je ne comprends pas.

Il leva la tête et renifla de nouveau l'air.

— Son odeur se dirige vers le lac, reprit-il.

— Le lac ? Vous voulez dire l'école ? s'étonna le jeune garçon.

— C'est probable, oui...

Priscilla prit aussi un air interloqué.

— Je ne comprends pas, pourquoi retournerait-elle à l'école ? Mais qu'est-ce qu'elle essaye de faire ?

— Je me demande si ce n'est pas en rapport avec la pierre. Je vous expliquerai ses effets en chemin.

Aussitôt dit, aussitôt fait. Nicolaï grimpa en s'aidant de la gouttière pour se hisser avant que celle-ci ne s'ébranle sous son poids.

Douglas le suivit, démontrant ses capacités physiques, dont il se montra fier. Le grand loup sourit et commença sa course sur un rythme que le jeune garçon pouvait supporter.

***

Il faut à tout prix prévenir le Conseil. Telle était la pensée de Grey Alister qui arrivait enfin à émerger de ce brutal coma. Ce qui lui vint en premier à l'esprit fut tout d'abord sa surprise d'être encore en vie. Bien que son épaule droite soit salement amochée, il avait encore tous ses membres. Mais pourquoi ce monstre n'en avait-il pas fini avec lui ? Et surtout, que s'était-il passé pendant ce moment d'absence ? Tant bien que mal, il tenta de se relever avant de tressaillir de douleur et de retomber lourdement sur ses fesses. Avec peine, il souffla longuement, constatant son épuisement. Il n'avait pas le luxe de se reposer, le Conseil devait être averti du danger qu'il n'avait su contenir.

Ce combat, il s'en souviendrait encore et toujours. Une telle bête dotée d'un sens hors du commun, capable d'annuler la magie et d'en utiliser une jamais vue auparavant. Oh, comme il avait envie de l'étudier de fond en comble, mais pour cela fallait-il encore trouver un moyen de sortir de ce pétrin.

— Monsieur Grey ? Monsieur Grey, vous m'entendez ?

Une voix féminine et à peine adulte sortit de nulle part. Le vieil homme tourna la tête dans plusieurs directions sans pour autant trouver ce qui rompait le calme de ces lieux.

— Qui est là ? Que me voulez-vous ?

— Ha, je suis heureuse que vous soyez enfin réveillé. Je ne vous importunerai pas longtemps. À vrai dire, je suis dans une impasse qui me fait perdre un temps précieux. Mais vous avez peut-être des informations qui pourraient m'être utiles. Je compte sur votre coopération.

Grey ne répondit pas tout de suite et continua à rechercher l'origine de cette voix qui semblait pourtant si proche. Faisant encore chou blanc, il tenta une autre approche.

— Cela ne me dit pas qui vous êtes. Je suis désolé, mais j'ai du mal à discuter avec des personnes que je n'ai pas devant les yeux.

— Toutes mes excuses, il m'est impossible de vous accorder cette faveur, voyez-vous, je suis très loin et si je vous parle, ce n'est que grâce à l'aide de ma magie que j'ai soigneusement disposée sur vous et en vous.

Une veine palpita sur la tempe de Grey.

— Je vous demande pardon ?

— Regardez dans la poche de votre veste. Vous y trouverez une tulipe jaune. C'est grâce à elle que nous discutons.

Le vieil homme s'exécuta et trouva la fleur en question. La voix qui en sortit confirma les dires de son interlocutrice.

— Du coup, comme je le disais, j'ai plusieurs questions à vous poser. Tout d'abord, avez-vous une idée du fonctionnement de cette pierre qui efface la magie ? Car j'ai beau essayer, il ne se passe rien.

— C'est donc vous qui l'avez, grogna-t-il de très mauvaise humeur tout en serrant fortement la plante. Je savais que des traîtres vivaient au sein de notre pays.

— Oh ! C'est une évidence, mais vous ne répondez toujours pas à ma question.

— Allez au diable, gronda-t-il. Jamais je n'aiderai l'ennemi. Riez tant qu'il est encore temps, mais tôt ou tard je vous retrouverai et je me ferai un malin plaisir de…

Il s'interrompit, pris par un fort mal de ventre au point de lâcher une longue plainte.

— Un malin plaisir de ? répéta la voix féminine. Décidément, vous êtes tous pareils. Vous croyez que la magie vous rend invincibles, alors vous n'envisagez pas une seule seconde que votre situation soit catastrophique. Souvenez-vous de ce que je vous ai dit. J'ai disposé ma magie sur vous et en vous. Si vous ne coopérez pas, vous risquez de mourir dans d'atroces souffrances.

De nouveau, Grey Alister ressentit une pique de douleur qui l'enfonça dans une terrible angoisse. Son air calme et assuré s'envola, ne laissant que de la crainte.

— Je... Je n'en suis pas sûr, s'écria-t-il. Toutes nos recherches n'ont pas été satisfaisantes. Elle donne l'impression de fonctionner que lorsqu'elle le souhaite. Mais je n'en sais pas plus.

— Vraiment ? Voilà qui est fort regrettable. Moi qui pensais qu'un membre du Conseil serait plus utile. Tant pis, je vais devoir prendre quelques risques, mais j'ai toujours de quoi garder nettement l'avantage. Merci quand même, je ferai en sorte que votre mort soit la moins douloureuse possible.

— Hein ? Comment ça, la moins douloureuse...

Il s'interrompit, de nouveau pris par ce mal inconnu lui rongeant l'estomac. Il se plia en deux, incapable de rassembler sa force magique.

— A... Attendez ! Pitié ! Ne me tuez pas ! Je... Je reconnais mon erreur ! Je peux me rendre utile, je vous en supplie. Ha... HA !

Ce fut la dernière plainte de Grey Alister. Il tomba raide mort, affichant une expression horrifiée sur son visage. La salive coulait de ses lèvres tandis que de son ventre ensanglanté sortit une tige dotée d'un bourgeon. Celui-ci, après quelques secondes, se mit à éclore et se transforma en une magnifique fleur rouge à la dizaine de pétales. Un spectacle morbide qui annonçait la fin d'un des membres prestigieux du Conseil.

***

La traversée de toit en toit fut particulièrement tranquille. Aucun signe de vie n'apparut, et ce, bien que l'air ambiant annonce le retour de l'aube deux heures plus tard. La quiétude de la Suisse impressionnait toujours le grand loup qui posa enfin ses pattes sur le sol terreux menant au lac. Douglas, le suivant de près, inspira longuement afin d'évacuer la fatigue accumulée. Priscilla fut heureuse de pouvoir enfin descendre, se plaignant de quelques courbatures.

— Bon sang ! Voilà une expérience que je n'ai pas envie de refaire, dit-elle. Dès que nous aurons résolu ce problème, j'ai la ferme intention d'avoir une discussion avec vous et… tout ce qui va avec.

— Je me doute, gronda Nicolaï avant de humer l'air une nouvelle fois. Son odeur se dirige bien vers l'école.

— Je ne comprends toujours pas, grimaça Douglas. Vous avez bien dit que cette pierre annule la magie ?

— Oui, pour la faire courte, si j'avais disparu, c'est parce que je devais la récupérer. Mais il semblerait que je ne sois pas le seul à la vouloir. Je ne pensais pas que Sallie soit capable de faire ce qu'elle a fait. J'ai l'impression que nous ne la connaissions pas aussi bien qu'elle voulait nous le faire croire.

Douglas baissa tristement les yeux. Bien qu'il n'ait pas le fin mot de cette histoire, Nicolaï pouvait comprendre ce qu'il ressentait. Elle restait sa sœur et il pensait certainement mieux la connaître que tout le monde.

— J'ai ma petite idée, bien qu'elle me semble invraisemblable, déclara Priscilla. Mais je ne peux vous en dire plus maintenant.

— Parce que tu crois que c'est le moment de nous faire des cachotteries ? vociféra le jeune garçon de très mauvaise humeur.

— Cette information est de sécurité nationale, répliqua-t-elle sur le même ton. Je ne peux vous la dévoiler qu'en cas d'extrême nécessité.

— Oh, parce que selon toi, ce qui se passe en ce moment n'est pas d'une extrême nécessité ?

— Calmez-vous, tous les deux, gronda Nicolaï. N'importe qui peut vous entendre jusqu'à l'autre côté du lac.

Les deux élèves se turent, gênés et vexés. En reprenant la marche, ils descendirent le creux de la vallée afin d'arriver aux abords du bassin. Celui-ci, aussi calme que cette belle nuit, reflétait la lune en son centre, ce qui lui conférait un aspect des plus magiques. Mais au niveau du ponton, il manquait la barque que le petit groupe avait prise à l'aller. Heureusement, ils en virent d'autres attachées à des bittes d'amarrage. En approchant, ils constatèrent un nouveau problème. Les barques s'avéraient trop petites pour accueillir Nicolaï.

— Nous avons un gros souci, dit Priscilla. À moins que vous preniez une barque pour vous, tout seul.

— Ou autant que vous y alliez en nageant, proposa Douglas. Avec votre force actuelle, cela ne devrait pas être un problème.

Nicolaï grogna en guise de réponse. La taille actuelle de ses mains n'était pas pratique pour manipuler des objets tels que des rames. Et le fait d'avoir failli se noyer voilà peu ne l'encourageait pas non plus dans cette voie. Mais son instinct semblait lui glisser une autre solution, telle une petite voix chuchotant à ses oreilles. Était-il vraiment capable de faire cela ? Autant tenter pour en être sûr. Sans prévenir les autres, le grand loup se rapprocha de l'eau et posa délicatement son pied sur la surface. Celui-ci finit trempé, à son grand désarroi. Peut-être s'y prenait-il mal ? Ou qu'il ne faisait pas confiance en son instinct. Il soupira tout en grommelant, puis retenta l'expérience du pied sur la surface de l'eau. Les deux autres arboraient un air interloqué.

— Pouvez-vous nous expliquer ce que vous faites ? demanda Priscilla.

Nicolaï ne préférait pas répondre. Il se concentra sur sa tâche, qu'il qualifiait lui-même d'absurde dans sa tête. Son instinct moqueur et impatient prit le dessus et commanda à son corps de poursuivre.

— Ça marche !

En effet, telle une surface dure, l'eau supportait sans problème son poids. Il plaça alors son second pied afin de montrer aux autres qu'il flottait réellement. Les étudiants furent surpris.

— Bon, eh bien, cela résout notre problème, dit Douglas, satisfait. Vous pourriez même tirer la barque pour nous faire gagner du temps.

— Quoi, c'est tout ? gronda-t-il. Vous n'êtes pas plus étonnés que ça ?

— Vous vous êtes montré bien plus impressionnant dans les égouts, déclara Priscilla qui s'installait déjà dans la barque.

— Hum. Si vous le dites, mais je ne m'en souviens pas très bien.

Il prit une corde et commença à l'enrouler sur le devant de la barque.

— Vous vous en souvenez vraiment pas ?

Nicolaï grimaça tout en secouant la tête.

— C'est vrai que lorsque nous vous avons vu, vous ne sembliez clairement pas vous-même, continua Douglas qui s'installa à son tour.

À ces mots, l'instinct du loup relâcha une sorte de fierté qui allait complètement à l'encontre de son état d'esprit actuel.

— Si jamais nous réussissons à bien terminer cette histoire, nous aurons énormément de choses à nous dire.

Chapitre 22

Tu souffres, hein ? Au travers de ton sourire, de ta petite voix fluette et de ta naïveté enfantine, je vois que tu souffres intérieurement. Cela te ronge jour après jour au point de te mettre en tête des idées sombres. Tu aimerais en parler, avoir quelqu'un qui te comprend, mais la majorité te sermonnerait ou te rirait au nez. Cela provoque en toi une frustration si grande que tu as décidé d'agir pour que cela s'arrête. Mais je dois te prévenir, un renouveau n'offre pas forcément ce que l'on espère.

Depuis le début, Nicolaï avait un mauvais pressentiment qui se renforçait au fil de son avancée. Celui-ci, partagé par Priscilla, s'exprimait par son empressement d'avertir Lemy Queen. De son côté, Douglas restait perdu, n'arrivant pas à comprendre les motivations de sa sœur. Elle, si gentille et timide au point d'être facilement manipulable… Bon sang, que pouvait-elle bien lui cacher ?

Un silence pesant s'installa, trahi par un stress constant, visible à travers les tapotements frénétiques du doigt de Priscilla ou les petits soupirs à répétition de Douglas, suivi par de brusques mouvements de sa tête au moindre bruit suspect. Seul Nicolaï donnait l'air de rester parfaitement calme, adoptant la technique des bras croisés et des yeux fermés, afin de se concentrer pleinement sur ses émotions. L'ascenseur montait encore et toujours. Puis, il s'arrêta, faisant résonner sa sonnette signalant l'étage demandé. Priscilla prit les devants lorsque les portes s'ouvrirent, mais fut vite rattrapée par Nicolaï qui l'attrapa par l'épaule à l'aide de son énorme patte.

— Attends, gronda-t-il, tout en prenant le temps d'observer les lieux. J'ai l'impression que quelque chose cloche.

La jeune fille se raidit et resta immobile le temps de laisser au grand loup la possibilité de humer l'air. Il posait pour la première fois le pied à cet étage de la tour de l'horloge. Néanmoins, il restait similaire aux autres, par la présence d'un long couloir carrelé blanc et noir. Celui-ci présentait de nombreuses portes en bois identiques et éparpillées sur ses parois.

— Nous sommes bien d'accord, ce sont les appartements de Lemy Queen ?

Priscilla se tourna vers le loup.

— Oui, pourquoi ?

En guise de réponse, Nicolaï grimaça.

— L'odeur est subtile, mais je perçois la même que celle des fleurs qui nous ont endormis.

Cette nouvelle fit tressaillir les étudiants. Nicolaï essaya de les rassurer en leur tapotant une épaule.

— Qu'est-ce que nous attendons alors ? Il faut vérifier qu'elle va bien.

— Et prendre le risque de nous faire endormir de nouveau ? répliqua Douglas. Réfléchis un peu.

La jeune étudiante s'apprêtant à répliquer, s'arrêta lorsqu'elle ressentit la poigne du loup devenir plus ferme sur son épaule.

— Le morveux a raison sur ce point. Nous y rendre maintenant serait trop risqué, surtout si nous ne savons pas comment nous protéger des effets de cette fleur. Si cela peut te rassurer, je sens aussi celle de Lemy Queen et aucune trace d'odeur de sang. Je pense qu'il est possible qu'elle soit juste endormie.

Des paroles qui rassurèrent la jeune fille.

— Que faisons-nous ? demanda-t-elle, tout en se tournant vers Nicolaï qui leva les yeux en l'air pour réfléchir.

— Prenons déjà en compte nos récentes connaissances, dit-il. Pour l'avoir expérimentée, nous savons que l'influence de cette fleur s'arrête au bout d'un moment. Cela veut dire que Lemy Queen se réveillera tôt ou tard. Il semblerait qu'elle ait préparé son coup depuis un moment. Douglas, connais-tu plus en détail les capacités magiques de ta sœur ?

Douglas, d'abord surpris par cette question, haussa les épaules.

— Hormis faire pousser des plantes plus rapidement, je ne l'ai jamais vue faire autre chose. Quoiqu'on puisse noter qu'elle ne peut pas faire pousser ce qu'elle veut si elle n'a pas les graines adéquates.

— En voilà une information pertinente, sourit le grand loup. Cela veut dire que ses ressources sont techniquement limitées. Bien que je pense qu'elle peut aussi amplifier le pouvoir des plantes vu la vitesse à laquelle nous nous sommes endormis. Donc, résumons nos suppositions. À l'aide des plantes et des graines qu'elle s'est procurées d'une manière ou d'une autre, elle a pu préparer un plan pour paralyser les acteurs principaux de cette école. De plus, elle a besoin de la pierre capable d'annuler la magie. La question est donc de savoir ce qu'elle compte faire avec et pour quoi ?

Le loup se tourna vers la jeune fille qui sursauta en comprenant où il voulait en venir.

— J'imagine que je n'ai plus le choix, maugréa-t-elle sombrement. Sachez que c'est un secret d'État de la plus haute importance. Si jamais j'apprends que quelqu'un d'autre est au courant, je ne vous pardonnerai jamais ! C'est clair ?

Les deux autres croisèrent leurs regards avant de hocher la tête.

— Très bien, dit-elle en se raclant la gorge tout en rentrant de nouveau dans l'ascenseur. Il faut que nous retournions à l'école et plus précisément dans la salle des machines.

Ce fut au tour de Nicolaï d'être surpris. Il pénétra à son tour dans l'ascenseur, accompagné de son regard lupin empli de curiosité. La jeune étudiante rassembla son courage avant de s'exprimer.

— Comme vous le savez, la Suisse est protégée par un dôme magique qui est constamment alimenté en énergie grâce à la pierre bleue. C'est celui-ci qui nous protège de toute invasion.

— Hum... oui, mais quel est le rapport avec la salle des machines ? demanda Douglas de plus en plus perdu.

Priscilla soupira, hésitant avant de poursuivre.

— Tout... Absolument tout a un rapport, finit-elle par dire. Pour être maintenu, le dôme a besoin de trois pôles qui lui apportent une énergie constante. Et l'un d'eux se situe dans la salle des machines.

Tout devint ainsi clair pour Nicolaï. Bien qu'il ne puisse cacher sa surprise. Depuis le début, il gardait, sans le savoir, un objet d'une importance capitale. Pourtant, il n'avait rien vu de tel. Un pôle énergétique aurait forcément attiré son attention.

— C'est normal que vous n'ayez rien vu, dit-elle lorsqu'il partagea son incompréhension. Il est caché et scellé par magie. Seuls les membres du Conseil peuvent y accéder avec un accord et une signature magique.

— D'où le fait qu'elle ait besoin de la pierre, dit alors Nicolaï. Si grâce à cet artefact, elle peut effacer la magie, elle pourra atteindre sans problème la source. Cette théorie tient complètement la route. La situation pourrait être catastrophique pour la Suisse entière.

Ces révélations choquèrent tout le monde, notamment Douglas dont le cœur faillit s'arrêter. Sa sœur ? Faire une chose pareille ? Non ! Impossible ! Il ne pouvait y croire.

— Cela doit être une erreur, dit-il. Ou il y a quelque chose qu'on ne sait pas. Sallie... elle ne ferait pas de mal à une mouche. C'est une personne profondément gentille. Elle est peut-être sous la pression d'une personne ou d'un groupe, je ne sais pas. Mais je ne peux pas croire qu'elle chercherait à nous faire du mal.

Le jeune garçon se recroquevilla sur lui-même, faisant de la peine à ses deux autres comparses. Nicolaï se pencha alors pour lui tapoter amicalement le dos.

— Écoute, dit-il. C'est exactement ce qui nous manque, le mobile. Et nous le saurons lorsque nous serons face-à-face. Et puis, nous ne sommes encore qu'au stade de l'hypothèse. Enfin, si jamais celle-ci s'avère, il nous reste encore une dernière carte à jouer.

— Ha ? Et qu'est-ce qui vous fait dire ça ? questionna Priscilla.

Le grand loup esquissa un sourire.

— Il faudrait déjà qu'elle comprenne comment utiliser la pierre et ce n'est pas forcément une tâche facile.

Le tintement de l'ascenseur retentit et tous levèrent les yeux devant la porte qui s'ouvrait doucement. Un spectacle des plus hallucinants se dévoila à la lueur de la boule, brillant telle une pleine lune. Sa lumière éclairait les jardins extérieurs, devenus un parterre chaotique où de multiples fleurs s'épanouissaient dans une pléthore de couleurs. Des arbres et plantes de divers environnements, comme la clairière ou la forêt, se mélangeaient, donnant à l'espace un aspect aussi magnifique que lugubre. Certains bâtiments, visibles au loin, se retrouvaient couverts de lierre grimpant, s'accrochant aux fenêtres et aux toits. Enfin, le plus surprenant restait l'absence de vie humaine aux alentours, au point d'imaginer non plus une école de magie, mais des ruines mystérieuses et abandonnées. Ce changement si soudain les perturba.

— C'est… C'est Sallie qui a fait ça ? s'exclama Nicolaï abasourdi.

— Ce n'est pas possible, ajouta Douglas. Elle n'est pas censée être aussi puissante.

— Il existe forcément une explication. Pour faire un truc pareil en si peu de temps, il faudrait au moins avoir le niveau d'un membre du Conseil ! s'emporta Priscilla complètement choquée. Nous devons vite rejoindre la salle des machines.

Leur rythme fut ralenti à cause de l'herbe haute. Nicolaï, en tête de file, gardait tous ses sens en alerte, mais son odorat restait perturbé par l'ensemble des parfums floraux rendant toute localisation bien plus difficile. Heureusement, il connaissait suffisamment l'itinéraire pour s'y rendre les yeux fermés.

— Préparez-vous à toute éventualité, dit-il une fois arrivé devant la salle des machines.

Les deux hochèrent la tête, pris de nouveau par la stupéfaction. Dans leurs souvenirs, l'entrée était constituée de longues parois métalliques d'un gris argenté, menant à un grand sas de couleur bleue. Celui-ci était le premier rempart censé dissuader les élèves d'entrer. Maintenant, il ressemblait à un bosquet où la mousse et le lichen avaient tout envahi. D'énormes bulbes verts s'accrochaient de part et d'autre, relâchant continuellement des spores minuscules, mais assez nombreuses pour créer des nuages opaques. Nicolaï se couvrit le museau et s'avança vers le sas, recouvert lui aussi de lierre et de mousse. Ce dernier, ouvert, se trouvait de toute façon dans l'incapacité d'exercer sa fonction première. Tout portait à croire que Sally était effectivement ici.

— Évitez de respirer les spores, avertit le grand loup. Priscilla, si tu dois avoir recours à la magie, évite celle du feu, cela pourrait provoquer des conséquences catastrophiques.

— Cela va de soi, dit-elle sur un ton clair et affirmé.

Le loup s'engouffra en premier en silence. Si la soirée avait été emplie de surprises jusqu'à maintenant, il n'était clairement pas prêt pour la suite. Son regard se posa d'abord sur de grands bulbes luminescents, flottant dans les airs et faisant office de lanternes naturelles. Elles éclairaient timidement la salle ; les longs tuyaux de bronze et de cuivre se retrouvaient prisonniers de plantes parasites qui, de leurs racines, s'enroulaient et exerçaient une pression sur toutes les installations, marquant une victoire de la nature sur les machines. Chaque plante parasite portait en son centre une magnifique fleur blanche.

Les rouages, quant à eux, étaient solidement tenus par des lianes, les empêchant ainsi de tourner, tandis que le sol se recouvrait d'herbe et de bulbes. Le lieu était complètement méconnaissable, au point de faire regretter au concierge les bruits cacophoniques ainsi que la chaleur que dégageait habituellement cette salle. À la place, un silence froid, empli d'air humide, avait envahi l'espace. Pourtant, même dans ce territoire infesté, il restait un sentier visible qui invitait presque à l'emprunter. Sallie les attendrait-elle ? Si c'était le cas, elle n'avait aucune raison de mettre des pièges sur leur route. Croyant en cette hypothèse un peu bancale, Nicolaï poursuivit son avancée tout en gardant tous ses sens en alerte. Rapidement, ils arrivèrent non loin de la porte menant à la chambre de Nicolaï, étonnamment ménagée par la sauvagerie de la flore. Il reconnut ainsi sa porte en fer solidement fermée et qui ne dégageait aucune odeur suspecte. Les pots de fleurs offerts par Sallie s'y trouvaient toujours, tandis que de belles plantes aux pétales jaunes s'étendaient fièrement.

Des pétunias et tulipes jaunes. Cela le fit beaucoup réfléchir, mais il s'arrêta lorsque Priscilla vint à ses côtés tout en montrant de son doigt la zone du cockpit, situé au fond de la salle des machines. Celui-ci était posé sur une grande plateforme en hauteur où plusieurs manivelles ainsi qu'un énorme tuyau étaient disposés. Un lieu également épargné.

— C'est par là, dit-elle en grimpant sur la plateforme. En revanche, il faut que je me souvienne de la combinaison.

Avec une certaine hésitation, elle commença en pliant un manche, puis un autre. Ses deux autres compères croisèrent leurs regards, teintés d'incompréhension.

— Laisse-moi deviner, finit par dire Douglas. Il faut trouver la bonne combinaison et paf ! Un passage secret s'ouvre ? Et moi qui croyais que c'était juste un dispositif pour régler la pression des tuyaux.

En guise de réponse, un petit craquement se fit entendre et la plateforme du cockpit commença à descendre très doucement, prenant appui sur le gros tuyau tandis qu'un passage souterrain s'ouvrait sous celui-ci.

— Tout à fait, s'écria-t-elle d'un sourire victorieux. Maintenant, montez ! Vite !

Nicolaï resta immobile plusieurs secondes.

— Depuis tout ce temps, maugréa-t-il. J'avais « ça » juste en face de chez moi. En ouvrant ma porte, je voyais cette plateforme et ce cockpit tous les jours ! C'est à la fois stupéfiant et un peu vexant de ne pas l'avoir remarqué avant.

— Dépêchez-vous de monter, insista la jeune fille. Sinon, vous ne nous rattraperez pas.

En effet, la plateforme qui s'enfonçait dans le souterrain commençait à prendre de la vitesse. Le grand loup n'attendit pas une seconde de plus et sauta à son tour à l'intérieur, montrant aux autres un visage renfrogné.

— Lorsque nous aurons sauvé cette foutue école, rappelez-moi d'aller me plaindre à la direction. Je n'ai clairement pas signé pour ça.

Chapitre 23

Il existe donc trois centres d'énergie maintenant le dôme magique recouvrant l'ensemble du territoire suisse. Ceux-ci seraient alimentés par une pierre bleue. Une technologie de l'Empire des Sucreries. Ainsi, nous apprenons que la magie peut être nourrie par une source extérieure non vivante. Une synergie étonnante qui a conduit la Suisse à devenir le dernier bastion neutre d'Europe.

Accrochée au tuyau, la plateforme descendait dans un espace de cuivre et de vapeur, éclairé par une lumière artificielle s'étendant sur un long couloir. La température montait au même rythme que le stress de nos trois compères. Entrer en ces lieux était interdit, mais ils n'étaient plus à ce détail près. Pour Nicolaï, ce soir, cela passait ou cassait. Il restait assis, ruminant toutes les possibilités sans pour autant être satisfait de son plan. Il faudrait certainement beaucoup improviser et dieu seul savait à quel point il détestait cela. Priscilla et Douglas ne montraient guère plus d'enthousiasme, pris par ce besoin d'obtenir une réponse à tout ce qui était en train de se passer. Sallie était devenue une énigme.

— Vous savez, dit le grand loup avant que l'atmosphère devienne insoutenable, le cri des loups m'a toujours fait pleurer. Je n'ai jamais su pourquoi, mais je crois que cela a un lien avec mon passé.

Les deux étudiants se tournèrent vers lui, avec une mine d'incompréhension.

— Sérieusement, Nicolaï, rouspéta Priscilla. Vous pensez vraiment que c'est le moment de tergiverser sur votre vie ?

Un silence s'installa, entrecoupé par les grincements de la plateforme qui continuait de descendre.

— Finalement oui, c'est peut-être le meilleur moment, reprit-elle en s'asseyant. Donc, votre passé ?

Douglas plissa d'abord les yeux, mais finit par s'asseoir lui aussi. Ce geste fit grogner de satisfaction Nicolaï qui reprit.

— Je n'ai pas beaucoup de souvenirs de mon passé. Je ne suis même pas sûr de mon âge ou de mon vrai prénom. Tout cela, je l'ai construit dans ma jeunesse, dans les forces de la résistance française. Cela fait bien une vingtaine d'années.

— La résistance française ? s'étonna Priscilla.

— Une vingtaine d'années ? rajouta Douglas.

Nicolaï pouffa de rire.

— Oui, je suis plus vieux que j'en ai l'air. Ma couleur et mon don de métamorphose doivent y être pour quelque chose. Eh oui, j'ai été recueilli par la résistance française lors de l'expansion de l'Empire des Sucreries. J'étais un espion et un saboteur. À cette époque, les personnes détenant le don de métamorphose étaient beaucoup plus nombreuses et nous formions un escadron spécial. Nous nous appelions les enfants de Baskerville.

Les deux adolescents restèrent bouche bée, oubliant le stress qui les rongeait. Le grand loup avait réussi son coup.

— Depuis… reprit-il d'un ton plus grave. Il s'est passé tellement de choses. La plupart de mes alliés ont péri soit au combat soit exécutés. J'ai échappé à une mort certaine en collaborant avec l'Impératrice, devenant l'un de ses précieux chiens de garde. J'ai pu même me faire une place dans son unité de force spéciale. Et je vous passe les péripéties, mais je suis maintenant considéré comme un traître à abattre à tout prix par les deux plus grands Empires. Tout ça pour avoir chapardé une petite babiole. Et c'est justement ce que nous allons récupérer.

La plateforme s'arrêta, signalant qu'ils étaient arrivés à bon port. La tension remonta d'un cran tandis que chacun se levait pour admirer l'énorme pièce recouverte de cuivre et de rouages tournant au rythme constant d'une horloge bien réglée. D'innombrables tuyaux arpentaient le sol, le plafond et les murs, relâchant parfois de petits filets de vapeur. Ils cheminaient jusqu'à une énorme porte en métal, image même de l'entrée d'une salle aux trésors. Si le lieu donnait toutes les raisons valables de s'y attarder, leur attention se focalisa sur la silhouette qui les attendait avec un sourire innocent.

— Sallie ! s'écria Douglas en premier.

Il entreprit de s'approcher sans prendre en compte les protestations de Nicolaï et Priscilla.

— Oh ! Grand frère, dit-elle une fois qu'il fut assez près. Je suis vraiment heureuse que vous ayez pu arriver jusqu'ici. Cette pierre me donne beaucoup plus de fil à retordre que j'aurais cru.

Douglas resta interloqué devant le petit visage souriant de celle qu'il croyait encore connaître. Ses petites joues potelées et sa couleur vert clair faisaient penser à une juteuse petite pomme qui ne demandait qu'à être croquée. Son regard innocent derrière ses grosses lunettes rondes ne semblait pas pouvoir cacher un quelconque vice. Pourtant, lorsqu'elle sortit de sa poche la petite pierre blanche, tous ses espoirs se brisèrent. Nicolaï et Priscilla arrivèrent au niveau du jeune garçon, se tenant prêts pour la suite. Celui-ci afficha un regard désespéré.

— Sallie ! Je ne comprends pas. Pourquoi tu fais tout ça ? Quelqu'un te menace ? Ou il s'est passé quelque chose avec ta magie ?

Des questions qui firent rouler les yeux de la jeune fille avant qu'elle lâche un long rire jaune.

— Ha là, là, Douglas. Cela doit t'être inconcevable de croire que ta pauvre et innocente petite sœur puisse intentionnellement faire du mal à quelqu'un. De toute façon, elle est si faible, elle ne pourra jamais se défendre toute seule. Heureusement que tu es là pour la défendre, à condition qu'elle fasse tes devoirs et qu'elle puisse te rendre quelques services.

Elle finit son monologue tout en prenant un air hautain. Puis, elle se tourna vers Priscilla et cette fois-ci, son visage montra du dégoût.

— Et voici la major de notre promotion, ou plutôt la personne la plus insupportable que j'ai dû côtoyer. Alors, impressionnée par mes performances magiques ? L'idée de me renvoyer est toujours de mise ? Après tout, j'imagine que cela doit t'être inconcevable qu'une élève telle que moi soit en vérité plus puissante que toi.

Priscilla, complètement subjuguée par ce qu'elle venait d'entendre, prit quelques secondes avant de tout intégrer. Comment osait-elle la rabaisser alors que tout ce qu'elle avait fait était pour son bien ? Bien sûr, elle ne l'aurait pas compris dans son état actuel, mais Priscilla avait la certitude que, plus tard, Sallie l'aurait remerciée. Au lieu de cela, cette dernière se montrait aussi ingrate que prétentieuse. Parfait ! Voilà le genre de personne qu'elle adorait remettre à sa place.

— Nicolaï ! s'écria Priscilla. Nous devons la capturer et l'interroger. Il en va de la sécurité de la nation.

Nicolaï aurait préféré discuter plutôt que de passer directement à la violence. Mais dans cette école, il avait bien saisi que les élèves les plus brillants possédaient également un égo démesuré. Raisonner la jeune fille tempétueuse ne servait à rien. Néanmoins, il savait comment rebondir suite à la situation installée par Sallie. Cette dernière cherchait délibérément à provoquer Priscilla. De ce fait, l'esprit chaotique du grand loup reprenait le dessus. Il avait un plan, certes complètement bancal, mais à tenter.

— Tu penses pouvoir gérer seule ? dit-il alors, dans le but de titiller un peu plus l'orgueil de sa petite protégée.

— Cela va de soi, ne manqua pas de dire Priscilla. Ce sera réglé en moins de temps qu'il n'en faut pour le dire.

De la foudre commença alors à luire dans chacune des paumes de sa main. Étrangement, Sallie ne semblait guère impressionnée. Au contraire, elle arborait un sourire de défi. De ses mains émanait aussi une énergie de couleur verte. Priscilla fut la première à lancer les hostilités et frappa son adversaire d'une décharge électrique rapide et puissante. Son attaque manqua sa cible, redirigée par une plante qui venait de pousser devant Sallie. D'un bleu violacé, elle étendait ses feuilles grasses blanchies par la foudre.

— Marrube violacé, se pavana Sallie. Plus connue sous le nom de plante ayant vaincu la foudre. Elle a le pouvoir d'attirer et de se nourrir d'électricité. J'espère que tu as d'autres tours dans ton sac, Madame la major de promo.

Comment a-t-elle fait pour faire pousser cette plante aussi vite ? pensa le loup. La réponse vint après quelques secondes supplémentaires d'observation. Une tige longue et flexible se terminait dans le corps de la jeune fille, plus précisément dans son dos. Elle jouait donc personnellement le rôle de la terre mère. D'autres tiges plus épaisses commençaient d'ailleurs à pousser. Priscilla, aveuglée par la colère, préparait son prochain sort. Plusieurs boules de feu apparurent, tournant autour d'elle, avant de foncer une par une sur leur cible. Mais de nouveau, son attaque fut facilement écartée par une nouvelle plante de couleur rouge, qui s'agrandit au point de former un bouclier naturel.

— Voici une variété d'agave plus connue sous le nom d'aloès rouge, particulièrement résistante au feu. Hi, hi, ma chère Priscilla, tes attaques sont si prévisibles !

— Ha oui ? Que penses-tu alors de ça ?

Elle joignit ses mains, concentrant une forte quantité de magie. Sortit alors, sans prévenir, des pieds de Sallie, une énorme colonne de flamme qui l'engloba complètement, lui laissant juste le temps d'émettre un petit cri de surprise et de supplication.

— Priscilla ! hurla Douglas choqué. Arrête ! Tu vas la tuer !

Nicolaï lui lança un regard qui signifiait qu'elle allait trop loin. Mais la jeune fille restait concentrée sur sa cible. Le rideau de flammes n'avait duré que quelques secondes, laissant Sallie avec de profondes marques de brûlure sur tout le corps. Son visage, devenu partiellement noir, était méconnaissable. Pourtant, ce ne fut pas des plaintes ou de la médisance qui sortirent de sa bouche, mais un rire franc teinté de folie.

— Ha, ha, ha ! Je le savais ! Vous êtes tous les mêmes ! Ceux qui maîtrisent la magie sont prêts à tuer pour montrer qu'ils sont les plus forts ! Votre hiérarchie et votre suffisance me font vomir ! Vous, tous autant que vous êtes, méritez de disparaître !

À ces mots, elle reprit ses couleurs habituelles tandis que ses plaies se refermaient naturellement. Douglas, pourtant fier de sa régénération, resta pantois devant celle de Sallie, d'un tout autre niveau. Très vite, celle-ci, ainsi que ses plantes, apparurent de nouveau comme neuves.

— Toute ma vie, j'ai été harcelée et traitée comme une moins que rien parce que ma magie n'était pas suffisamment développée. Cette société qui se veut si parfaite se pavane de sa puissance. Mais bientôt, ce ne sera plus le cas ! Et pour cela…

Elle serra les poings, faisant grandir les lianes. Ces dernières se démultiplièrent et s'enroulèrent à une grande vitesse autour des corps de Priscilla et de Douglas. Les deux, surpris, se débattirent en vain avant de se retrouver ficelés de la tête aux pieds. Nicolaï eut le temps de se dégager ; il recula de plusieurs foulées.

— Et pour cela, j'ai besoin de toi, Nicolaï Baskerville.

Comment rester de marbre devant une telle puissance ? Nicolaï n'arrivait pas à la comprendre. Et le pire dans tout cela : il n'avait pas les informations nécessaires pour répliquer efficacement. La force de Sallie paraissait clairement au-delà de ses pronostics.

— Attends ! dit-il alors. Il est inutile de se battre. Tu veux savoir comment la pierre fonctionne, c'est ça ? Je peux t'aider.

Le regard de Sallie changea, elle se montrait intriguée par la proposition de Nicolaï.

— Je ne sais pas si je dois te faire confiance. On m'a prévenue que tu étais quelqu'un qui pouvait trahir pour survivre. Mais j'ai plus l'impression que tu essayes de gagner du temps.

Prévenu ? pensa Nicolaï. Cela voudrait dire qu'elle n'agissait pas seule et que lesdites autres personnes le connaissaient d'une certaine manière.

— Entre nous, Sallie, si je trouve une opportunité qui me permettrait un meilleur avenir, je la choisirai avec plaisir. Et je suis certain que, là-dessus, nous pouvons négocier.

Il avança, les mains levées et la tête légèrement baissée, pour souligner sa soumission et bonne foi. Priscilla et Douglas ne pouvant plus bouger le fusillaient du même regard colérique. Sallie, en revanche, le fixait avec intérêt.

— Très bien, je t'écoute, dit-elle les sourcils relevés.

— Tout d'abord, j'aimerais comprendre : pourquoi as-tu pris la décision de trahir la Suisse ? Et surtout, pourquoi ?

Une question qui la fit sourire.

— Tu n'as toujours pas compris ? C'est simple, si tu réfléchis un peu. Tu l'as subie toi aussi, cette discrimination, ces insultes faites aux non-utilisateurs de magie. Te rappelles-tu le respect que mon frère a eu à ton égard ? Tu étais pourtant une figure d'autorité. En fait, je vais te dire ce que tu représentais pour tout le monde. Au mieux, un sujet d'étude pouvant servir d'outil de temps à autre et au pire, un déchet que l'on peut malmener à sa guise et qui est facilement remplaçable.

Elle se tourna vers Douglas qui baissa les yeux, honteux, mais pas Priscilla, qui tenta de baragouiner quelque chose ; l'étreinte des lianes autour de son cou l'empêchait de respirer. Nicolaï resta muet, adoptant une mine grave.

— Et ce que tu as vécu, je l'ai vécu toute ma vie ! Ma famille me comparait toujours à mon frère, meilleur en tout ! Le harcèlement, les brimades, les bousculades ! Je n'ai jamais eu d'amis, car personne ne voulait côtoyer une fille aussi faible ! J'ai toujours été ignorée ou prise de haut. On m'a toujours répété que jamais je n'irai loin dans ce monde. Mais maintenant, j'ai la puissance nécessaire pour pouvoir me venger. Ce monde mérite de disparaître. Nicolaï, je suis certaine que toi, tu peux me comprendre.

Un énorme doute emplit les pensées du grand loup, car oui, effectivement, il la comprenait. Depuis le début, il s'était attaché à croire qu'une fois la mission terminée, il serait accepté pour enfin avoir une vie normale. Mais serait-ce vraiment le cas dans un monde aussi discriminant ? Voilà ce qui constituait son énorme doute. Néanmoins, cela justifiait-il pour autant de suivre ce plan et ainsi de détruire le champ de force ? Minute... Pourquoi ?

— Pourquoi détruire le champ de force ? s'écria-t-il. C'est uniquement une panique générale que tu veux ? Je pense que les dirigeants trouveront rapidement une solution. Cela m'étonnerait que les deux autres Empires aient le temps d'attaquer.

Les yeux de Sallie s'illuminèrent tandis qu'elle affichait un sourire malsain qui ne correspondait pas du tout à sa jolie petite tête habituelle. Une fleur poussa dans la paume de sa main. Une tulipe jaune qu'il avait vue un bon nombre de fois. Une douce voix sortit de celle-ci. Une voix désagréable que Nicolaï reconnut, dans un énorme frisson de déplaisir.

— Enfin, j'ai la possibilité de te reparler, Nicolaï Baskerville.

Par instinct, le loup recula d'un pas, les dents proéminentes et les oreilles couchées.

— Qu... quoi ? balbutia-t-il, tu travailles avec... tu obéis à...

— C'est exact, répondit la voix féminine, calmement. Je ne peux t'avoir sous mes yeux, malheureusement, néanmoins j'attends de toi de la politesse. Après tout le désagrément que tu m'as imposé, c'est la moindre des choses. Je ne te le demanderais qu'une fois, incline-toi comme il se doit.

Nicolaï déglutit, complètement dépassé par la situation, tandis que les deux autres prisonniers l'observaient sans comprendre. À contrecœur, il finit par mettre les deux genoux au sol et pencha la tête.

— Mes... mes respects, ô grande conquérante et dirigeante de l'Empire des Sucreries.

Malgré le manque d'oxygène, Priscilla émit un cri de stupeur tandis que Douglas agrandissait ses yeux au bord des larmes.

— Sallie ! suffoqua-t-il en tentant de se libérer.

Celle-ci était aux anges et ne manqua pas de leur montrer son expression de victoire.

— Il s'est bien incliné, ma reine, jubila-t-elle.

— Bien, reprit la voix d'un ton satisfait. Je suis contente de remarquer de nouveau un peu d'obéissance de ta part. Il faut dire que tu as été une belle épine à mon pied pendant un certain temps. Cela m'a profondément peinée, j'avais toute confiance en toi. Tu aurais pu vivre dans mon Empire, mais tu as choisi de me trahir. Au début, je me demandais pourquoi alors que j'avais été clémente à ton égard. Puis j'ai compris… Les missions que je te donnais étaient particulièrement difficiles, et tu voulais juste survivre. Oh, pauvre petite chose… J'aurais dû m'en rendre compte bien avant. Tout cela est de ma faute et je m'en excuse.

Nicolaï releva la tête, avec une expression mélangeant surprise et méfiance. Dans toutes les situations passées et imaginables, il ne l'avait jamais entendue s'excuser.

— Voilà donc ce que je te propose, Nicolaï. Aide ma petite protégée à utiliser la pierre et je te promets de fermer les yeux sur ton escapade. J'irais même plus loin, je t'offre un lieu reculé de mon Empire, où tu pourras vivre en toute quiétude. Personne ne viendra plus te solliciter pour une quelconque raison. C'est ce que tu cherches, non ?

Une proposition difficilement refusable. Mais ce serait lui faire confiance et de nouveau trahir une faction. Avait-il vraiment le choix ? L'Impératrice des Sucreries était certainement la personne qu'il craignait le plus. Que ce soit par son charisme ou par les capacités que lui procurait sa couleur rose. Il se souvenait encore comment elle avait tué, avec cruauté, des résistants par un simple contact. En faisant des recherches sur elle, il avait compris que si elle portait le nom de Reine des Sucreries, ce n'était pas pour rendre hommage à ce goût prononcé des pâtisseries de son royaume, mais pour sa capacité à altérer le sucre sous différentes formes au point de pouvoir créer ou détruire cette molécule. Avec ce don, elle engendrait la vie comme elle la retirait. Si un jour elle devait apprendre la magie, elle serait tout bonnement imbattable.

Et dire que depuis le début, elle avait déjà une espionne au sein de la Suisse et que celle-ci était la dernière à laquelle quiconque aurait pu penser. Mais comment avait-elle réussi ? Une question dont il n'aurait probablement jamais la réponse. Et en parlant de réponse, il lui fallait en donner une, car tous l'observaient avec un degré de patience très différent.

— Il ne répond pas, ma reine. Peut-être que si je tuais les deux autres, ça le pousserait à…

— Attends, coupa vivement Nicolaï tandis qu'il voyait les lianes se resserrer davantage, faisant suffoquer les deux élèves. Il est inutile d'arriver à cette extrémité. Je ne veux plus voir de gens mourir, mais je veux aussi survivre. Si je coopère, vous tiendrez votre promesse ?

De nouveau, un silence s'installa, mais celui-ci fut interrompu par la voix de l'Impératrice.

— Je te donne ma parole. Tout ce que tu as à faire, c'est d'activer cette pierre afin de détruire ce champ de force et ouvrir cette porte. Je m'occuperai ensuite d'annexer la Suisse.

Nicolaï ferma les yeux, signe qu'il s'avouait vaincu. Il s'avança vers Sallie. En termes de force, il avait clairement l'avantage, mais il savait à peine utiliser sa nouvelle magie. Il lui semblait donc inutile d'engager un combat perdu d'avance contre cette espionne, soutenue par l'Impératrice des Sucreries en personne. Son instinct n'était pourtant pas de cet avis et celui-ci commençait à exprimer son mécontentement.

Nicolaï l'ignora, se répétant sans cesse qu'il n'avait pas d'autres alternatives. Il ne pouvait que se soumettre. Arrivé au niveau de Sallie, qui l'observait sans aucune once de peur, il récupéra la pierre, se souvenant qu'elle ne réagissait qu'en présence d'une émotion forte. Alors qu'il allait commencer le processus, une migraine emplit son être. Son instinct n'allait pas laisser les choses se dérouler ainsi.

Chapitre 24

Que connais-tu de Baskerville et d'Hailé Sélassié ? Que connais-tu des pierres bleues ou de celle qui offrit le don de magie ? Que connais-tu de ce monde en vérité ? Rien... Absolument rien... Mais ne t'inquiète pas, personne ne peut se vanter de connaître tous ces secrets.

Cette sensation si désagréable et familière. Nicolaï l'avait déjà ressentie. C'était comme plonger dans de l'eau et couler encore et toujours, le regard à demi conscient, observant la surface s'éloigner pas à pas. La lumière d'une nuit apaisante qui disparaissait au profit d'un noir total, où n'existait plus que son corps s'éclairant d'une très faible lueur. Nicolaï, dans un élan de lucidité, tendit la main vers le haut pour appeler à l'aide. Sa main était redevenue humaine et ce fut de même pour son corps. Son expression de surprise se mêla aux bulles d'air qu'il recracha, tandis que son pied touchait le fond. Il ne ressentait aucunement la gêne du manque d'air ou même de la sensation de l'eau autour de lui. Naturellement, il tenta de se repérer. Il crut être observé.

— Il y a quelqu'un ? tenta-t-il, surpris de pouvoir de nouveau parler et d'être entendu.

Après quelques secondes de silence, ce qui lui répondit pouvait se comparer à un grognement bestial et caverneux. Naturellement, Nicolaï sursauta et essaya de scruter les environs ténébreux. Il s'arrêta pourtant un moment, lorsqu'il entendit dans une direction précise de lourds bruits de pas. Le jeune garçon recula instinctivement devant la silhouette qui se découvrit lorsqu'elle fut assez proche. Il la reconnut tout de suite. Cette forme bipède de loup, recouverte de poils bleu sombre à la carrure imposante, aux crocs acérés et au regard doré, le jugeant d'une manière aussi sévère que pédante. C'était lui-même, en loup, il en était sûr. Mais comment ?

– Pitoyable, dit alors le loup-garou. La mère de la magie t'a donné un cadeau inestimable et tu ne sais même pas l'utiliser comme il se doit. Tu es la honte de nos ancêtres. Redonne-moi le contrôle et je réglerai notre situation actuelle.

– T… Te redonner le contrôle ? répéta Nicolaï sans véritablement comprendre. De quoi est-ce que tu parles ? Qui es-tu ?

L'énorme bête grogna de mécontentement avant de lâcher un gigantesque soupir.

– Ne fais pas l'ignorant, dit-il tout en commençant à tourner autour de lui. Tu le sais, mais tu refuses de l'admettre. Enfin… si tu veux tant jouer à ce jeu, laisse-moi éclairer ta lanterne. Je suis ce qui est au plus profond de toi. Ta passion, tes désirs, ton instinct. Toutes ces choses que tu passes ton temps à réprimer.

Maintenant dans son dos, la bête posa les mains sur ses épaules et glissa langoureusement à ses oreilles :

– Je suis toi, mais le véritable. Celui que tu aurais dû être depuis le début.

Vivement, Nicolaï se dégagea et fit face à son opposant. Celui-ci l'observait avec un grand sourire, mais il s'effaça vite. La bête reprit son masque hautain.

— Donc, laisse-moi ta place et je réglerai cela très vite.

— N… non, j'ai déjà pris ma décision, rétorqua Nicolaï.

Cela énerva son interlocuteur.

— C'est pour cette raison que tu es pitoyable ! Tu as toujours été un lâche préférant survivre plutôt que d'assouvir ses désirs. La mère de la magie n'acceptera pas que tu reviennes sur ta promesse. Et moi, je refuse de disparaître.

Il s'avança alors d'un pas menaçant, faisant reculer Nicolaï jusqu'à une ombre gigantesque qui s'était matérialisée derrière lui sans un bruit. Celle-ci l'agrippa avec force, laissant au loup-garou le temps d'atteindre son visage.

— Alors, je prendrai le contrôle sans ton accord.

***

La pierre émit une douce lumière, signe que Nicolaï avait réussi à l'activer, au grand bonheur de Sallie qui afficha un sourire enchanteur.

— Nous y sommes, ma reine. Le champ de force est en train de disparaître !

En effet, la porte qui leur faisait face s'évaporait en une multitude d'éclats de lumière. Ils découvrirent une plus grande salle circulaire, semblable à un immense laboratoire. En son centre se trouvait une pierre bleue d'une taille démentielle, prisonnière d'une cuve remplie d'eau, certainement alimentée par le lac. La cuve était connectée à de nombreux tuyaux, qui façonnaient et aidaient la vapeur à circuler dans l'ensemble du complexe et des autres pièces. Tous avaient les yeux rivés sur cet immense artefact. Tous, sauf Nicolaï qui observait Sallie d'un regard qui n'était plus le sien.

— Bravo, Sallie, félicita l'Impératrice. Je suis si fière de toi. Nous pourrons enfin être réunies. Et comme promis, j'exaucerai le moindre de tes vœux.

Une joie intense se dessina sur le visage de Sallie.

— Oui, enfin ! Enf… aaaarg !

Elle ne put finir sa phrase. L'énorme loup venait de l'acculer contre la paroi, sa poigne sur son cou et son autre maintenant la pierre collée sur sa poitrine. Instantanément, les plantes tombèrent inanimées, donnant à Douglas et Priscilla l'opportunité de s'en délier. Ils pouvaient entendre la voix de l'Impératrice, questionnant ce qui était en train de se passer.

— Tu vois que c'est facile lorsque nous y mettons du nôtre, gronda le loup-garou.

Il la souleva, appuyant sur la carotide de la jeune fille. Les plaintes engendrées sonnaient à son oreille telle une douce musique. Il s'en lécha même les babines.

— Nicolaï ! hurla Douglas qui courut jusqu'à lui. Arrêtez ! Ne la tuez pas, je vous en prie, c'est ma s…

Le loup-garou ne lui laissa pas le temps de s'exprimer et le projeta au loin d'un mouvement brusque, malmenant un peu plus la pauvre Sallie. Le jeune garçon, emporté par cette force herculéenne, glissa sur plusieurs mètres, un peu secoué, mais en un seul morceau. Priscilla le rejoignit et l'aida à se relever.

— Tu vas bien ? demanda-t-elle.

— Oui, mais on s'en fiche de mon état. Il faut faire quelque chose, il va la tuer !

— Je sais. Mais je doute que nous puissions le raisonner. C'est comme quand il se battait contre Grey Alister. Nous n'avons pas le choix, il faut y aller par la force. Tiens-toi prêt à improviser !

— Hein ? Comment ça, improviser ?

En guise de réponse, les mains de la jeune fille se mirent à briller et une rafale d'éclairs en sortit. La cible était Nicolaï, mais le sort entra en collision avec un mur invisible et se délita avant d'atteindre le loup-garou. D'abord surprise, Priscilla comprit que la pierre agissait. Il fallait trouver autre chose.

– Priscilla ! s'écria Douglas en montrant du doigt le tuyau de vapeur incrusté non loin du mur où se trouvaient le loup et Sallie.

Cela vaut le coup d'essayer, pensa la jeune fille en visant cette fois-ci ledit tuyau à l'aide d'un énorme épieu de glace, qui transperça celui-ci. Cela fut efficace, un immense jet de vapeur brûlante toucha le loup en pleine face, l'obligeant à lâcher Sallie et la pierre afin de couvrir son visage tout en s'éloignant. Douglas comprit ce qu'il avait à faire ; il fonça récupérer la pierre après un roulé-boulé particulièrement réussi. Sallie, la gorge en mauvais état, tentait de respirer. Si jamais elle perdait conscience, ce serait la fin et elle ne pourrait plus se régénérer.

Pendant ce temps, Nicolaï, pris d'une colère noire, gronda avant de fixer d'un regard haineux chacun d'entre eux. Sortirent alors de son dos deux de ses ombres massives aux yeux écarlates. Chacune d'elles savait ce qu'elle avait à faire et choisit une cible. L'original se tourna vers Sallie, pour terminer ce qu'il avait commencé.

Sauf qu'il avait oublié un élément important. La pierre n'était plus entre ses mains, mais dans celles de Douglas. L'une des ombres, qui faisait maintenant face à l'adolescent, disparut sans laisser de traces. Profitant de cette opportunité et comprenant le pouvoir qu'il avait entre les mains, Douglas partit rejoindre Priscilla qui tentait de résister à son propre problème par une pluie de sorts élémentaires. L'ombre esquivait avec une agilité et une réactivité déconcertantes, si bien qu'elle se retrouva en mauvaise posture, le bras agrippé par le monstre ténébreux, avide de le broyer sous sa poigne. Heureusement, le jeune garçon fut assez rapide et fit disparaître l'ombre en pointant la pierre devant lui.

Après une vérification de leurs états, ils constatèrent qu'ils se retrouvaient à nouveau au point de départ. Nicolaï avait attrapé par le col son ennemie tout en l'observant avec une certaine satisfaction malsaine.

— Ainsi, tu as choisi ton camp, Nicolaï, dit la voix sortant de la fleur. Tu me déçois beaucoup.

À cette réponse, le loup-garou émit un léger rire.

— Désolé, mais Nicolaï n'est pas disponible pour le moment. Je lui laisserai un message, promis !

Il tendit alors ses bras, prêt à plonger la main dans le corps de sa victime, mais s'arrêta à quelques millimètres, comme pris par une force invisible.

Non.

— Grrrr, pourquoi tu me résistes ? Laisse-moi la tuer !

Non !

— Tu le désires, Nicolaï ! N'essaye pas de lutter. Tu aimes être ici. Que les autres meurent ou pas, les hauts placés n'en sauront rien ! Ils se sont servis de toi, ils méritent tous de mourir ! Laisse-moi te guider !

NON !

Une bataille des plus féroces se déroulait dans son for intérieur. Ses doigts tremblaient. Ce court laps de temps le rendit vulnérable au point de laisser Sallie s'en remettre à une décision radicale, répondant à une demande donnée par l'Impératrice.

— Mon enfant… pour le bien de l'Empire et ta vengeance, es-tu prête à tout ?

— Bien sûr, ma reine, répondit-elle.

À ces mots, le corps de Sallie grandit de manière exponentielle. De son dos poussèrent des multitudes de plantes tandis que son corps se confondait entre l'humain et le végétal. La petite humaine potelée avait laissé place, sous des cris de douleur déchirants, à un monstre horrible aux tentacules de lianes et aux jambes profondément enracinées dans le sol. Ses vêtements se déchirèrent et furent recouverts de feuilles et de pétales rigides. Son visage s'étira au point de la rendre méconnaissable, quand de sa bouche germa une rangée de dents pointues, suintant un mucus collant et verdâtre. Ses cheveux se hérissèrent avant de prendre une couleur orange, emmêlés avec des fleurs. Nicolaï l'avait bien entendu lâchée et contemplait, avec une certaine appréhension, ce qu'il avait maintenant en face de lui. Il devait la tuer !

— Sa... Sallie, bégaya Douglas en observant ce triste spectacle.

— Ce n'est plus Sallie, lui répondit tristement Priscilla.

Une phrase qui tomba telle une enclume sur la tête du jeune homme. Il refusait d'accepter cette vérité, pourtant sous ses yeux. Serrant fortement la pierre qui luisait encore, il chercha une solution. Mais rien de probant ne sortit de sa tête. Il resta figé à contempler un combat entre deux monstres.

À une vitesse folle, les lianes foncèrent vers le loup, tels des épieux acérés. Le loup disparut, pareil à une ombre, avant de réapparaître non loin dans un coin plus sombre de la pièce. Avec toute sa fureur bestiale retrouvée, il attaqua à son tour les lianes, entre lui et sa proie, à coups de griffes et de crocs. Au même moment, d'autres tiges poussèrent, faisant éclore d'énormes fleurs qui lâchèrent d'opaques nuages de poison. Le grand loup battit en retraite, tandis que deux nouvelles ombres apparurent à ses côtés, prêtes à en découdre. Mais il ne fonça pas tête baissée cette fois-ci.

Un sourire se glissa alors sur ses babines ; il prit une très profonde inspiration, gonflant ses poumons à leur paroxysme. Le hurlement qui en sortit partit telle une onde de choc dispersant les nuages toxiques et emportant les plantes enracinées. Priscilla et Douglas durent se boucher les oreilles et se baisser. Sallie n'eut pas cette chance et reçut de plein fouet l'attaque. Si aucune blessure ne semblait visible sur son corps, elle se pencha avant de recracher une grande quantité de sang verdâtre. Les dégâts étaient internes et la satisfaction visible sur le visage de la bête. Voyant que la voie était libre, il fonça en compagnie de ses ombres pour achever son adversaire affaibli. Seulement, le corps de Sallie se régénéra bien plus vite que prévu. Ses lianes entièrement renouvelées parcouraient le sol, grossissant de plus en plus, repoussant ses assaillants.

– Oh oui ! se vanta la voix méconnaissable de Sallie, fière. Ma reine, vous m'avez rendue si puissante !

À l'aide de ses lianes, elle frappa, de manière frénétique et hasardeuse, le sol, abîmant au passage les tuyaux environnants qui libérèrent de longs filets de vapeur. Il ne fallut pas longtemps pour que la salle soit plongée dans un véritable chaos. Nicolaï perdit une ombre dans cet indescriptible fracas, ainsi que son avantage. N'ayant plus le choix, il recula de plusieurs pas.

– Raaah ! Brûle-moi ça ! finit-il par crier à l'adresse de Priscilla.

Celle-ci sursauta, aussi effrayée par lui que par Sallie. Elle se tourna tout de même, jaugeant le loup en colère avec timidité.

– Q… quoi ?

– Brûle-la ! répéta-t-il très agacé. Et je vous épargnerai.

La jeune fille, comprenant qu'elle pouvait reprendre l'avantage, se donna un temps de réflexion.

– Si je vous aide, promettez-moi que je reverrai le Nicolaï que je connais.

Une veine palpita sur la tempe de celui-ci. Tandis que son autre ombre se faisait pulvériser, il ne put qu'accepter.

— Très bien… gronda-t-il, avant de se mettre en position.

C'était tout ce qu'elle voulait entendre. Doucement, elle jeta un dernier regard à Douglas toujours paralysé par la peur et le doute. Puis, concentra son énergie dans ses mains et d'un rouge flamboyant, libéra une formidable boule de feu.

— C'est parti ! s'écria-t-elle tout en la balançant.

La boule de feu fit son effet et les flammes s'étendirent sur les lianes qui, très vite, n'arrivaient plus à se régénérer. Nicolaï en profita et fonça, esquivant plantes et herbes qui tentaient de le repousser. Il arriva de nouveau face au corps du monstre qui sifflait de colère et de douleur, à cause des flammes lancinantes qui l'attaquaient de toutes parts. Il déchira les dernières barrières végétales qui les séparaient, puis commença à attaquer son tronc par des coups de griffes. Du sang vert en sortit, agrémenté de plaintes douloureuses. Mais la régénération faisait toujours son travail et la contre-attaque de Sallie fut des plus rudes. De son dos, elle fit pousser des ronces qui enlacèrent le corps du loup, faisant aussi couler abondamment du sang rouge écarlate. La bête, emportée par l'adrénaline, ignora la douleur et continua sa boucherie.

Le duel d'endurance ne dura guère, car Nicolaï se vit aider par des flammes envoyées judicieusement par Priscilla, visant cette fois-ci Sallie. La fin était proche et le loup, lacéré de partout, perçut une ouverture pour enfin l'achever. Un cri empli de désespoir retentit. C'était Douglas qui courait, la pierre à la main. Il en oublia les ronces et les flammes, la détresse et la supplication se lisant sur son visage. La pierre répondit à sa détresse, brillant comme jamais.

— SALLIE ! hurla-t-il ne pouvant plus supporter de la voir souffrir.

L'effet fut immédiat. Dans un flash de lumière aveuglant l'assistance, les plantes et le feu disparurent dans le néant. Pire, le corps végétal de la jeune fille se désagrégea, ne laissant d'elle que le résultat d'une métamorphose ratée, dans un état pitoyable. D'abord, vint la surprise, puis la douleur quand elle constata l'état de son corps et que ses dons de régénération marchaient au ralenti.

— Non, supplia-t-elle. Ma reine ne m'abandonnera pas. Je peux encore me battre, je peux encore me rendre utile. Je vous en prie, ma reine… je vous en prie…

Elle éclata en sanglots, tentant vainement de mobiliser son pouvoir entre les mains. Rien n'y faisait.

Le monstre bestial, aveuglé par le flash, secoua la tête le temps que ses yeux s'en remettent, puis avança avant de se faire barrer la route par Douglas.

— Attendez ! s'écria-t-il les bras tendus. Elle n'est plus un danger, vous n'avez pas à la tuer. Je vous en supplie, c'est ma sœur !

Le loup-garou n'en avait cure et continua jusqu'à ce qu'il arrive face au jeune garçon. Le sang coulait abondamment sur l'ensemble de son corps. Sur ses griffes dégoulinait celui de son ennemie. Son regard perçant et ses crocs découverts donnaient un avertissement clair. Seulement, bien que terrifié, Douglas ne bougea pas.

— Dégage, gronda le loup. Ou je te tue en premier.

Le jeune garçon n'arrivait pas à aligner deux mots, mais ses jambes restaient toujours solidement immobiles. Cela eut pour conséquence d'énerver davantage le loup, qui leva la main, prêt à frapper. Quelqu'un l'arrêta dans son élan.

— Attendez ! gronda Priscilla. Nous avions un accord ! Je veux revoir le Nicolaï que je connais, maintenant !

Le loup hésita plusieurs secondes, jaugeant chacun d'entre eux d'un œil mauvais ; sa raison lui martelait en boucle la promesse qu'il avait faite. Ainsi, à la surprise de tous, il grogna méchamment avant de s'asseoir dans un coin sombre, les observant de manière silencieuse. Un acte d'obéissance surprenant de sa part. Sa partie sauvage s'attachait-elle aux promesses ? Priscilla l'ignorait, mais une chose était sûre : ce calme soudain lui permit de respirer de nouveau normalement.

Une fatigue intense remplaça l'adrénaline et la rage. L'angoisse et le stress accumulés firent place au soulagement. Les deux adolescents se tournèrent vers Sallie. Elle pleurait de frustration toutes les larmes de son corps, balbutiant des mots difficiles à comprendre.

— Sallie, s'enquit alors Douglas tout en se rapprochant.

Il voulut lui prendre sa main, mais celle-ci le repoussa.

— Ne me touche pas ! cria-t-elle. Ne fais pas celui qui s'inquiète pour moi maintenant. Je te déteste ! Je vous déteste tous !

Puis, elle éclata de nouveau en sanglots, répétant inlassablement qu'elle avait tout perdu. Dans cette situation, il était difficile d'établir une conversation avec elle. Pourtant, Douglas insista et posa cette fois-ci les mains sur ses épaules avec autorité.

— Sallie, j'ignorais que tu souffrais autant. Je… je suis tellement désolé. Je ne savais pas, je… Pardon, je…

— Je ne veux pas de tes excuses, coupa-t-elle sèchement. Pourquoi ce n'est que maintenant que tu le vois ? Pourquoi ce n'est que maintenant que tu t'inquiètes ? Que ce soit toi, papa, maman et tous les autres. Vous m'avez toujours regardée de haut. J'étais, à vos yeux, une pauvre petite chose sans importance, facilement manipulable et que l'on ignore à cause de sa magie inintéressante. Ma reine est la seule qui a réellement vu qui j'étais. Qui a compris ma souffrance et qui m'a tendu la main ! Mais… elle m'a abandonnée elle aussi.

Un frisson d'angoisse parcourut son corps lorsqu'elle prononça ces derniers mots. Priscilla baissa les yeux, prise par une soudaine culpabilité. Elle ne savait pas quoi dire, tout comme Douglas. La victoire s'avérait bien amère, la pierre bleue avait été épargnée et tout le monde était en vie. Mais à quel prix ?

Priscilla contempla la salle abritant la pierre, protégée par sa vitre fissurée. Tant de choses à dire et à faire, que ce soit au niveau de l'école, du Conseil et de la Suisse entière. Qu'allait-il advenir de Sallie et surtout de Nicolaï ? À cette question, elle se tourna vers le loup, qui avait le museau entre ses pattes, et constata qu'il s'était endormi. La fatigue accumulée l'avait rattrapé.

Un dénouement logique, néanmoins simpliste. Enfin... Ce n'était plus le moment d'y réfléchir. Maintenant, il fallait prendre des dispositions et agir.

Chapitre 25

Le Baskerville n'est pas un nom de famille. Le Baskerville est un titre donné à ceux qui ont le pouvoir de se métamorphoser en Occident. Ce sont ceux qui possèdent la meilleure adaptabilité pour survivre, partageant leur longévité avec l'animal qu'ils transposent. Ce que personne ne sait, en revanche, c'est d'où peut venir cette bénédiction. En vérité, que ce soit sur la magie, les couleurs et les capacités uniques, tout est encore à découvrir sur ce monde qui s'est confronté à l'apocalypse.

Mon fils… ce don que je t'ai offert sera un lourd fardeau. Tu as sauvé mon territoire, mais ce n'est qu'une étape vers une plus haute destinée. Le monde que tu parcours est encore vierge et ton espèce cherche par tous les moyens à en tirer profit. Cela pourrait provoquer sa fin si tu ne l'empêches pas de nuire. Néanmoins, l'heure est, pour toi, au repos. Ton instinct dormira jusqu'au moment fatidique. J'espère que tu pourras un jour t'entendre avec lui. Je préfère le voir comme ton plus puissant allié que comme ton pire ennemi. N'oublie pas que tu as ma bénédiction, moi la mère de la magie. Mais tu devras un jour rencontrer la mère qui t'a fait naître sur la terre de tes ancêtres.

***

Le soleil brillait, les oiseaux chantaient, sa couche était si douillette qu'il pensait pouvoir y demeurer le reste de sa vie. Une seule chose assez déplaisante s'obstinait à le perturber. Ce fichu rayon de soleil passant par la fenêtre qui tombait en plein sur son visage. Avec une légère plainte, Nicolaï se retourna avant d'ouvrir les yeux, sans pour autant être totalement conscient. Il se laissait le temps de profiter de ce confort qu'il méritait, selon lui, depuis bien longtemps. Oh ! Quel délice de sentir son corps nu au contact d'un duvet confortable et à l'odeur délicieuse. La Suisse pouvait se vanter de sa literie si… Une minute…

Brusquement, ses facultés mentales vinrent toquer à la porte de sa raison. Il n'était pas censé être là, sous sa forme humaine, et nu comme un ver ! De plus, il reconnaissait cette chambre comme étant celle de la tour de l'horloge, au beau milieu du lac Léman. Que faisait-il ici ? Et surtout pourquoi ? Il se tapota le corps à la recherche de blessures, tandis que ses souvenirs faisaient peu à peu surface. Qu'il soit encore en vie le surprenait. Ne serait-il pas un traître ou un assassin ?

La porte d'entrée s'ouvrit et Lemy Queen se découvrit dans son tailleur rouge et son sourire habituel.

— J'ai une étrange sensation de « déjà-vu », ironisa Nicolaï sur un ton qui se voulait plaisant.

Il gardait néanmoins un regard méfiant.

— Vous trouvez ? répondit joyeusement la directrice. J'ai pourtant enlevé l'horloge afin que vous ne soyez pas dérangé par cet affreux tic-tac.

Le jeune homme cligna deux fois des yeux cherchant tant bien que mal à remettre ses idées au clair. Les taquineries de la directrice ne lui avaient pas manqué. Après un léger rire pompeux, celle-ci se rapprocha de lui dans son habituelle démarche sensuelle.

— Comment vous sentez-vous ? s'enquit-elle sur un ton plus sérieux.

— Eh… bien, répondit Nicolaï. Perdu… oui, perdu est le bon mot. J'irais même plus loin, je suis complètement déphasé. Est-ce que c'est un nouveau plan pour me tourmenter ?

Lemy Queen prit un air faussement surpris.

— Nicolaï, voyons… dit-elle avant de reprendre un sourire amusé. Ce n'est pas ainsi que je traite les invités. Bien au contraire, je suis là afin de m'assurer de votre bien-être. Vous devez avoir faim.

Elle claqua des doigts et un automate entra, portant un plateau garni de nourriture.

— Je n'aime pas que la literie soit tachée, reprit-elle. Mais pour cette fois, nous ferons une exception.

Devant l'assortiment de fruits et de poulet cuit, la salive emplit la bouche du jeune homme et il ne se laissa pas prier pour la suite. La directrice, visiblement satisfaite, claqua de nouveau des doigts et une chaise vint se mettre naturellement sous son fessier.

— J'imagine que des explications concernant la situation actuelle sont de mise. Priscilla Delacroix nous a fait un retour des plus surprenants. Mais j'aurais certainement aussi besoin de votre témoignage. La vie de cette pauvre Sallie Velvet en dépendra.

Nicolaï leva les yeux, avalant un peu vite le morceau de poulet fraîchement gobé. L'ensemble de ses souvenirs lui revint, jusqu'à sa perte de connaissance au profit de son instinct. Sallie était donc encore vivante. Cela le soulageait quelque part et en même temps soulevait tant de questions.

– Sallie… murmura-t-il. Elle…

– Elle est enfermée. Et la pauvre enfant est dans un état déplorable. Elle a utilisé tant de magie que son corps est… Enfin… je trouve sa punition déjà exemplaire.

Son sourire s'effaça, faisant place à une gêne palpable.

– En tant que directrice, je ne suis pas fière. Apprendre que l'une de mes élèves était à deux doigts de précipiter la Suisse dans une guerre sans merci… Comment avons-nous pu en arriver là ?

– Ce n'était pas sa faute, gronda Nicolaï. C'est l'Impératrice qui doit être blâmée. Je la connais assez pour savoir que c'est une fervente manipulatrice, qui sait profiter des faiblesses d'autrui. La question qu'il faut se poser est : comment a-t-elle pu entrer en contact avec cette fille ?

– Nous l'ignorons encore… Mademoiselle Velvet reste muette et plonge dans une longue dépression lorsque nous tentons de lui parler de ses méfaits avec l'Impératrice. Bien que cela m'attriste, le meurtre d'un des membres du Conseil, la dégradation de l'école et l'atteinte à la vie de l'ensemble des habitants de la Suisse restent des crimes beaucoup trop graves.

– Le meurtre de Grey Alister ? Mais ce n'est pas elle qui… Enfin pour tout ce qui est de l'école et de l'attaque de la source du champ de force, je ne dis pas. Mais ce n'est pas elle qui l'a assassiné.

Lemy Queen haussa un sourcil.

– Pourtant, sur son corps, nous avons retrouvé des traces de magie liée aux plantes, similaires à celle de mademoiselle Velvet. Et l'autopsie a révélé que des plantes ont poussé à l'intérieur de son corps.

À cette réponse, Nicolaï ouvrit des yeux ronds de surprise.

— D'accord, dit-il en admettant qu'il n'ait pas toutes les informations. Cela a dû pas mal chambouler le Conseil. Une minute, cela fait combien de temps que je dors ?

Question pertinente qui donna à Lemy Queen un sourire amusé.

— Trois jours, très cher, je vous avoue que la déshydratation commençait à vous guetter. Il a fallu trouver des moyens pour vous faire boire.

À cette affirmation, une interrogation curieuse lui vint, mais il la balaya de ses pensées, préférant se concentrer sur son état actuel.

— Trois jours, répéta-t-il en fixant ses mains.

Son corps, revenu à la normale, l'intriguait encore. Il décida de parler de ses pouvoirs de métamorphose à Lemy Queen, et de sa nouvelle forme qu'il avait développée dans les égouts, après avoir fait la découverte d'une énorme pierre bleue.

— Je me souviens que cette pierre s'est présentée comme étant la mère de la magie.

Le sourire de Lemy Queen se transforma en surprise.

— Vous avez rencontré la mère de la magie ? Bonté divine, cela explique certaines choses… Pourquoi… vous ?

Elle posa la main sur son menton tout en plongeant dans une profonde réflexion. Il ne ressentit rien de guère flatteur dans sa question, néanmoins cela lui confirma que cette pierre était connue. Pourquoi lui ? Il ne savait pas. Sans la pierre, il serait probablement mort. Ce problème en soulevait un autre : il cohabitait avec son alter ego, qui se caractérisait comme son instinct, prenant parfois le pas sur son esprit. Un être bien plus violent et moins réfléchi qui se contentait d'assouvir ses désirs les plus primaires sans pour autant juger les conséquences de ses actes. Il semblait connaître bien plus de choses que Nicolaï sur lui-même et sur cette pierre.

Pour le moment, il ne sentait plus du tout sa présence. Cette énigme se dénouerait certainement avec le temps. Cependant, s'il revenait et qu'il ne pouvait pas le contrôler, la suite risquait d'être problématique. Un nouvel élément qu'il se devait de partager avec Lemy Queen. Mais que lui adviendrait-il par la suite ? Arriverait-elle à le comprendre et à trouver une solution ? Pour survivre, il était prêt à tous les trahir. Mais cela, il se garda bien de le dire.

— Qu'allez-vous faire de moi ? murmura-t-il sans avoir le courage de regarder la directrice dans les yeux.

Lemy Queen reposa son attention sur le jeune homme. Elle prit le temps de l'observer de haut en bas et arbora un regard plus neutre.

— Eh bien, avec tout ce qui s'est passé, plusieurs réunions du Conseil se sont déroulées. Le témoignage de Priscilla nous a permis d'éclaircir la situation.

À ces mots, Nicolaï déglutit. Mais la réponse fut beaucoup plus détendue qu'il l'aurait crue.

— Vous reprendrez votre travail de concierge, Priscilla sera là pour garder un œil sur vous. Tant que nous n'en saurons pas plus sur vos étranges nouvelles capacités, je ne pourrais vous faire sortir de l'école. Mais rassurez-vous, ce n'est que temporaire en tant que nouveau citoyen suisse.

Au début, Nicolaï pensa à un retour à la case départ, pourtant, la situation le fit sourire.

— Si je comprends bien, fini les missions suicidaires ?

Celle-ci hocha la tête.

— Vous avez ma parole de directrice.

Une lourde pression tomba des épaules du jeune homme. Il s'appuya sur son coussin, accompagné d'un énorme soupir empli de plaisir.

— Enfin… lâcha-t-il avant d'ouvrir les yeux et d'afficher un air plus sérieux. N'était-ce pas un peu trop facile ?

Être surveillé signifiait que le Conseil ne lui faisait pas encore confiance et quelque part, ils avaient raison.

— Bien entendu, nous attendons de vous une vraie coopération, maintenant, reprit-elle. Toutes informations sur l'Empire Rouge ou celui des Sucreries doivent être partagées. Il est aussi possible que je vous sollicite pour répondre à certaines questions à propos de l'extérieur de la Suisse afin de pouvoir mieux défendre celle-ci. Mais nous ne vous demanderons pas plus, rassurez-vous.

Cela semblait honnête pour Nicolaï qui accepta d'un hochement de tête. Cette vie pourrait lui convenir, du moins pour le moment. Il avait compris aussi qu'elle comptait sur lui pour surveiller la pierre alimentant le dôme. Maintenant qu'il était au courant de ce secret d'État, il avait tout intérêt à obéir pour gagner la confiance du Conseil. Sinon, il finirait éliminé. Lemy Queen avait dû batailler pour qu'ils lui accordent ce privilège. Il se montrerait reconnaissant et coopérerait.

— J'accepte avec plaisir, dit-il. J'aurais en revanche deux requêtes à formuler si cela est possible.

Lemy Queen haussa un sourcil et signifia qu'elle était prête à entendre ce qu'il demanderait.

— Tout d'abord, j'aimerais voir Sallie. Peut-être que j'arriverais à lui parler.

La directrice prit un temps de réflexion.

— Je n'avais pas envisagé cette possibilité. Vous étiez proches ?

Ce fut au tour de Nicolaï de réfléchir.

— Hum… je n'irais pas jusque-là, mais c'était l'une des élèves que je comprenais le plus.

Lemy Queen plongea de nouveau dans sa réflexion.

— Avec une étroite surveillance, c'est faisable, finit-elle par dire. En revanche, préparez-vous mentalement, cette jeune fille n'est plus que l'ombre d'elle-même.

Il hocha la tête tout en prenant un air inquiet. Il ne pouvait s'empêcher d'éprouver de la peine pour Sallie. Il en voulait d'ailleurs personnellement à l'Impératrice des Sucreries pour cela. Si seulement il était plus fort, il pourrait changer la face du monde. La solution viendrait peut-être de son séjour en Suisse.

— La seconde est un peu plus personnelle, reprit-il en jouant avec ses doigts. J'aimerais avoir l'autorisation d'apprendre la magie.

Cette demande ne surprit guère la directrice. Le fait qu'il ait été choisi par la mère de la magie conduisait naturellement à demander cela. La question étant maintenant de savoir si elle se sentait assez confiante pour accepter. La réponse fut ainsi en demi-teinte.

— Allons, Monsieur Baskerville. Vous ne pouvez pas être à la fois élève et concierge, dit-elle d'un ton amusé. Surtout dans votre situation actuelle. Le fait que vous sachiez utiliser la magie vient à peine de s'ébruiter. Cela va conduire les autres à se méfier de vous. Bien que je sois une alliée sur qui vous pouvez compter. Ce n'est pas encore le cas de tout le Conseil. Je ne peux donc pas vous autoriser à suivre un cursus normal ou des cours particuliers. En revanche, rien ne vous interdit de faire vos propres recherches. La bibliothèque de l'établissement est ouverte à tous ceux qui veulent s'instruire.

C'est mieux que rien, pensa-t-il. Et cela lui convenait. Tout ce qu'il avait à faire à présent était d'aller de l'avant. La Suisse était sauvée et il demeurait inatteignable par les deux autres puissances mondiales. Rester isolé de la réalité de ce monde lui plaisait. L'idée n'était plus de s'enfuir, mais d'évoluer afin d'obtenir un jour la vie à laquelle il aspirait. Mais étant une personne trop prudente et surtout malchanceuse, il savait qu'il devait se préparer à toutes les éventualités. La solution la plus simple pour pallier tous ses problèmes restait la magie. Un plan se dessinait déjà dans sa tête.

— Vous semblez satisfait, je suis heureuse de le voir, dit la directrice d'un ton réjoui. Avez-vous d'autres questions avant que je m'en aille ?

— Oui, une seule, répondit Nicolaï avec son sourire habituel. Quand est-ce que je reprends mon poste ?

Épilogue
Priscilla

La major de la promotion de l'école de magie de Génévia. Sa maîtrise des éléments multiples fait d'elle l'une des personnes les plus prometteuses des manipulateurs de magie. Sa destinée est marquée d'une étoile brillante.

Deux semaines venaient de passer. Après tous les incidents survenus, les cours avaient été annulés et les vacances avancées. Priscilla, bien entendu, resta dans l'enceinte de l'école. Ses responsabilités avaient monté d'un cran et elle fut largement récompensée pour service rendu à la nation. Elle portait ainsi fièrement son nom Delacroix et se voyait favorite pour appartenir un jour au cercle restreint du Conseil. Son avenir était tout tracé et sa notoriété plus que resplendissante. Mais au fond d'elle se cachait une forte remise en question. Elle comprenait maintenant davantage la détresse de ceux dotés de moins de magie.

Sallie incarnait l'exemple concret de la tristesse, de la frustration et du harcèlement que d'autres recevaient au quotidien. De ce fait, bien que beaucoup de choses aient été dites et soulevées et bien qu'elle ait tenté de la tuer, elle ne lui en voulait pas. Au contraire, elle se sentait coupable de ne pas l'avoir comprise, de ne pas l'avoir défendue, de ne pas l'avoir soutenue. Tout ceci aurait pu être évité avec un minimum d'empathie et de compassion. Un sentiment pourtant simple qu'elle masquait par son arrogance.

C'était à elle de changer pour que petit à petit cette école, voire ce pays, se mette à changer à son tour. Pour commencer, elle allait soutenir Douglas Velvet qui se trouvait dans une situation très complexe. Heureusement, il avait été reconnu innocent de toutes implications avec sa sœur et avait même été accueilli comme fervent défenseur de la nation. Mais cette aventure l'avait transformé à jamais. Le pauvre s'était renfermé dans une tristesse frôlant les barrières de la dépression. Il serait forcément confronté à de nouvelles épreuves, aussi bien du côté de sa famille que de son entourage à l'école.

Beaucoup de travail en somme, elle devrait se tenir les épaules droites et montrer qu'il était encore possible d'aller de l'avant. Délaisser son côté élitiste pour mieux comprendre ceux en situation difficile. Elle avait le pouvoir de tendre la main à tous ceux qui le souhaitaient et comptait bien assumer cette tâche jusqu'au bout.

En attendant et comme tous les soirs, elle se préparait à rejoindre la salle des machines pour discuter avec Nicolaï une partie de la nuit. Cette activité était devenue son passe-temps favori. Une compagnie toujours emplie de rebondissements après tous les événements passés. Il fallait dire que chaque nuit, elle lui trouvait un petit truc en plus qu'il n'avait pas en journée et elle s'y était habituée. Entretenir ainsi cette relation privilégiée avec l'un des rares hommes à la couleur de peau bleu marine demeurait une satisfaction.

Profitant de ce que tout le monde restait dans sa chambre, elle traversa l'école en toute discrétion. Aujourd'hui, plus aucune trace de la magie de Sallie n'était visible. Les cours allaient bientôt reprendre, et elle se préparait à faire face aux futures questions de la part des élèves. Elle avait heureusement élaboré un discours bien rodé pour se prémunir des trop curieux. Mais il restait encore les rumeurs sur Nicolaï à gérer : l'histoire d'un loup monstrueux vivant dans la salle des machines. Les élèves s'habitueraient à sa présence, elle en était convaincue. Après tout, ils avaient bien pris l'habitude de côtoyer Nigg.

Cette pensée s'accompagna d'un grand sourire. L'énorme serpent de mer l'observait toujours lors de ses passages, semblant la juger au travers de sa gigantesque pupille dorée. Au quotidien, la Suisse apportait toujours des spectacles hauts en couleur.

Nicolaï n'en était qu'un parmi tant d'autres.

Épilogue
Nicolaï

Maintenant que tu comprends un peu plus le fonctionnement de ton don, ta vie sera beaucoup plus simple. Tu as été béni par la Lumière de la Lune, mais parfois, cela semble être plus un problème qu'une grâce.

Comme chaque nuit, Nicolaï demeurait reclus dans la salle des machines. Assis sur un énorme transat, il portait sans difficulté un énorme livre dans sa patte droite et sur son museau, une paire de lunettes aux verres carrés. Imperturbable, il tentait tant bien que mal de comprendre la théorie sur le maniement de la magie. En ces deux semaines passées, il avait réussi des actions simples, comme assombrir un coin de la pièce ou devenir invisible dans l'ombre pendant quelques secondes. Il en avait tiré deux leçons : la première, son pouvoir se manifestait plus facilement dans des zones sans lumière. La seconde était en lien avec sa transformation en loup-garou lors d'absences prolongées de lumière. Tout portait ainsi à croire qu'il avait une affinité avec les ténèbres. S'il devait se reporter aux livres de fantasy qu'il avait pu lire, ce serait certainement lui le méchant de l'histoire.

Cette pensée le fit pouffer de rire avant que son esprit dérive vers sa discussion avec Sallie, qui n'avait pas abouti à grand-chose.

La pauvre s'était construit un mur de silence, que le jeune homme n'arrivait pas à franchir. Il lui avait pourtant dit qu'il la comprenait, que ce n'était pas de sa faute, mais celle de l'Impératrice des Sucreries. Seulement, dès qu'il prononçait ce nom, elle éclatait dans d'inconsolables sanglots. L'étendue des pouvoirs de l'Impératrice apparaissait aussi puissante que complexe. Et si elle devait un jour maîtriser la magie, elle n'aurait aucun mal à prendre le monde sous sa domination. Cette supposition le fit frissonner.

Autant essayer de se remettre dans ce qu'il lisait avant que cette petite enquiquineuse de Priscilla arrive pour passer un peu de temps avec lui. En soi, cela ne le dérangeait pas, car elle abordait toujours des sujets qu'il trouvait intéressants. Mais elle avait aussi un don pour lui faire perdre son temps. De plus, il n'avait jamais réussi à la convaincre de l'aider dans ses recherches ; elle prétextait suivre les consignes de Lemy Queen. Elle était d'ailleurs beaucoup plus à cheval sur les règles, mais aussi moins arrogante. Ce qu'ils avaient vécu avait tout changé, d'une certaine manière. Enfin... Inutile de se plaindre. Pour la énième fois, il tenta de se concentrer sur son livre. Seulement, son instinct - plus communément appelé « enquiquineur numéro deux » - en avait décidé autrement et choisit de s'éveiller en cette belle nuit de pleine lune. Le sentant arriver, Nicolaï émit un juron. Puis, jetant son ouvrage sur le sol, il bondit jusqu'au sas et s'assura de le bloquer.

— Désolé, Priscilla, s'écria-t-il de sa voix déjà méconnaissable. Mais ce soir, cela ne sera pas possible.

Une fois la pièce scellée et sachant qu'il ne pouvait se battre indéfiniment contre son instinct, il se laissa aller et finit par perdre le contrôle. C'était la seconde fois que cela arrivait et heureusement, il avait pris les précautions adéquates pour ne blesser personne.

Tant que ce problème ne serait pas réglé, il resterait à travailler en tant que concierge. Avec toute la liberté qu'il avait pu gagner, il se retrouvait prisonnier de nouveau, mais cette fois-ci, de lui-même. Tandis qu'il hurlait à gorge déployée, sa faible conscience soupira. Pour certains, cela aurait été un don. Mais pour Nicolaï, c'était un enfer ; comme à son habitude, le monde prenait un malin plaisir à s'acharner sur lui.

Épilogue
Sallie

Lorsque tu conclus un pacte avec le diable, il faut tout d'abord savoir que, quelle que soit la situation, tu en ressortiras perdant. Pourtant, malgré tout ce que tu as fait, beaucoup de personnes t'aiment encore. Si seulement tu pouvais les entendre.

Elle était couchée dans un lit peu confortable entre quatre murs en métal sans aucune fenêtre donnant sur l'extérieur. La lumière blanche éclairait la pièce de manière peu chaleureuse, renforçant la tristesse de sa prison. Elle s'occupait en observant le plafond. Sa conscience, partie au loin, lui permettait de ne pas sombrer dans un état dépressif. Sa peau, habituellement vert pomme emplie de vie, avait laissé place à de la chair fripée. Son corps, devenu squelettique, lui donnait à peine la force de boire ou de manger. Elle n'était que l'ombre d'elle-même. Après avoir été accusée par le haut juge de tous les maux de la Suisse et surtout du meurtre de Grey Alister, elle s'attendait à la peine capitale et pourtant, grâce à la défense de plusieurs personnes telles que Douglas, Priscilla, Nicolaï et Lemy Queen, elle fut sauvée.

Mourir dans l'ignorance et la solitude ne semblait guère mieux que la guillotine. Néanmoins, elle détenait quelques privilèges, comme le droit d'avoir des livres et de la nourriture pas trop mauvaise. Mais surtout, elle avait la paix. Plus de harcèlement, plus de jugement sur ses faibles capacités. Plus personne pour lui rappeler qu'elle n'avait pas sa place dans le pays de la magie. Elle avait droit aussi à des visites régulières de personnes qui pensaient encore à elle. Douglas venait le plus souvent avec une montagne d'excuses et d'histoires à raconter. Bien que ce soit trop tard, il semblait véritablement se comporter comme un frère. Peut-être que les événements auraient pu être différents dans une autre vie. Cela lui faisait parfois regretter ses actions, même si elle les savait légitimes.

Au travers de ses fleurs, elle avait trouvé une personne qui l'écoutait et la conseillait. Elle lui avait donné la force de développer ses compétences et sa magie. Si puissante et si gentille, plus qu'une bienfaitrice, elle était sa Reine, son phare dans la nuit noire et elle se serait sacrifiée pour elle sans hésitation. Et pourtant, lorsque tout fut perdu, elle l'avait abandonnée. L'effleurement de cette pensée lui mettait les larmes aux yeux. Avait-elle utilisé sa naïveté pour arriver à ses fins, comme le lui avait dit Nicolaï ? Avait-elle été manipulée ? Si c'était la vérité, elle ne s'en remettrait pas.

Elle avait construit tout son univers autour de cette personne depuis plusieurs années, depuis qu'elle avait mangé ce bonbon si sucré et qu'un lien indescriptible s'était tissé entre elles. Depuis qu'elle pouvait converser avec elle au travers des fleurs, maintenant devenues muettes ; malgré ses supplications, elles ne parlaient plus. Plus de magie, plus de capacités, plus de force, plus de volonté. Il ne lui restait qu'une seule chose… la paix dans sa petite prison de quiétude. Doucement, elle ferma ses yeux fatigués et enlaça les bras de Morphée, espérant qu'un jour la mort vienne la chercher.

Beaucoup lui avaient déjà pardonné. Mais peut-être devait-elle se pardonner à elle-même…

Épilogue
Douglas

Tout ton univers s'est écroulé en l'espace d'une soirée. Nous sommes dans un monde injuste où ce ne sont pas forcément les mauvaises personnes qui sont punies. Ainsi, si tu tiens à avoir une fin heureuse, il faudra que tu te relèves à ton tour. Quoi qu'il arrive, tu chercheras à aller de l'avant.

Dans une petite maison aux abords de la ville de Génévia, vivait la famille de Douglas. En cette belle matinée, madame Velvet s'occupait de son jardin à l'aide de son arrosoir et de sa magie. Les fruits et légumes récoltés brillaient d'une belle couleur vive au travers des perles de rosée. Ce midi, était prévu un grand festin pour fêter l'héroïsme et le retour triomphal de Douglas à l'Académie. Ainsi, au menu du jour avait-elle prévu : une tarte aux légumes de saison, différents assortiments de brochettes de viande et de poivrons du jardin, et enfin un splendide gâteau aux fruits rouges. Tout ceci selon les goûts de leur fils qui était encore en train de dormir. Elle espérait que ce repas lui remonterait enfin le moral. Elle entra, passa la salle à manger et se mit au travail dans la cuisine. Son mari était assis dans le salon à lire le journal.

— Ha, ils ne parlent que du Conseil et de cette Delacroix, notre fils n'est mentionné qu'en seconde page. Tu t'en rends compte, Germaine ?

— Oui, Henri, dit-elle. Ce n'est pas étonnant qu'il soit déçu. Il devrait être en première page. Encore un coup du Conseil qui favorise la couleur beige. Mais un jour, ils seront punis par le dieu des couleurs, je n'ai aucun doute là-dessus.

Ce fut à ce moment-là que Douglas les rejoignit, avec une mine déplorable, dans le salon. Il avait les yeux cernés et sa posture si fière était tristement courbée.

— Et voici la fierté de cette famille ! s'exclama le père en posant son journal tout en allant à sa rencontre les bras ouverts.

Douglas se laissa faire, puis une fois l'étreinte passée, s'installa à table sans prononcer un seul mot.

— Tu dois avoir faim, mon chéri, continua sa mère qui posa le premier plat sur la table. Ne t'inquiète pas, c'est bientôt prêt. J'ai fait ton gâteau préféré. Tu veux un verre de jus ?

Il secoua la tête, les yeux fixés sur la table.

— Allons, mon fils, dit son père en posant la main sur son épaule. Il faut que tu te reprennes. Les cours recommencent demain et tu as ton programme sportif qui va bientôt commencer.

— Je sais que tu es en train de passer une période difficile, renchérit sa mère. Mais cela va aller. Tu as tout notre soutien, si tu savais à quel point nous sommes fiers de toi.

Ce fut la phrase de trop. Douglas serra les poings, rouge de colère et de tristesse.

— Alors… C'est ça qu'elle subissait depuis le début ? maugréa-t-il entre ses dents. Mais comment ai-je pu être aussi aveugle ?

Il se leva, faisant face à ses parents qui avaient adopté une mine emplie d'incompréhension.

— Comment ai-je pu accepter ça ? poursuivit-il en haussant le ton. Comment pouvez-vous être aussi horribles ?

Ses parents marquèrent une pause avant de se fixer l'un l'autre.

— Mon chéri. Mais de quoi est-ce que tu…

— JE PARLE DE SALLIE ! Arrêtez de faire comme si elle n'existait pas. C'est ma sœur… C'EST VOTRE FILLE !

Il hurla à s'en irriter la gorge.

— Vous n'êtes même pas venus à son jugement au tribunal. Elle avait besoin de vous ! Elle a… toujours eu besoin de vous… et moi je… j'ai… j'ai pris toute la place.

Il fixa ses mains, pris par un dégoût soudain de lui-même. Ne pouvant en supporter davantage, il partit en trombe dans sa chambre et s'enferma à clé.

Ses parents, penauds, restèrent immobiles en silence, puis sa mère osa s'exprimer.

— Mon pauvre petit, il est si malheureux. Nous ne l'avons pas assez gâté, Henri.

— Oh ! Ne t'inquiète pas, ma Germaine. C'est un grand garçon maintenant, il va s'en remettre, j'en suis sûr. En attendant, je me disais qu'un animal de compagnie pourrait lui faire plaisir.

Les royaumes et Empires de l'ère des couleurs

L'Empire des Sucreries : entre innovation et expansion

C'est la plus puissante nation de l'ère des couleurs et la plus prospère dans le domaine technologique. Ayant été les premiers à diversifier l'énergie de la pierre bleue, afin de construire toutes sortes de machines, allant du transport à l'armement en passant par le loisir et l'utilitaire. Ce sont les grands inventeurs des automates technomantiques.

Localisation : Amérique du Nord, Amérique centrale et Europe occidentale.

Chef : Almira Scarlet, alias l'Impératrice des Sucreries. Connue pour sa couleur de peau rose, elle a le pouvoir d'altérer et de transformer le taux de sucre de tout être en contact avec elle ou avec ses bonbons. Détenant un charisme hors norme, elle est crainte des autres nations à cause de son génie tactique et de son pragmatisme à toute épreuve. Beaucoup racontent que sa conquête du monde n'est qu'une question de temps.

Capitale : Washington, le monument de l'Empire se nomme le Palais Rose.

Histoire : Comme toute autre nation, les États-Unis furent touchés par la malaria colorès. Le chaos engendré fut total. Autrefois grande puissance mondiale, elle fut annihilée et ne laissa que de nombreux paysages d'un lendemain apocalyptique. Une sélection naturelle se fit au niveau de la population et seuls les plus forts ou les plus malins trouvèrent le moyen de survivre. La malaria touchant en priorité les adultes, ce fut une toute nouvelle génération qui façonna le monde.

La découverte de la pierre bleue et de l'énergie de la vapeur en 2020 accéléra grandement les innovations technologiques. Les anciens États, devenus pour la plupart des royaumes indépendants, se firent la guerre, aidés par d'innombrables inventions. Le mot « technomancie » prit ainsi tout son sens et se développa de manière exponentielle. Mais ce fut en 2035 qu'une certaine Almira Scarlet fit parler d'elle. La grande générale de l'ancien Washington, connue pour sa force de combat et son charisme exceptionnel.

Elle réussit à rallier en à peine cinq ans l'ensemble des royaumes sous une même bannière, grâce aux deux plus innovantes inventions de sa nation, les zeppelins de guerre et les automates technomantiques. L'Empire des Sucreries naquit alors et le savoir devint une synergie commune, faisant exploser l'efficacité et le processus de création. En à peine quelques années, cette nation reprit sa gloire d'antan. Mais l'Impératrice, avide de pouvoir, souhaitait unifier le monde sous sa vision et créer une toute nouvelle ère d'innovation et de puissance mondiale. Elle déclara ainsi la guerre en 2045 à l'Occident, qui malgré son génie tactique et ses inventions, ne tint guère longtemps.

Son seul rival en termes de puissance et d'expansion restait le Premier Empire, formé à l'époque des sucreries, et dirigé par Barbe Rouge : l'Empire russe. Une course contre la montre s'enclencha dans l'acquisition du royaume suisse détenant le secret de la magie. Celui qui réussirait à percer le dôme de l'État neutre deviendrait irrémédiablement indestructible. En 2057, la nation des Sucreries tenta d'entrer en Suisse, mais sans succès.

Une armée organisée

Un puissant Empire se doit d'avoir une puissante armée. Celle-ci se compose de soldats automatisés, d'escadrons d'élite spécifiques et durement entraînés selon leurs couleurs respectives. Il faut aussi prendre en considération les zeppelins de guerre, les chars à vapeur et les exécuteurs.

Soldats automates : ce sont des automates technomantiques, construits à la chaîne dans le but de gonfler les rangs de l'armée régulière. Pas très solides et ayant un temps de réaction passable, ils savent tout de même tenir une arme, avancer, tirer, et même se cacher.

Escadrons d'élite : beaucoup moins nombreux et souvent dirigés par un exécuteur. Leurs rôles divergent selon les attributs que leur donne la couleur de leurs peaux. Cela varie entre de la protection et de la surveillance en passant par des actions spécifiques sur le terrain, comme partir en éclaireur ou assassiner une cible difficile.

Zeppelins de guerre : bastions des airs munis de canons à propulsion, ils servent aussi de transport pour les soldats automates. Le zeppelin de guerre peut parcourir de très longues distances à des hauteurs très importantes. C'est pour le moment l'arme la plus dissuasive de notre époque.

Chars à vapeur : connus pour leur solidité et pour les dégâts sérieux qu'ils sont capables d'occasionner. Seuls la faune géante et les zeppelins de guerre sont efficaces contre eux.

Exécuteurs : l'élite de l'élite. Les soldats de niveau or ayant autant d'autorité qu'un général d'armée. Sur le terrain, ce sont des machines de guerre aussi craintes que respectées. Mettre en déroute un exécuteur peut être considéré comme un exploit.

Pourquoi le terme de sucrerie ?

« Le monde devrait être comme une douceur dont nous pouvons nous délecter à tout moment. Avec mon pouvoir, je peux créer les meilleures pâtisseries que ce monde mérite et j'en serai la fervente défenseuse. Ce n'est pas un droit, c'est un devoir que les habitants se doivent de chérir. Je serai celle qui sera aimée pour sa force, mais aussi pour la douceur de ses sucreries » (discours de l'Impératrice des Sucreries aux reporters New Délice).

L'Empire russe : l'industrie lourde et les îles flottantes

La seule nation qui tient tête à l'Empire des Sucreries. Grande utilisatrice de la pierre rouge, récupérable en abondance sur son territoire, et de charbon, pour alimenter ses fours à vapeur. Connu pour ses engins de guerre de grandes tailles, l'Empire russe est aussi réputé pour être le seul à accueillir des îles flottantes.

Localisation : Russie, Europe de l'Est.

Chef : Guélamor Bertok Nierkoff alias Barbe Rouge. Brillant d'une magnifique couleur de peau rouge sang, son tempérament s'y accorde parfaitement. Connu pour ses colères légendaires, son goût prononcé pour les explosions et son sens impressionnant de la stratégie. Il vit sur une île flottante fortifiée, imprenable, réputée pour ses canons gigantesques. La guerre étant son passe-temps favori, il cherche par tous les moyens à contrer l'expansion de l'Empire des Sucreries.

Capitale : Palace Pourpre. La plus grande île flottante de l'Empire.

Histoire : Il est le premier Empire à s'être reformé grâce à un patriotisme des plus impressionnants. Les habitants se tournèrent vers l'énergie fossile pour se chauffer et ainsi survivre. Une nouvelle ère industrielle se forma au sein des grandes villes, dirigées par les grandes entreprises. Une vie où le charbon était synonyme de richesse et de ressource d'échange. Les plus pauvres des castes sociales travaillaient dans les mines, mourant la plupart du temps très jeunes. Les plus nobles exploitaient cette énergie en échange du travail des plus pauvres.

Il ne fallut que quelques décennies pour que cette situation intenable provoque une rébellion. Cela dû à deux facteurs déterminants. Le premier étant la découverte de la pierre rouge ayant la propriété de flotter dans les airs et annonçant le début de la colonisation des îles flottantes et bases des pirates du ciel. Le second se nommant Sergeï Stein, premier ingénieur ayant créé les machines utilisant en grande partie la pierre rouge. Guélamor Bertok Nierkoff sut exploiter le génie de Sergeï Stein et ils façonnèrent la première forteresse imprenable.

Ce bastion envahit les villes industrielles, mettant les rebelles en esclavage. La puissance de Guélamor Bertok Nierkoff ne fit que s'agrandir et en quelques années, il contrôla la totalité des îles flottantes de Russie. L'Empire Rouge était né et continua à s'agrandir. En 2045, il prit part à la guerre contre la nation de l'Europe et accapara une grande partie de l'Europe de L'Est. En 2057, la nation russe rassembla ses forces et commença à rechercher l'innovation qui pourrait renverser l'Empire des Sucreries.

Les pirates du ciel : Connus pour leurs canons à charbon et leurs pierres rouges, capables d'inverser la gravité.

Le canon à impulsion énergique : La Russie détient le plus gros et le plus puissant canon du monde. Il pourrait détruire n'importe quel édifice. Seul le champ magique de la Suisse serait capable de lui résister.

Les tanks à vapeurs : Fonctionnant en grande partie grâce au charbon, le poids de ces mastodontes serait allégé grâce à une utilisation précise de la pierre rouge. Ces tanks seraient les plus performants de ce monde.

Les Kosaks : Unité d'élite russe et véritables forces de la nature. Ils sont connus pour ne jamais connaître la fatigue et peuvent vivre dans les milieux les plus hostiles. Il se raconte qu'il est très peu probable de gagner un duel contre un Kosak.

Baril explosif : Pas de meilleur bombardier que l'Empire Rouge. Leurs barils, composés d'une certaine mixture hautement explosive, détiennent un potentiel de destruction des plus impressionnants.

Pourquoi l'Empire Rouge ?

« L'histoire russe a une grande affinité avec la couleur rouge. Symbole de rébellion, symbole de patrie, symbole de travail. J'ajouterais que la couleur rouge me va bien. Mes ennemis tremblent quand ils voient la couleur écarlate et je le leur rends bien en faisant couler le rouge quand il le faut » (Discours de Barbe Rouge aux journalistes de la nation Rouge).

L'alliance occidentale

Une nation très semblable à l'Union européenne dans une époque ancienne et révolue.

Elle représenterait une bonne partie des anciens pays de l'Europe. Afin de survivre et de se reconstruire, les États se rassemblèrent en un seul, présidé par un conseil. La barrière des langues évolua en un patois mélangeant l'anglais, le français, l'espagnol et l'allemand. La particularité de cette nation est sa grande versatilité en termes de modes de vie.

Détenant la plus grande quantité de pierres bleues, elle piqua rapidement l'intérêt des Empires voisins.

Chef : Un concept qui n'existe maintenant plus. De nos jours, la plupart des régions sont dirigées par des vassaux qui doivent rendre des comptes à l'un des Empires.

Régions importantes à retenir

La France : Région connue pour ses structures steampunk et victoriennes. Réputée pour ses innovations, elle fut la première à développer de manière efficace son Armée de Terre à l'aide des pierres bleues. La France est aussi célèbre pour ses pâtisseries et viennoiseries délicieuses. Paris, son ancienne capitale, se nomme la

Capitale de l'Innovation et chaque année y est organisée une exposition sur les inventions créées à l'aide de la vapeur.

Spécialité : Armée de Terre puissante, fort rendement en terres agricoles et gisements de pierres bleues.

L'Angleterre : Structure victorienne. L'Angleterre est la région qui a le mieux réussi à garder sa culture et ses traditions. Celle-ci est reconnue pour ses bateaux à vapeur aussi puissants que mobiles. Ils auraient certainement réussi à repousser les envahisseurs si ceux-ci n'avaient pas inventé les zeppelins de guerre. Il se raconte que plusieurs monstres colorés très rares existeraient sur les terres non habitées de cette région.

Spécialité : Armée maritime puissante, meilleurs espions d'Europe et faune unique.

Espagne : Région extrêmement pieuse et religieuse, croyant que la malaria colorès serait une version de l'apocalypse selon Saint-Jean. Prenant ceci comme une preuve de l'existence divine, cette région rejette fermement toute technologie liée à la pierre bleue, pensant que c'est l'œuvre du démon qui cherche encore à tenter l'âme des pécheurs. Cette nation se développe donc sur des inventions alternatives et moins sophistiquées. Sa plus grande particularité tient dans son style de combat au fleuret, très semblable à celui de l'époque des mousquetaires.

Spécialité : Les meilleurs duellistes à l'épée du monde occidental, grande prouesse en médecine et grandes terres agricoles.

Allemagne : Pays brisé par la guerre entre la nation Rouge et l'Empire des Sucreries. Partagé en deux. Sa partie gauche se basant surtout sur la technologie américaine et sa partie droite, la technologie russe.

Spécialité : Grands gisements de pierres bleues, grandes terres agricoles et faune unique.

L'Italie : L'histoire romaine aurait été le sauveur de cette nation. Rejetant la recherche d'innovation de leurs voisins, ils vivent par la force et la discipline, comme leurs ancêtres. Cette nation armée, bien que devenue l'ombre d'elle-même depuis l'écrasante conquête d'expansion des deux Empires, se retrouve avec les couleurs de peaux liées aux prouesses physiques et à l'endurance. Il se raconte que les meilleurs exécuteurs de l'Empire des Sucreries viendraient d'Italie.

Spécialité : Soldats les plus grands et imposants. Détient le peuple le plus discipliné et stratège d'Europe.

La Grèce : Le pays ayant le plus souffert des envahisseurs. Complètement annexé par la Russie. Le pays n'a plus qu'une vaste carrière d'exploitation de pierres bleues. Les habitants vivent dans des conditions horribles et leur seul moyen de survivre est l'obéissance totale envers l'Empire Rouge. Les habitants sont connus pour leurs couleurs de peaux qui privilégient l'endurance.

Spécialité : Détient les plus grands gisements de pierres bleues découverts jusqu'à présent.

La Suisse : Le seul pays neutre et indépendant et depuis plusieurs décennies, complètement coupé du monde. Détient la plus grande puissance connue : la magie. Elle est le symbole de la convoitise et la raison de la guerre en Europe. Depuis ce jour, aucun des deux Empires n'a réussi à prendre ce territoire férocement gardé par ses hauts mages et son dôme, alliant harmonieusement la magie et la technomancie.

Spécialité : La magie en long, large et en travers.

La Suisse : il faut en parler

Toutes les nations gardent un œil sur ce pays inatteignable. Connu pour avoir atteint l'utopie, il est le seul à accueillir la couleur de peau beige. On raconte qu'elle est celle qui serait le plus apte à développer la magie. L'État détiendrait une multitude de secrets dont le plus important serait lié à la mère de la magie. Ce gisement de pierres leur fournirait leurs capacités particulières.

Localisation : Région en plein centre de l'alliance occidentale.

Chef : Un Conseil magique, présidé par les sept plus grands mages de la Suisse. Chacun d'eux a une spécialité et la maîtrise avec un talent proche de la perfection. Chaque prétendant au Conseil reçoit une formation difficile afin de faire respecter au mieux les lois et la sécurité du pays.

Capital : Prestige Berne. Détient la plus grande école de magie dirigée par l'un des quatre directeurs.

Histoire : C'est le premier état indépendant et autosuffisant d'Europe. Cet exploit est dû à la découverte d'une pierre unique en son sein. Baptisée la pierre des miracles, elle serait secrètement gardée dans un lieu inconnu de tous. Son influence aurait touché l'ensemble des habitants aux alentours, qui ont développé des capacités latentes liées à la magie. La Suisse devint ainsi le seul pays ayant ce privilège, sans pour autant négliger son développement technologique. Cela leur permit de créer des inventions complètement inédites. Au fil des années, une hiérarchie magique s'installa et afin de mieux se prémunir du danger de la convoitise des pays voisins, la Suisse s'enferma dans un dôme impénétrable.

Tout cela fut obtenu grâce aux premiers hauts mages de l'histoire : Moïra Cornélius et Leila Delacroix. Ces deux amis passionnés par cet art nouveau développèrent et classifièrent la magie en différents types. Comprenant l'infinité des possibilités que ce don propose, ils firent le choix de fonder leurs propres écoles dans deux coins opposés de la Suisse. À eux deux, ils réussirent à repousser les premières armées étrangères et formèrent le premier état indépendant qui s'agrandit au rythme de l'expansion de la magie. Un Conseil fut par la suite créé, qui se développa avec le temps. À notre époque, il y a quatre directeurs d'école de magie, un haut juge protecteur des lois, un représentant du peuple et un gardien du savoir. Chacun, en plus d'assurer leurs rôles respectifs, est qualifié de mage hors pair maîtrisant une ou plusieurs spécialités magiques. Aujourd'hui encore, grâce au dôme et à la puissance des mages, cette nation reste la plus sûre du monde connu.

La magie : Nous en recensons différents types tels que la maîtrise élémentaire, la télékinésie, l'animation d'objets, les illusions, la création de champs de force, l'accroissement de la flore, la manipulation de la gravité, le façonnement de portails, la conversion d'énergie.

L'Afrique ou le continent inconnu

Aussi touché par la malaria colorès, le continent africain détient le plus fort taux de développement de la faune et de la flore. Ce lieu aussi vaste qu'hostile empêche toute intrusion extérieure. Toute personne ayant posé les pieds sur le continent n'en est jamais revenue. Les seules rumeurs que nous détenons seraient la couleur de peau des habitants, qui irait sur plusieurs nuances de bleu. Ils vivraient aux côtés de la mégafaune sans pour autant être attaqués.

Localisation : Au sud de l'alliance occidentale, l'Afrique entière est complètement fermée aux autres pays.

Chef : Certains parlent de tribus, d'autres parlent de royaumes et d'Empires.

Capitale : Il existe des rumeurs sur un lieu considéré comme le nouvel Eldorado, pour ses ressources et son avancée technomantique.

Histoire : Nous avons peu d'informations sur ce continent. Une partie de la mégafaune est en revanche connue à travers le monde. Elle comporte des créatures marines, terrestres ou volantes. Il se raconte que même la flore est très dangereuse. Les habitants ne sont pas non plus en reste et se montrent très hostiles envers les étrangers.

D'autres rumeurs parlent de ressources abondantes et peu exploitées, convoitées par les autres nations. Mais toute incursion s'est soldée sur un échec cuisant. L'Afrique sera très certainement dans le collimateur de l'une des deux puissances si un jour ils arrivent à percer le secret de la magie. Mais pour cela, il faudrait qu'ils résolvent le problème de taille qu'est la Suisse.

Mégafaune

En voici quelques exemples :

Le mamba noir : Un serpent d'une dizaine de kilomètres capable de cracher un venin aussi puissant que corrosif. Il se nourrit principalement d'autres espèces de mégafaune en mordant et en attendant que sa proie meure dans d'atroces souffrances. Il serait capable de nager sur de grandes surfaces.

Le rock rouge : Oiseau gigantesque et très territorial, attaquant en bande des créatures parfois plus grosses que lui. Extrêmement intelligent, il serait capable de créer des stratégies aériennes pour arriver à ses fins.

Le mégalodon bleu : Monstre marin se nourrissant de cachalots et autre mégafaune plus petite. Il prend souvent les bateaux comme une proie potentielle, son lieu de prédilection restant les eaux très chaudes de l'équateur.

Les couleurs

Naissance

Le 23 mai 2004, au sud de l'Irak et plus précisément dans la ville de Babel, des chercheurs se sont mis à contracter une maladie aussi contagieuse que mortelle. Les symptômes visibles : une rapide coloration de la peau sur un spectre bien défini de l'arc-en-ciel.

Une mort foudroyante peut survenir lorsque la couleur a atteint plus de 50 % du corps de l'individu. À noter que les symptômes et conséquences varient selon la couleur atteignant le malade.

Un demi-siècle plus tard, ce fléau si destructeur changera complètement la face du monde, menant à un nouvel ordre mondial nommé : l'ère des couleurs. La faune et la flore évoluèrent drastiquement, développant ainsi de nouvelles espèces plus invasives et dangereuses, tandis que l'humanité, au bord de l'extinction, évolua d'une manière surprenante, changeant ce fléau en une bénédiction. L'homme se munit de capacités hors norme, variant selon sa nouvelle couleur de peau. Des innovations émergèrent et de multiples royaumes et Empires se formèrent, provoquant de nombreux conflits politiques et territoriaux.

L'étude des couleurs

Une évolution de la génétique ? La punition d'un dieu ? L'influence d'un corps étranger ? L'étude des couleurs reste un sujet aussi vaste que mystérieux, créant de multiples débats entre médecins, scientifiques, religieux ou pratiquants de l'ésotérisme. La couleur est devenue un point central dans la vie de tout être vivant. Néanmoins, si l'on sait peu de choses sur son origine, on sait qu'elle peut se définir selon deux axes : les caractéristiques et les capacités.

Il y a en vérité une troisième branche. Celle-ci étant la magie. Mais elle est bien trop peu connue et étudiée.

Les couleurs

La couleur verte :

L'une des plus répandues du continent occidental.

Caractéristiques : Plus grande longévité, meilleure endurance.

Capacité : Une régénération accélérée.

La couleur orange :

Très répandue en occident et en Amérique.

Caractéristiques : Force plus importante et peau plus résistante.

Capacité : Peuvent faire durcir leurs épidermes afin d'éviter des blessures.

La couleur bleue :

Rares, les Hommes de couleur bleue sont appelés les enfants de Baskerville.

Caractéristiques : Se renforcent naturellement selon l'animal dans lequel ils peuvent se métamorphoser.

Capacité : Métamorphose animale.

La couleur jaune :

Rare dans les pays occidentaux.

Caractéristiques : Taille et musculature plus importantes. Force et endurance élevées.

Capacité : On en compte des multiples qui diffèrent selon l'individu.

La couleur beige :

On en trouve uniquement en Suisse.

Caractéristiques : Aucune recensée.

Capacité : capable d'utiliser tous types de magie et d'en faire même une spécialité.

La couleur rose :

Uniquement une seule personne recensée : l'Impératrice des Sucreries.

Caractéristiques : Aucune recensée.

Capacité : Peut modifier et altérer la structure moléculaire du sucre. Si cela peut sembler risible aux premiers abords, on apprend que cela lui donne une multitude de pouvoirs aussi puissants qu'imprévisibles.

La couleur rouge :

Couleur trouvable uniquement dans l'Empire Rouge.

Caractéristiques : Insensible à la chaleur. Supporte grandement les environnements pollués.

Capacité : Leurs niveaux de colère auraient le pouvoir d'augmenter leurs forces et leurs résistances.

Il en existe bien d'autres et beaucoup de nuances plus claires ou foncées. Mais en termes de caractéristiques, c'est toujours une seule couleur qui prédomine.

Remerciements

Ainsi s'achève *Malaria colorès 1.* Je dois dire que parmi tous les tomes que j'ai pu écrire jusqu'à présent, c'est celui qui peut témoigner de l'apogée de tous mes déboires. À cause de beaucoup de soucis, j'ai dû déménager afin de mieux vivre, et surtout, me reconstruire. J'ai heureusement la chance d'être entouré de personnes formidables qui m'ont tendu la main sans rien demander en retour. Marche par marche, j'ai ainsi remonté la pente et me voici souriant comme jamais, prêt pour un nouveau départ. Celui-ci se caractérise par ce premier tome. J'espère qu'il vous fera rêver tout autant que ma première saga.

Je tiens tout d'abord à remercier Senza, qui fut le rayon de soleil de ma sombre vie.

Bretelle, un irrémédiable soutien qui m'a permis de garder la tête hors de l'eau.

Kirn, qui a été extrêmement présent dans ma vie et qui m'a accordé beaucoup de bonheur.

Tribal, qui arrive encore à me supporter, même dans mes périodes difficiles.

Nina, qui fut une porte de sortie le temps de me retrouver.

Et il y en a tant d'autres… je vais essayer de n'en oublier aucun.

Dago, Asam, Atem, J full, Tao, Pilico, Noireaudeur, Vallera, Valentin, Shunra, Estelle, Kelkun, Yigi, Kiwi, Kévin, Enguerran, Aurel, Michaël, Elisabet, Charles, Flo Joub, Skohell, Guenole, Marie,

Medhi, Bjarnulf, Mélodie, Shukan, Electro, Adrien, Manon, Thomas, Maxime, Magalie, Charlotte, Maeva.

Un remerciement particulier à Chloé, ma nouvelle éditrice avec qui je suis très heureux de partager cette aventure.

À Bakashi, la dessinatrice de mes nouvelles couvertures, qui sont au passage, magnifiques.

Je remercie ma famille : Pascale, Nicole, Marie-José, Isis, Maité et Livai.

Je remercie tous mes lecteurs qui me suivent et qui m'encouragent à continuer. Les différentes communautés et associations avec qui je partage mes meilleurs moments : Somnium Bellator, @game, Muguwara.

Je compte faire plusieurs suites dans ce nouvel univers. Préparez-vous à davantage d'aventures avec Nicolaï. Beaucoup de questions demeurent sans réponse, après tout.

D'ailleurs, j'écrirai jusqu'à ma mort, donc je pense que vous m'aurez sur le dos un certain temps !

Vous avez aimé ce livre ?

Proclamez-le et criez-le sur tous les toits !

Ou alors, restez tout simplement chez vous et connectez-vous à l'une des plateformes littéraires disponibles sur Internet (Amazon, Babelio, Booknode, LivrAddict, GoodReads...).

Que vos retours soient positifs ou négatifs, ils aident les auteurs à progresser et à améliorer leurs créations. Ils les rendent également heureux : savoir que leurs univers vivent à travers d'autres, vous, les comble de joie.

Soutenez Drake Manakete dans ses activités en partageant votre avis ou en en parlant autour de vous !

Les versions du livre

- Version *classique* (Broché)
  - Mise en page simplifiée,
  - Couverture souple au design unique.
- Version *reliée*
  - Dessins pour chaque début de chapitre,
  - Mise en page embellie,
  - Couverture rigide au design unique.
- Version *numérique*

Version brochée

Version reliée

Table des matières